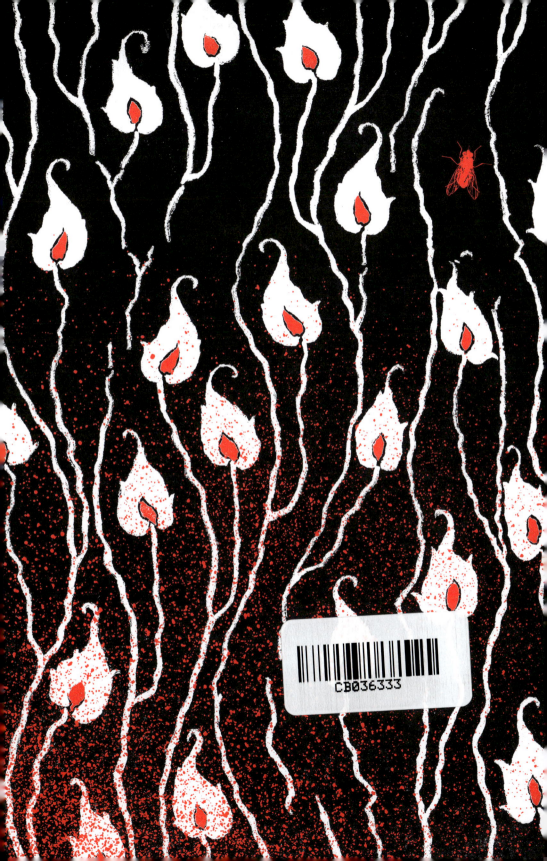

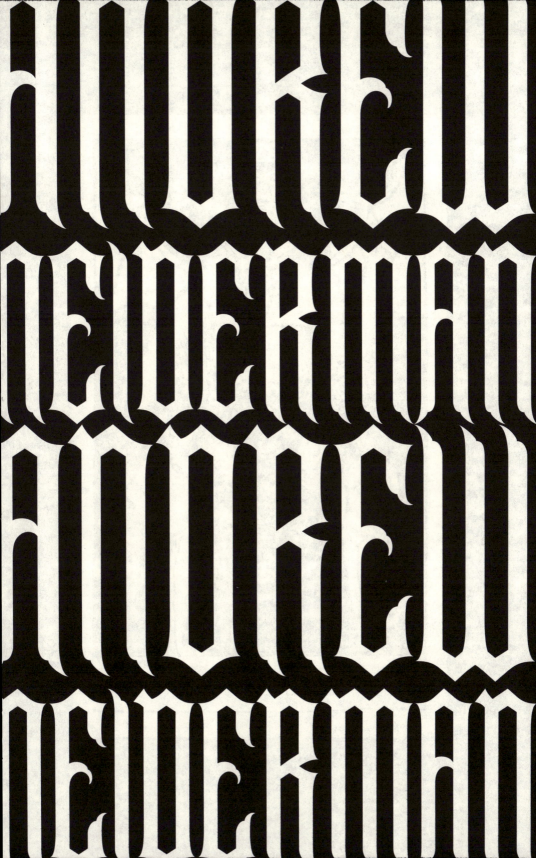

DADOS INTERNACIONAIS DE
CATALOGAÇÃO NA PUBLICAÇÃO (CIP)
Jéssica de Oliveira Molinari CRB-8/9852

Neiderman, Andrew
O advogado do Diabo / Andrew Neiderman;
tradução de Alexandre Bruno Tinelli. —
Rio de Janeiro: DarkSide Books, 2022.
272 p.

ISBN: 978-65-5598-199-5
Título original: The Devil's Advocate

1. Ficção norte-americana 2. Horror
I. Título II. Tinelli, Alexandre Bruno

22-1979   CDD 813

Índices para catálogo sistemático:
1. Ficção norte-americana

O ADVOGADO DO DIABO
THE DEVIL´S ADVOCATE
Copyright © 1990 by Andrew Neiderman

Tradução para a língua portuguesa
© Alexandre Bruno Tinelli, 2022

Impressão: Gráfica Geográfica.

"Adeus, felizes campos, onde mora
Nunca interrupta paz, júbilo eterno!
Salve, perene horror! Inferno, salve!
Recebe o novo rei cujo intelecto
Mudar não podem tempos, nem lugares;
Nesse intelecto seu, todo ele existe;
Nesse intelecto seu, ele até pode
Do Inferno Céu fazer, do Céu Inferno"
— John Milton, *Paraíso Perdido*

Fazenda Macabra
Reverendo Menezes
Pastora Moritz
Coveiro Assis
Caseiro Moraes

Leitura Sagrada
Aline TK Miguel
Luciana Kühl
Jessica Reinaldo
Tinhoso e Ventura

Direção de Arte
Macabra

Coord. de Diagramação
Sergio Chaves

Colaboradores
Aline Martins
Príncipe das Trevas

A toda Família DarkSide

Todos os direitos desta edição reservados a
DarkSide® Entretenimento Ltda. • darksidebooks.com
Macabra™ Filmes Ltda. • macabra.tv

© 2022 MACABRA/ DARKSIDE

Para Anita Diamant
Uma dama de classe

DEATH.

"A CRIANÇA FOI ACHADA NO DIA SEGUINTE, DENTRO DA BANHEIRA. MORTA."

"Jesus", disse Kevin.

"Depois de algum tempo conosco, Kevin, você vai parar de falar isso", disse o sr. Milton. Kevin parecia confuso. "Você não devia se surpreender com o fato de que o mundo está cheio de dor e sofrimento. E parece que Jesus não dá a mínima", explicou o sr. Milton.

"É que não sei como o senhor consegue se acostumar com isso."

"Você se acostuma, ou pelo menos você se acostuma o suficiente pra fazer a sua parte", disse o sr. Milton.

O sr. Milton deslizou uma pasta sobre a mesa para Dave, que a repassou para Kevin. Embora ansiasse por um trabalho estimulante, Kevin sentiu um frio na espinha. Todos olhavam para ele agora, então não tardou a sorrir.

"Vai ser um caso emocionante, Kevin; você vai ser batizado no fogo", disse o sr. Milton. "Não há um só homem aqui que não tenha passado por isso, e olhe só pra eles agora."

Kevin olhou à sua volta e notou que os outros associados o observavam com atenção. Cada um reluzia com ávida intensidade. Ele sentia que se juntava a algo maior que um escritório de advocacia; estava se juntando a uma espécie de irmandade de sangue...

PRÓLOGO

Richard Jaffee desceu correndo as escadas do tribunal na Federal Plaza de Nova York, mais como um advogado que acabara de perder um caso do que como um que houvesse acabado de ganhar. Mechas de seus cabelos finos e pretos como um corvo dançavam ao redor de sua cabeça enquanto percorria depressa os degraus de pedra. Nada que surpreendesse os transeuntes. As pessoas em Nova York estavam sempre correndo para não perder o trem, para pegar um táxi, para avançar um semáforo amarelo. Quase sempre estavam apenas sendo arrastadas pela energia cinética que corria nas artérias de Manhattan, impelidas pelo invisível, porém onipresente, coração gigante que fazia a cidade pulsar como nenhuma outra no mundo.

O cliente de Jaffee, Robert Fundi, deteve-se mais atrás, para receber a atenção de repórteres que se aglomeravam ao seu redor como abelhas operárias, cheios de um estúpido vigor. Todos berravam as mesmas perguntas: o que o proprietário de uma grande empresa privada de saneamento no Lower East Side achava de ter sido declarado inocente de todas as acusações de extorsão? Teria sido um julgamento político, já que havia boatos de que ele se candidataria a prefeito? Por que a principal testemunha de acusação não disse tudo o que supostamente contara ao próprio advogado?

"Senhoras... senhores...", disse Fundi, tirando um charuto cubano do bolso do paletó. Os repórteres esperaram que ele o acendesse. Fundi ergueu a cabeça e sorriu. "Vocês têm que mandar as perguntas pro meu advogado. Foi por isso que paguei tanto dinheiro pra ele", disse, e sorriu.

Como se todas as cabeças estivessem amarradas juntas, o bando de repórteres se virou na direção de Jaffee assim que ele entrou na parte de trás da limusine do escritório John Milton e Associados. Um dos mais jovens e determinados entrevistadores desceu os degraus apressado, gritando: "Sr. Jaffee! Só um momento, por favor. Sr. Jaffee!". A pequena multidão de repórteres e os amigos presentes começaram a rir quando a porta da limusine se fechou e o chofer deu a volta para entrar no veículo. Dentro de instantes, ele saiu com o carro.

Richard Jaffee se recostou e olhou para a frente.

"Para o escritório, senhor?", perguntou o chofer.

"Não, Charon. Me leve pra casa, por favor."

O egípcio alto, moreno e de olhos amendoados fitou o retrovisor como quem examina uma bola de cristal. Sua expressão ficou grave, os olhos se contraíram. Depois, balançou a cabeça de maneira imperceptível, confirmando o que via, o que já sabia.

"Está bem, senhor", respondeu, recostando-se e seguindo em frente, com a postura estoica de um assistente de serviços funerários dirigindo um carro fúnebre.

Richard Jaffee passou um bom tempo sem trocar de posição, sem ajeitar a postura, sem sequer olhar pela janela para observar o que fosse nas ruas. Aos trinta e três anos, parecia envelhecer a cada segundo. As feições empalideciam, os olhos azul-claros se tornavam cinzentos e opacos, os vincos em sua testa ficavam cada vez mais profundos. Ele levou as mãos à face e acariciou-a delicadamente, como se quisesse ter certeza de que ainda não entrara em decomposição.

E então, finalmente, refestelou-se no assento e fechou os olhos. No mesmo instante, imaginou Gloria do jeito que ela era antes de se mudarem para Manhattan. Via como ela era quando se conheceram pela primeira vez — brilhante, inocente, expansiva, porém doce e muito confiável. Seu otimismo e sua fé haviam sido tão estimulantes e revigorantes. Sempre o encheram de um desejo ardente de lhe dar o mundo, de trabalhar duro para tornar esse mundo tão leve e alegre quanto ela achava que era, de cuidar dela e de protegê-la até que a morte os separasse.

E a morte os separou, menos de um mês atrás, na sala de parto do hospital Manhattan Memorial, embora Gloria tivesse recebido os melhores cuidados e parecesse ter tido uma gravidez completamente normal e saudável. Ela dera à luz um belo filho, de traços perfeitos, de saúde excelente, mas o esforço inexplicavelmente lhe tirou a vida. Os médicos não entenderam nada. Seu coração simplesmente desistiu, disseram a Richard, como se o órgão tivesse sentido uma dor aguda, suspirado e perdido o fôlego.

Mas ele sabia por que ela morrera. Ele havia confirmado suas suspeitas e colocado toda a culpa em si mesmo, já que fora o responsável por levá-la até aquele lugar. Ela confiou nele, e ele a entregou como um cordeiro a ser sacrificado.

Agora, no apartamento onde moravam, o filho deles dormia em paz, comia bem e crescia com saúde, sem sequer imaginar que entrava no mundo sem a mãe, e que ela havia pagado com a própria vida o preço de sua existência. Richard sabia que os psiquiatras lhe diriam ser natural que se ressentisse do filho, porém eles não tinham como entender. Simplesmente não tinham como.

É claro que era difícil, senão impossível, odiar por completo a criança. Parecia tão inocente e desamparada. Richard tentara se dissuadir do ressentimento e iluminar seu caminho de volta à sanidade, primeiro sendo lógico, depois invocando a memória de Gloria e sua atitude incrivelmente entusiástica perante a vida.

Mas nada disso funcionou. Ele entregara o filho aos cuidados de uma enfermeira particular e raramente procurava saber da criança, vendo-a apenas ocasionalmente. Sequer perguntava por que o menino chorava nem se preocupava com sua saúde. Simplesmente seguiu adiante com o trabalho, deixando-se consumir por ele para evitar ficar pensando no assunto, para não se lembrar, para não ficar o tempo todo se sentindo culpado.

O trabalho servira como um dique, represando a realidade de sua tragédia particular. Que, agora, avançava impetuosa na lembrança dos sorrisos de Gloria, dos beijos de Gloria, da felicidade de Gloria quando descobriu que estava grávida. Por trás das pálpebras cerradas, ele revia milhares de momentos, milhares de imagens. Era como se estivesse em sua sala de estar assistindo a filmes caseiros.

"Chegamos, senhor", disse Charon.

Chegaram? Richard descerrou os olhos. Charon já havia aberto a porta do carro e aguardava na calçada. Richard pegou a pasta com firmeza e saiu da limusine. Olhou para Charon. Com um metro e noventa e três de altura, o chofer era pelo menos uns dez centímetros mais alto que ele, mas os ombros largos e o olhar penetrante o faziam parecer ainda mais alto, um autêntico gigante.

Richard o observou por um momento e encontrou sabedoria nos olhos dele. Era um homem discreto, mas que percebia tudo ao redor e parecia existir havia séculos.

Ele fez um gesto sutil com a cabeça, e Charon fechou a porta e se dirigiu ao volante. Richard viu a limusine se afastar, depois se virou e entrou no edifício residencial. Philip, o policial aposentado da cidade de Nova York que trabalhava como segurança diurno, espiou por cima do jornal e, levantando-se num salto do tamborete que ficava atrás do balcão do saguão, assumiu posição de sentido.

"Meus parabéns, sr. Jaffee. Eu ouvi o noticiário. Tenho certeza de que foi bom vencer mais um caso."

Richard sorriu. "Obrigado, Philip. Tudo vai bem por aí?"

"Ah, melhor impossível, sr. Jaffee", disse Philip. "Eu podia passar uma vida trabalhando aqui", acrescentou, como de praxe.

"Sim", disse Richard, "sim."

Ele foi até o elevador e deu um firme passo atrás assim que as portas se fecharam. Ao cerrar os olhos, recordou-se da primeira vez que ele e Gloria foram de carro até o edifício, recordou-se da emoção dela, de como ela gritou de alegria quando viram o apartamento.

"O que foi que eu fiz?", murmurou.

Abriu os olhos no susto quando as portas se abriram em seu andar. Permaneceu imóvel por um instante, depois andou até a porta de seu apartamento. A sra. Longchamp saiu do quarto do bebê para cumprimentá-lo.

"Ah, sr. Jaffee." A enfermeira não passava dos cinquenta, mas já lembrava uma boa e velha avó — completamente grisalha, corpulenta, com os olhos meigos e castanhos e o rosto rechonchudo. "Parabéns. Acabei de ver o noticiário. Chegaram até a interromper a novela!"

"Obrigado, sra. Longchamp."

"Você nunca perdeu um caso desde que entrou no escritório do sr. Milton, não é mesmo?", perguntou ela.

"Não, sra. Longchamp. Nunca perdi."

"Você deve estar muito orgulhoso de si mesmo."

"Sim", disse ele.

"Está tudo bem com o Brad", declarou ela, embora Richard não tivesse perguntado nada. Ele assentiu. "Eu estava prestes a dar a mamadeira pra ele."

"Claro, vá em frente."

Ela tornou a sorrir e voltou para o quarto do bebê.

Richard colocou a pasta no chão, olhou em volta do apartamento e depois caminhou lentamente da sala de estar até a varanda, que lhe oferecia uma das melhores vistas do rio Hudson. Não parou para admirá-la, apesar disso. Ele caminhava com aquele ar de quem sempre soube exatamente aonde ia. Em seguida, pisou na poltrona para apoiar o pé esquerdo com firmeza na parede e impulsionou-se para a frente, agarrando a grade de ferro do parapeito. Então, num movimento ágil e gracioso, debruçou-se como se quisesse estender a mão a alguém para puxar para cima, e despencou de cabeça por quinze andares até a calçada.

1

O jovem de vinte e oito anos Kevin Taylor ergueu os olhos dos papéis espalhados na longa mesa castanha à sua frente e fez uma pausa, fingindo pensar profundamente a respeito de algo antes de interrogar a testemunha. Esses pequenos gestos dramáticos eram mais que naturais para ele. Eram uma mistura de melodrama com conhecimentos de psicologia. A pausa dramática entre fazer perguntas e olhar os documentos costumava perturbar as testemunhas. No caso atual, ele tentava intimidar o diretor de uma escola primária, Philip Cornbleau, um homem pálido e magro de cinquenta e quatro anos, cabelos escuros e praticamente careca. Estava sentado com postura impaciente, as mãos unidas na altura do peito, os dedos compridos tamborilando incessantemente.

Kevin olhou de relance para o público presente. A atmosfera do ambiente estava tão pesada que o ar parecia feito de chumbo. Era como se todos tivessem prendido a respiração. De repente a sala se iluminou; raios de sol atravessaram as enormes janelas do tribunal em Blithedale, como se um técnico de iluminação tivesse acendido a luz. Faltava apenas o diretor gritar "ação!".

O local estava lotado, mas Kevin fixou o olhar num homem bem-afeiçoado e elegante no fundo, que o observava atentamente com um sorriso terno e orgulhoso do tipo que poderia esperar receber de seu pai, não que o homem tivesse idade para sê-lo. Ele parecia estar no início dos quarenta, pensou Kevin, e tinha ar de ser muito bem-sucedido. Atento a questões de luxo e moda, Kevin reconheceu o terno Armani cinza-carvão com risca de giz. Ele mesmo o cobiçara antes de comprar aquele que estava usando no tribunal, azul-escuro de lã, com abotoamento duplo, que havia adquirido numa loja de descontos pela metade do preço do Armani.

O homem cumprimentou Kevin com um sutil aceno de cabeça.

O silêncio no tribunal foi cortado por tossidelas que vinham daqui e dali. Lois Wilson, uma professora primária de vinte e cinco anos, estava em julgamento por abuso sexual de crianças na pequena comunidade de Blithedale, no condado de Nassau. Blithedale era uma cidade-dormitório; quase todos os habitantes se deslocavam diariamente para Nova York a trabalho. Bastante rural na aparência, o local era uma espécie de oásis com casas de classe média alta e terrenos ajardinados, ruas limpas e largas ladeadas de bordos vermelhos e de carvalhos, e um comércio meio tímido. Não possuía grandes shoppings nem centros comerciais, postos de gasolina, restaurantes ou motéis de grande porte. Os cartazes de rua deviam obedecer a diretrizes rigorosas. Fanfarrices, cores chamativas e pôsteres gigantes estavam proibidos.

Os moradores gostavam de se sentir dentro de um casulo. Podiam entrar e sair de Nova York quando quisessem; porém, quando retornavam, era para o conforto e a segurança de uma existência digna de *Alice no País das Maravilhas*. Nada acontecia em público, exatamente como queriam.

Então Lois Wilson, uma das novas professoras da escola primária, foi acusada de abusar sexualmente de uma menina de dez anos de idade. Uma investigação conduzida pela escola expôs ainda outros três casos semelhantes. Informações de bastidores e o burburinho local davam Lois Wilson como uma lésbica convicta. Ela alugava uma casa nos arredores de Blithedale com outra mulher, uma professora de idiomas de uma escola secundária das redondezas, e nenhuma das duas saía ou costumava ser vista com homens.

Ninguém do escritório Boyle, Carlton e Sessler estava feliz por Kevin ter assumido o caso. Ele mesmo correu atrás por conta própria e ofereceu seus serviços a Lois Wilson quando ouviu falar de tudo; e, ao conhecer o caso, ameaçou deixar o escritório se algum dos sócios majoritários o impedisse de aceitá-lo. Estava cada vez mais impaciente com a empresa, impaciente com sua visão conservadora do direito, com o rumo que sabia que sua vida tomaria se ainda ficasse lá por muito tempo. Esse era o primeiro caso dramático de sua vida, o primeiro dotado de substância, o primeiro em que poderia demonstrar todo o seu talento, toda a sua espertaza. Sentia-se como um atleta que finalmente participava de um grande evento. Ainda não eram as Olimpíadas, mas já era mais do que o torneio da escola local. O caso chegara, inclusive, aos jornais metropolitanos.

O promotor de justiça, Martin Balm, propusera imediatamente um acordo a Kevin, na esperança de impedir que a história chegasse à mídia e de evitar qualquer tipo de sensacionalismo. O mais importante de tudo, ele enfatizara, buscando a empatia de Kevin, era deixar as crianças longe do tribunal para que não passassem de novo por todo aquele horror. Se Lois se declarasse culpada, pegaria cinco anos de liberdade condicional e acompanhamento psicológico. Claro, seria o fim de sua carreira como professora.

Mas Kevin lhe disse para não aceitar o acordo, e ela concordou. Agora ela se sentava de modo recatado, a cabeça baixa, olhando para as mãos sobre o colo. Kevin havia recomendado que não parecesse arrogante, e sim ferida, em sofrimento. De quando em quando, ela pegava o lenço e enxugava os olhos.

Na verdade, Kevin ensaiou esse gesto com ela no escritório, demonstrando como deveria olhar com atenção para as testemunhas e com esperança para o júri. Ele gravou tudo em vídeo e depois rebobinou a fita para assistirem desde o início, dando indicações de como usar os olhos, como pentear o cabelo, como segurar os ombros e mover as mãos. Era a época das imagens, disse a ela. Ícones, símbolos, linguagem corporal, tudo era importante.

Kevin se virou depressa e olhou para a esposa, Miriam, quatro fileiras atrás. Ela parecia nervosa, tensa, preocupada com ele. Assim como Sanford Boyle, ela lhe sugerira que não pegasse o caso, mas Kevin estava se dedicando a ele mais do que a qualquer outra coisa durante seus três anos como advogado. Praticamente só falava desse caso; passava horas e horas pesquisando, investigando, trabalhando nos fins de semana, fazendo muito mais do que seus honorários exigiam.

Ele lançou um sorriso confiante a Miriam, e em seguida deu um giro abrupto, quase como uma mola arrebentando.

"Sr. Cornbleau, o senhor entrevistou as três meninas por conta própria na terça-feira, dia 3 de novembro?"

"Sim."

"A suposta primeira vítima, Barbara Stanley, disse ao senhor alguma coisa sobre elas?", Kevin balançou a cabeça, confirmando a resposta antes de recebê-la.

"Correto. Então eu falei pra elas irem à minha sala."

"Pode nos dizer o que o senhor fez quando elas chegaram?"

"Como?", Cornbleau franziu as sobrancelhas, como se a pergunta fosse absurda.

"Qual foi a primeira pergunta que o senhor fez às meninas?" Kevin andou em direção ao júri. "O senhor perguntou se a srta. Wilson tinha pegado na bunda delas? O senhor perguntou se ela tinha enfiado a mão dentro da saia delas?"

"É claro que não."

"Ora, o que o senhor perguntou então?"

"Eu perguntei se era verdade que elas estavam enfrentando o mesmo problema que Barbara Stanley teve com a srta. Wilson."

"O mesmo problema?", Kevin franziu o cenho na palavra *problema*.

"Sim."

"O senhor quer dizer então que Barbara Stanley contou às amigas o que supostamente tinha acontecido com ela, e que as meninas relataram acontecimentos semelhantes, embora nenhuma das três tivesse contado isso a ninguém antes. É isso o que o senhor está dizendo?"

"Sim. Foi isso que entendi."

"Nossa, que criança de dez anos carismática", gracejou Kevin, agindo como se tivesse apenas pensado em voz alta. Alguns membros do júri ergueram as sobrancelhas. Um homem careca no canto direito da frente inclinou, pensativo, a cabeça para o lado e olhou firme para o diretor.

Quando Kevin se voltou para o público, notou que o elegante homem do fundo abrira um sorriso e balançava a cabeça de maneira encorajadora. Chegou a pensar se ele não seria um parente de Lois Wilson, talvez um irmão mais velho.

"Agora, sr. Cornbleau, o senhor pode nos dizer quais eram as notas da Barbara Stanley nas aulas da Lois Wilson?"

"Ela andava tirando C menos."

"C menos. E ela já tinha tido algum problema com a srta. Wilson antes?"

"Sim", murmurou o diretor.

"Perdão?"

"Sim. Ela foi enviada à minha sala duas vezes por se recusar a fazer um trabalho e por falar palavrão em sala, mas..."

"Então o senhor pode afirmar com certeza que Barbara não gostava muito da srta. Wilson?"

"Protesto, meritíssimo." O procurador se levantou. "A defesa está induzindo a resposta da testemunha."

"Deferido."

"Me desculpe, vossa excelência." Kevin se virou para Cornbleau. "Vamos voltar às três meninas, sr. Cornbleau. O senhor pediu que cada uma delas lhe relatasse suas respectivas experiências na sua sala, naquele dia?"

"Sim, eu achei que o melhor seria ir direto ao ponto."

"O senhor está dizendo então que, enquanto uma falava, as outras duas escutavam?", perguntou Kevin, fazendo uma careta para revelar seu choque e incredulidade.

"Sim."

"Isso não seria inapropriado? Quer dizer, expor as meninas a essas histórias... a esses supostos acontecimentos..."

"Ora, era uma investigação."

"Ah, entendo. O senhor já tinha passado por isso antes?"

"Não, jamais. É por isso que foi tão chocante."

"O senhor advertiu as meninas que se estivessem inventando tudo poderiam se dar mal?"

"Claro."

"Mas o senhor estava disposto a acreditar nelas, correto?"

"Sim."

"Por quê?"

"Porque todas elas diziam a mesma coisa e descreviam tudo igual." Cornbleau pareceu satisfeito consigo mesmo e com a resposta, mas Kevin se aproximou, suas perguntas passando a vir em staccato.

"Elas não poderiam ter ensaiado tudo?"

"O quê?!"

"Elas não poderiam ter se reunido e decorado as histórias?"

"Eu não sei como..."

"Isso não seria possível?"

"Bem..."

"O senhor nunca viu crianças da mesma idade mentindo?"

"Claro que sim."

"E mais de uma mentindo ao mesmo tempo?"

"Sim, mas..."

"Isso não é então possível?"

"Acho que sim."

"O senhor acha?"

"Bem..."

"O senhor chamou a srta. Wilson e a confrontou com essas histórias logo após falar com as meninas?"

"Sim, é claro."

"E qual foi a reação dela?"

"Ela não negou."

"O que o senhor quer dizer é que ela se recusou a ser interrogada sem a presença de um advogado, não é?" Cornbleau se endireitou no assento. "Não foi isso que aconteceu?", interpelou Kevin.

"Foi isso o que ela disse."

"Então o senhor seguiu adiante, informou o superintendente e depois falou com o promotor?"

"Sim. Nós seguimos a política interna da escola nesses casos."

"O senhor não prosseguiu com a investigação e interrogou outros alunos?"

"Claro que não."

"E, antes que a srta. Wilson fosse indiciada por isso, o senhor e o superintendente a suspenderam, correto?"

"Como eu disse..."

"Por favor, apenas responda à pergunta."

"Sim."

"Sim", repetiu Kevin, como se aquilo fosse uma admissão de culpa. Ele fez uma pausa, e um leve sorriso aflorou em seu rosto enquanto se virava para o júri e, depois, de volta para Cornbleau.

"Sr. Cornbleau, o senhor, em mais de uma ocasião, conversou com a srta. Wilson a respeito da grade de notas dela?"

"Sim."

"Por quê?"

"Estavam muito baixas e abaixo do esperado."

"Então o senhor tinha críticas em relação a ela como professora?"

"O decoro em sala de aula é parte integral da eficácia de um professor", afirmou Cornbleau, de maneira pedante.

"Uh-hum, mas a srta. Wilson... como posso dizer... não dava o mesmo valor que o senhor às notas."

"Não."

"Ela era, na realidade, de acordo com o que o senhor escreveu na folha dela, 'orgulhosa'."

"A maioria dos novos professores infelizmente não recebeu uma boa educação na faculdade", Cornbleau sorriu, malicioso.

Kevin balançou a cabeça. "Pois é, por que as pessoas não são como nós?" Era uma pergunta retórica, e algumas pessoas na plateia riram em silêncio, de modo desrespeitoso. O juiz bateu o martelo.

"O senhor também criticava as roupas da srta. Wilson, não criticava?", prosseguiu Kevin, mais incisivo.

"Sim, eu acho que ela deveria se vestir de forma mais conservadora."

"E, ainda assim, a chefe do setor da srta. Wilson sempre dá nota alta pra ela, por sua competência como professora", interrompeu Kevin, levantando a voz. "No último relatório, ela disse", Kevin olhou o documento, "'Lois Wilson possui um conhecimento intrínseco de como lidar com crianças. Não importa o obstáculo, ela parece capaz de se aproximar delas e de estimulá-las.'" Ele largou o documento. "É uma bela avaliação, não é?"

"Sim, mas como eu disse..."

"Sem mais perguntas, meritíssimo."

Kevin retornou à mesa, o rosto vermelho de raiva, algo que ele era capaz de produzir num piscar de olhos. Todos olhavam para ele. Quando fitou de novo o homem elegante na plateia, percebeu que, se antes havia um sorriso em seu rosto, agora viu ali um verdadeiro olhar de admiração. Kevin se sentiu confiante.

Miriam, por sua vez, parecia triste, triste o suficiente para cair em lágrimas. Ela olhou para baixo tão logo ele a encarou. *Está com vergonha de mim*, pensou ele. *Meu Deus, ela ainda está com vergonha de mim. Isso não vai durar muito tempo*, concluiu confiante.

"Sr. Balm? Alguma pergunta a mais para o sr. Cornbleau?"

"Não, meritíssimo. Eu gostaria de chamar Barbara Stanley como testemunha, meritíssimo", disse o promotor, uma nota de desesperança em sua voz.

Kevin fez um afago tranquilizador na mão de Lois Wilson. Ele conduzira a acusação até o núcleo do caso.

Uma menina rechonchuda, com cabelo castanho-claro ondulado na altura do lóbulo das orelhas, percorreu o corredor da sala. A criança de dez anos usava um vestido azul-claro com babado na gola e nas mangas. A indumentária folgada ampliava sua circunferência.

Ela se sentou, ansiosa, e ergueu a mão em juramento. Kevin balançou a cabeça para si mesmo e disparou um olhar astuto para Martin Balm. Ela fora bem instruída sobre o que esperar. Balm também fizera seu dever de casa; mas Kevin sentiu que havia ido além, e isso faria toda a diferença.

"Barbara", iniciou Martin Balm, chegando perto dela. "Um momento, sr. Balm", disse o juiz, curvando-se em direção à menina. "Barbara, você entendeu o que jurou fazer... que você jurou dizer a verdade?" Barbara olhou de relance para o auditório, depois virou para o juiz e fez que sim. "E você entende que tudo o que você disser aqui será muito importante?" Ela assentiu de novo, dessa vez com mais calma. O juiz se recostou. "Prossiga, sr. Balm."

"Obrigado, meritíssimo." Balm foi até o assento da testemunha. Era um homem alto, magro, a caminho de uma promissora carreira política. Sentia-se desconfortável com o caso e torcera para que Kevin e Lois aceitassem o acordo, mas eles não aceitaram, então lá estava ele, contando com o testemunho de uma criança de dez anos de idade. "Eu gostaria que você contasse exatamente o que você contou ao sr. Cornbleau naquele dia, na sala dele. Sem pressa."

A menina rechonchuda olhou de relance para Lois. Kevin instruíra a cliente a fixar o olhar nas crianças, sobretudo nas três que haviam confirmado as acusações de Barbara Stanley.

"É que... às vezes, quando a gente tinha artes especiais..."

"Artes especiais? O que significa isso, Barbara?"

"Artes especiais é arte ou leitura ou música. A turma vai até o professor de artes ou o professor de música", recitou a menina, de olhos praticamente fechados. Kevin via que ela se esforçava para fazer tudo certo. Quando olhou em volta, percebeu que os espectadores sorriam contidos, torcendo em silêncio pela criança. O cavalheiro no fundo, entretanto, parecia agitado, quase irritado.

"Entendo", disse Balm, balançando a cabeça. "A turma troca de sala, certo?"

"Uh-hum."

"Por favor, responda sim ou não, Barbara, ok?"

"Uh... quer dizer, sim."

"Ok, então às vezes, quando vocês tinham artes especiais...", insistiu Balm.

"A srta. Wilson pedia pra uma de nós esperar", Barbara aproveitou a deixa.

"Esperar significa ficar na sala sozinha com ela?"

"Uh... sim."

"E?"

"Uma vez, ela pediu pra mim."

"E o que você disse ao sr. Cornbleau sobre essa vez?"

Barbara se ajeitou no assento, de modo a evitar o olhar de Lois. Em seguida, respirou fundo e iniciou o relato.

"A srta. Wilson pediu pra eu sentar do lado dela e disse que achava que eu estava virando uma menina bonita, ela disse que tinha coisas que eu devia saber sobre meu corpo, coisas que os adultos não gostam de contar." Ela se deteve e olhou para baixo.

"Prossiga."

"Ela disse que alguns lugares eram especiais."

"Especiais?"

"Uh... sim."

"O que ela queria que você soubesse a respeito desses lugares, Barbara?" A menina lançou um olhar rápido na direção de Lois Wilson e depois se voltou para Balm. "Barbara, o que ela queria que você soubesse?", repetiu ele.

"Que coisas especiais acontecem sempre... sempre que alguém toca neles."

"Entendo. E o que ela fez depois?" Balm fez um gesto com a cabeça, para encorajá-la a continuar.

"Ela me mostrou os lugares."

"Ela mostrou? Como?"

"Ela apontou pra eles e depois pediu pra que eu deixasse ela tocar, que assim eu entenderia."

"Você deixou, Barbara?"

Barbara apertou os lábios com força e assentiu com a cabeça.

"Sim?"

"Sim."

"Onde exatamente ela tocou em você, Barbara?"

"Aqui e lá", disse Barbara, apontando para os seios e para o meio de suas pernas.

"Ela só tocou você nesses lugares ou chegou a fazer mais alguma coisa?"

Barbara mordeu o lábio inferior.

"É difícil, Barbara, a gente sabe. Mas a gente precisa fazer essas perguntas, pra que a coisa certa possa ser feita. Você entende, não é?" Ela balançou a cabeça. "Ok, conta pra corte. O que mais a srta. Wilson fez?"

"Ela colocou a mão aqui", disse ela, pondo a própria mão direita entre as pernas, "e ficou esfregando."

"Ela colocou a mão aí? Você quer dizer embaixo da sua roupa?"
"Sim."
"E o que aconteceu depois, Barbara?"
"Ela perguntou se eu sentia algo especial. Eu disse que só fazia cosquinha, aí ela se irritou e tirou a mão. Ela disse que eu ainda não estava pronta pra entender, mas que depois ela tentava de novo."
"Ela tentou de novo?"
"Não comigo", disse Barbara, rapidamente.
"Com suas amigas, outras garotas da turma?"
"Uh-hum. Sim."
"E quando você contou pra elas o que a srta. Wilson fez com você, elas te contaram o que a srta. Wilson fez com elas, correto?"
"Sim."
O público estremeceu. O juiz olhou com reprovação, e todos se silenciaram no mesmo instante.
"Depois vocês contaram tudo ao sr. Cornbleau?"
"Sim."
"Ok, Barbara. O sr. Taylor também vai te fazer algumas perguntas agora. Basta você ser tão sincera com ele quanto foi comigo", disse Martim Balm, virando para Kevin e balançando a cabeça. Ele também sabia ser dramático.

Muito esperto, pensou Kevin. *Não posso me esquecer disto: basta você ser tão sincera com ele quanto foi comigo.*

"Barbara", disse Kevin, antes de se levantar. "O seu nome completo é Barbara Elizabeth Stanley, certo?" Seu tom de voz era suave, afetuoso.
"Sim."
"Tem outra menina na sua turma chamada Barbara, não tem?"
Ela confirmou, e Kevin se aproximou, ainda sorrindo.
"Mas o nome dela é Barbara Louise Martin, e pra não se confundir, pra saber quem é quem, a srta. Wilson a chamava de Barbara Louise, e você era apenas Barbara, não é mesmo?"
"Sim."
"Você gosta da Barbara Louise?"
Ela encolheu os ombros.

"Você acha que a srta. Wilson gosta mais da Barbara Louise do que de você?"

Barbara Stanley olhou para Lois, seus olhos cada vez menores.

"Sim", disse ela.

"Porque a Barbara Louise é uma aluna melhor?"

"Não sei."

"E porque a Barbara Louise nunca se meteu em apuros por falar palavrão em classe que nem você?"

"Não sei."

"Você tentou fazer as outras meninas não gostarem da Barbara Louise?"

"Não."

"Veja bem, Barbara, o juiz te avisou, você precisa dizer a verdade. Você está dizendo a verdade?"

"Sim."

"Você mandava bilhetinhos pras suas amigas sacaneando a Barbara Louise?"

Os lábios de Barbara estremeceram de leve.

"A srta. Wilson não flagrou você passando bilhetes maldosos sobre a Barbara Louise pras outras meninas da sala?", perguntou Kevin, balançando a cabeça. Barbara olhou para Lois Wilson e depois para o meio da audiência, para seus pais. "A srta. Wilson registra tudo o que acontece em sala de aula", disse Kevin, voltando-se para Cornbleau. "Ela guardou os bilhetes." Kevin abriu um pedaço de papel. "'Vamos chamar ela de Barbara Louca', você escreveu pra alguém, e alguns alunos passaram a chamá-la dessa forma, correto?" Barbara não respondeu. "A bem da verdade, as outras meninas que estão acusando a srta. Wilson se juntaram a você e começaram a chamar Barbara Louise de 'Barbara Louca', certo?"

"Sim." Barbara estava prestes a chorar.

"Então você acabou de mentir quando eu perguntei se você tentou fazer as outras meninas não gostarem de Barbara Louise, não foi?", perguntou Kevin, com súbita aspereza. Barbara Stanley mordeu o lábio inferior. "Não foi?", insistiu ele. Ela concordou. "E talvez você também estivesse mentindo a respeito do que acabou de contar ao sr. Balm, hein?" Ela balançou a cabeça, agitada.

"Não", disse a menina em voz baixa. Kevin podia sentir o ódio no olhar de algumas pessoas que assistiam. Uma lágrima se desprendeu do olho direito de Barbara e desceu, incontida, por sua face.

"Você sempre quis ser tão popular com a srta. Wilson quanto Barbara Louise, não é mesmo, Barbara?"

Ela encolheu os ombros.

"Na realidade, você sempre quis ser a menina mais popular da turma, tanto com os garotos quanto com as garotas, não é mesmo?"

"Eu não sei."

"Não sabe? Você não está mentindo de novo, está?" Ele lançou um olhar para o júri. "Você disse isso pra Mary Lester, certo?" Ela começou a balançar a cabeça. "Eu posso chamar Mary aqui, Barbara, então lembre-se de dizer a verdade. Você disse a Mary que gostaria que todos odiassem Barbara Louise e que amassem mais você?", perguntou Kevin, a voz mais grave.

"Sim."

"Então a Barbara Louise é uma garota popular, não é mesmo?"

"Uh-hum. Sim."

"Você gostaria de ser popular também, certo? Quem não gostaria?", disse ele, quase rindo. Barbara não sabia se tinha de responder à pergunta, mas Kevin não precisava de resposta. "Agora, Barbara, você sabe que você e as outras meninas estão acusando a srta. Wilson de fazer coisas de sexo, coisas ruins de sexo com vocês. Correto?"

Barbara concordou, os olhos um pouco mais abertos. Kevin manteve o olhar nela. "Sim", disse ela, finalmente.

"Essa foi, supostamente, a primeira vez que fizeram coisas de sexo com você ou a primeira vez que você fez uma coisa de sexo, Barbara?", perguntou ele, sem demora.

Um suspiro percorreu a plateia, depois veio um murmúrio de raiva. O juiz bateu o martelo.

Barbara assentiu com a cabeça lentamente.

"Sim?"

"Sim", disse ela.

"Mas e aquela vez que você, a Paula, a Sara e a Mary convidaram o Gerald e o Tony pra sua casa numa tarde, depois da escola, quando seus pais não estavam, quando ninguém da sua família estava em casa?", perguntou Kevin, com calma. O rosto de Barbara enrubesceu. Ela pareceu indefesa por um momento. Kevin se aproximou e, quase sussurrando, perguntou: "Você sabia que a Mary falou daquela tarde pra srta. Wilson, Barbara?".

Barbara parecia aterrorizada, e sacudiu a cabeça de nervoso.

Kevin sorriu. Quando fitou Martin Balm, viu perplexidade em seu rosto. Então balançou a cabeça e dirigiu um sorriso ardiloso ao júri.

"Você não tem ido bem nas aulas da srta. Wilson, não é mesmo, Barbara?", perguntou, sua voz voltando ao tom suave e afetuoso.

"Não." Barbara enxugou uma lágrima. "Mas a culpa não é minha", acrescentou ela rapidamente, feliz com o novo rumo das perguntas.

Kevin estancou, como se tivesse terminado, mas então virou mais uma vez na direção dela.

"Acha que a srta. Wilson não gosta de você e dificulta a sua vida?"

"Sim."

"Você preferiria, então, que ela não fosse mais a sua professora, não preferiria?"

Barbara não conseguia desviar os olhos do olhar intenso de Lois. Ela encolheu os ombros.

"Não? Sim?", insistiu Kevin.

"Eu só quero que ela pare de implicar comigo."

"Compreendo. Tudo bem, Barbara. Quando o incidente entre você e a srta. Wilson supostamente aconteceu? Em que data?"

"Protesto, meritíssimo", disse Balm, levantando-se depressa. "Não creio que devamos esperar que essa garotinha se lembre de datas."

"Meritíssimo, a acusação está apresentando essa garotinha como uma das principais testemunhas contra minha cliente. Não podemos simplesmente escolher a dedo o que ela deve ou não lembrar sobre uma alegação dessa magnitude. Se o testemunho dela for de alguma forma impreciso..."

"Está bem, sr. Taylor. O senhor já provou seu ponto. Protesto indeferido. Faça sua pergunta, sr. Taylor."

"Obrigado, meritíssimo. Está bem, Barbara, esqueça a data. Foi numa segunda-feira, numa quinta?", perguntou Kevin depressa, praticamente se lançando sobre a menina.

"Hm... numa terça."

"Terça-feira?" Ele deu mais um passo em direção a ela.

"Sim."

"Mas vocês não têm artes especiais na terça, Barbara", disse Kevin rapidamente, aproveitando-se de um inesperado elemento de sorte: a confusão da menina.

Ela olhou ao redor, impotente. "Hm, eu quis dizer quinta-feira."

"Você quis dizer quinta-feira. Tem certeza de que não foi numa segunda-feira?" Ela balançou a cabeça. "Porque a srta. Wilson vai com frequência à sala dos professores quando tem intervalo, e ela não ficaria na sala de aula após a turma sair." Barbara ficou quieta. "Foi então numa quinta-feira?"

"Sim", disse ela, com a voz fraca.

"E o mesmo supostamente aconteceu com as outras meninas também numa quinta-feira?", perguntou ele, como se estivesse confuso sobre os fatos.

"Protesto, meritíssimo. Ela não foi informada sobre o testemunho de todas."

"Pelo contrário", disse Kevin, "quero sustentar que ela foi."

"Por quem?", demandou Balm, indignado.

"Senhores." O juiz bateu o martelo. "O protesto está mantido. Limite suas perguntas ao depoimento desta testemunha, sr. Taylor."

"Está bem, meritíssimo. Barbara, quando você contou pras outras meninas o que aconteceu com você? Contou imediatamente?", perguntou Kevin, antes que ela pudesse se recobrar.

"Não."

"Você contou na sua casa?"

"Eu..."

"Foi no dia da festa com o Gerald e o Tony?"

A garotinha mordiscou o lábio inferior.

"Foi nesse dia que você contou pra elas, certo? Havia algum motivo pra você escolher aquela tarde? Alguma coisa aconteceu e te deu vontade de contar a história?"

Escorriam cada vez mais lágrimas do rosto de Barbara. Ela balançou a cabeça.

"Se você quer que as pessoas acreditem na sua história a respeito da srta. Wilson, vai ter que contar tudo, Barbara. Todas as meninas vão ter que contar tudo", acrescentou ele. "O motivo de ter falado da srta. Wilson naquela tarde, o que você e os meninos fizeram, tudo isso." O aspecto de terror no rosto de Barbara ficava mais intenso.

"A não ser, é claro, que você inventou tudo e depois convenceu as meninas a inventar também", completou Kevin, oferecendo a ela uma saída rápida. "Você inventou tudo isso, Barbara?"

Ela estava sentada como uma pedra, os lábios ligeiramente trêmulos, e não respondeu.

"Se você disser a verdade agora, tudo vai acabar neste instante", prometeu Kevin. "Ninguém precisa saber de mais nada", acrescentou, quase num sussurro. A menina parecia surpresa. "Barbara?"

"Meritíssimo", disse Balm, "o sr. Taylor está maltratando a testemunha."

"Eu não acho, sr. Balm", disse o juiz. Em seguida, inclinou-se em direção à menina. "Barbara, você precisa responder à pergunta."

"Você mentiu pro sr. Cornbleau porque não gosta da srta. Wilson?", perguntou Kevin, na mesma hora. Foi uma grande jogada; assumia-se que ela já havia respondido de forma positiva. De rabo de olho, Kevin viu as sobrancelhas de alguns membros do júri se erguerem.

Barbara balançou a cabeça, mas já não conseguiu conter as lágrimas, que escaparam e escorreram por seu rosto.

"Você sabe que pode acabar com a carreira da srta. Wilson, Barbara?", disse Kevin, afastando-se, de modo que Lois Wilson pudesse encarar diretamente a menina. "Isto não é um jogo, não é como um jogo com o qual se brinca em casa, um jogo como 'Lugares Especiais'", adicionou Kevin num sussurro alto, e o rosto da menina pareceu pegar fogo. Seus olhos se arregalaram, e ela olhou freneticamente para o público.

"Se você não contou toda a verdade antes, é bom que o faça agora, em vez de ficar mentindo. Então, pense bem e diga a verdade, Barbara", disse Kevin bem de frente para ela, encarando-a com os olhos tão abertos quanto possível.

O advogado recuou, como um lutador de boxe profissional preparando um nocaute. "A srta. Wilson nunca tocou nas outras meninas. Elas concordaram em dizer isso por causa do que fizeram na sua casa naquela tarde, não foi? Você disse que ia contar pra todo mundo se elas não ajudassem."

Barbara ficou boquiaberta. Estava de tal modo enrubescida que era como se todo o sangue de seu corpo houvesse afluído para o rosto. Ela olhou para os pais, os olhos arregalados. Kevin trocou de posição para que ela não conseguisse ver o promotor.

"Não precisamos conversar sobre o que aconteceu na sua casa", disse, com piedade, "mas você falou pras suas amigas o que elas deveriam dizer, e como deveriam dizer, não foi? Barbara?", insistiu, pregando a resposta que queria na mente dela. "Quando as outras meninas vierem aqui, terão que falar daquela tarde e do jogo, e terão que dizer a verdade. Mas se você disser a verdade agora, elas não vão precisar falar nada. Você disse o que elas deveriam dizer?"

"Sim", murmurou Barbara, grata pela tolerância.

"O quê?"

"Sim." Ela começou a chorar.

"Então elas contaram ao sr. Cornbleau o que você queria que elas dissessem", concluiu Kevin, vencendo a partida. Em seguida virou-se e olhou para o júri, uma bela mistura de raiva e pesar no rosto. Todos olharam para a menina e, depois, para Kevin.

"Mas eu não menti sobre o que contei pra ele. Eu não menti", gritou Barbara, em prantos.

"Me parece, Barbara, que você vem contando um monte de mentiras desde que se sentou aí."

Ele se virou e acenou com a cabeça para o promotor. Barbara estava em prantos e precisou ser retirada do banco e conduzida por uma porta lateral.

Kevin se empertigou e retornou a seu assento, fitando o público enquanto caminhava. Quase todos aparentavam estar chocados e confusos. O sr. Cornbleau parecia enraivecido, assim como diversos outros cidadãos indignados. O cavalheiro do fundo sorria para ele, porém Miriam balançava a cabeça e enxugava uma lágrima do rosto.

Lois Wilson olhou em sua direção, em busca de um sinal. Kevin fez um gesto com a cabeça, e então, exatamente como ele instruíra, ela olhou para Barbara, lançando à menina um olhar de perdão, e depois enxugou suas bem cronometradas e ensaiadas lágrimas.

O promotor se levantou. Encarando o juiz e o público com uma expressão vazia, ele sabia que não fazia sentido seguir em frente.

2

O Bramble Inn era um dos melhores restaurantes nas proximidades de Blithedale. Era uma churrascaria inglesa famosa pela paleta de cordeiro e pelo pavê caseiro. Kevin e Miriam Taylor adoravam o local, desde a passarela de pedras arredondadas até a ampla antessala com bancos de nogueira e lareira de tijolos. Para os Taylor, não havia nada tão romântico quanto ir ao Bramble Inn numa noite de neve, para se sentar no bar e tomar coquetéis, enquanto o fogo crepitava e estalava. Como de costume, o restaurante estava apinhado de sua típica clientela de classe média alta, entre a qual muitos conheciam Kevin. Alguns paravam para parabenizá-lo. Assim que ele e Miriam dispuseram de alguns momentos de silêncio, ele roçou seu ombro no dela e a beijou no rosto.

Havia quase um mês que Miriam comprara a saia e a jaqueta pretas de couro que estava usando naquela noite, mas as mantivera escondidas no fundo de seu closet, na esperança de que em breve tivesse a oportunidade de retirá-las do armário e surpreender Kevin. A saia justa acompanhava a curva suave e arredondada de seus quadris e das nádegas firmes, e revelava apenas o suficiente de suas pernas esbeltas e bem torneadas para torná-la sedutora, porém não vulgar. Sob a jaqueta, vestia uma blusa de malha branca e verde que parecia ter sido confeccionada diretamente sobre os seios empinados e os ombros estreitos.

Com um metro e setenta e cinco de altura e abundantes cabelos castanho-escuros ondulados na altura dos ombros, Miriam Taylor sempre chamava atenção quando entrava em algum lugar. Ela havia feito um ano de treinamento na Escola de Modelos da Marie Simon em Manhattan e, embora nunca tivesse tido qualquer experiência na área, mantinha a postura e a graça de uma modelo de passarela.

Kevin se apaixonara primeiro pela voz dela — uma voz profunda, sexy, estilo Lauren Bacall. Até fez com que recitasse uma de suas frases de cinema favoritas: "Você sabe assobiar, não é mesmo, Sam... Basta juntar os lábios e assoprar".

Sempre que ela olhava para ele com seus reluzentes olhos cor de avelã e virava os ombros, trocando "Kevin" por "Sam", era como se uma mão penetrasse seu estômago e agarrasse seu coração. Era mais fácil usar uma coleira no pescoço, pensava ele, e entregar a corrente a ela. Não havia nada que ele não fizesse por sua mulher.

"Eu sou culpado por cometer o pecado pouco conhecido de amar demais a própria esposa", dizia. "Violei o Primeiro Mandamento desde a primeira vez que a gente se viu: não terás outros deuses além de mim."

Os dois haviam se conhecido num coquetel oferecido pelo escritório dele — o Boyle, Carlton e Sessler — quando suas novas salas foram abertas no edifício recém-construído em Blithedale. Miriam fora à festa com os pais. Arthur Morris, seu pai, era o dentista mais ilustre da cidade. Sanford Boyle apresentou Kevin a ela e aos pais, e, daquele momento em diante, eles orbitaram ao redor do outro, atraindo-se com sorrisos e olhares por todo o ambiente, até que pararam para conversar e assim permaneceram até o final da festa. Ela aceitou jantar com ele naquela noite, e dali em diante o romance foi rápido, quente e intenso. Ele a pediu em casamento em menos de um mês.

Agora, sentados no bar do Bramble Inn enquanto brindavam o sucesso de Kevin, Miriam meditava sobre as mudanças que ele sofrera desde o dia em que se conheceram.

Como ele amadureceu, pensou ela. Ele parecia ter muito mais que vinte e oito anos. Havia uma maturidade, um controle, uma autoconfiança naqueles olhos verde-jade e nos atos que eram típicos de um homem bem mais velho e experiente. Não era um homem grande, mas seu metro e oitenta e dois centímetros e seus oitenta quilos faziam dele um indivíduo de porte atlético e elegante, de energia bem controlada. Ele até tinha seus momentos de excesso quando julgava necessário, mas na maior parte do tempo se portava bem.

Kevin era tão organizado, tão saudável, tão ambicioso e determinado que ela costumava zombar dele, cantando os versos daquela velha canção popular: "E ele é tão saudável de mente e corpo. Ele é um homem bem respeitado na cidade".

"Me diz então o que você realmente achou do julgamento de hoje. Não ficou nem um pouquinho orgulhosa de mim?"

"Ah, Kevin, não é que eu não tenha ficado orgulhosa de você. Você foi... perfeito", respondeu ela, porém não conseguia expungir da mente o rosto aterrorizado de Barbara Stanley. Ela não conseguia parar de pensar nos momentos de pânico que vira nos olhos da menina quando Kevin ameaçou expor o que ela e as amigas fizeram em sua casa. "Eu só queria que você tivesse ganhado o caso sem que precisasse ameaçar expor aquela criança. Você não?"

"Claro que sim. Mas eu não tive outra opção", disse ele. "Além do mais, não esqueça que a própria Barbara Stanley estava usando a mesma ameaça como chantagem pras outras meninas testemunharem."

"Eu sentia tanta pena dela quando você a atacava", disse ela.

Kevin empalideceu. "Não fui eu quem acusou Lois Wilson", relembrou ele. "Foi o Marty Balm. Foi ele quem levou Barbara Stanley ao tribunal e a fez passar por um interrogatório, não eu. Eu tinha que pensar na minha cliente e, acima de tudo, nos direitos e no futuro dela."

"Mas, Kevin, e se ela convenceu as outras a testemunhar porque ela estava com medo de enfrentar tudo sozinha?"

"Caberia ao promotor, então, apresentar argumentos melhores ou fazer uma objeção, que seja. Isso não é problema meu. Eu te disse, Miriam, eu sou o advogado de defesa. Tenho que defender o cliente, tenho que usar qualquer método possível, caso contrário não estarei fazendo meu trabalho. Você compreende isso, não?"

Ela fez que sim. Tinha de concordar, ainda que com relutância. O que ele dizia era verdade.

"Você não está nem um tiquinho orgulhosa da minha atuação no tribunal hoje?", ele tornou a perguntar, cutucando-a com o cotovelo.

Ela sorriu. "Você é um ator frustrado, Kevin Taylor. O jeito como você se movimentava, como você se dirigia ao júri, e cronometrava suas perguntas, e revirava os olhos..." Ela riu. "Você deveria ser indicado ao Oscar."

"É praticamente uma performance, não é, Miriam? Não consigo explicar o que acontece comigo quando entro num tribunal. É como se as cortinas subissem e eu apenas seguisse um roteiro. É quase como se não importasse quem é o cliente ou qual é o caso. Lá estou eu, cumprindo meu destino."

"Como assim não importa quem é o cliente ou qual é o caso? Você não defenderia qualquer um, não é mesmo?" Ele não respondeu. "Defenderia?"

Ele encolheu os ombros. "Dependendo do dinheiro, acho que sim."

Miriam o examinava com atenção, apertando os olhos. "Kevin, você tem que ser honesto comigo."

Ele ergueu a mão direita e se virou para encará-la. "Juro dizer a verdade, somente a verdade..."

"Estou falando sério", disse ela, abaixando a mão dele.

"Está bem, o que houve?" Ele se virou novamente e se curvou sobre o balcão para agarrar sua bebida.

"Esqueça o juridiquês, o papel da promotoria, o papel do advogado de defesa... Esqueça tudo isso. Você provou que as três meninas mentiram, que foram forçadas a mentir, ou pelo menos foi essa a impressão, e eu não nego que Barbara Stanley parece uma manipuladora, mas Lois Wilson realmente abusou dela? Realmente se aproveitou da menina? Você a interrogou, e passou bastante tempo com Lois Wilson."

"Talvez", disse Kevin. Algo no modo como ele moveu a cabeça a deixou arrepiada.

"Talvez?"

Ele encolheu os ombros. "Eu a defendi, como te expliquei, encontrei furos nos argumentos do promotor e os ataquei onde estavam mais vulneráveis."

"Mas se ela era culpada..."

"Como saber quem é culpado e quem não é, Miriam? Se fosse preciso ter certeza da inocência de um cliente, acima de qualquer tipo de dúvida, antes de pegar um caso, a gente ia morrer de fome." Ele acenou para alguém e solicitou uma nova rodada de bebidas.

Para Miriam, era como se uma nuvem tivesse bloqueado o sol por um instante. Ela se sentou e olhou em volta do bar, até que sua atenção recaiu sobre um homem negro, bonito e elegante, de cabelo muito escuro e sentado sozinho numa mesa de canto. Miriam tinha certeza de que ele estava olhando para eles. De repente o homem sorriu. Ela retribuiu o sorriso e desviou rápido o olhar. Quando tornou a mirá-lo, ele ainda os observava.

"Kevin? Você conhece aquele homem no canto que não para de olhar pra gente?"

"Que homem?" Ele se virou. "Sim. Quer dizer, não, mas ele estava no tribunal hoje."

O homem sorriu de novo e acenou. Kevin acenou de volta. Aparentemente tomando isso como um convite, o homem se levantou e foi na direção deles. Tinha pouco mais de um metro e oitenta e estava em forma.

"Boa noite", disse, estendendo a mão, uma palma larga com dedos compridos e unhas bem-feitas. No mindinho, usava um anel de ouro com a letra P gravada na parte de cima. "Eu vim te dar os parabéns e incluir meu nome na sua lista de admiradores. Paul Scholefield."

"Obrigado, Paul. Esta é minha esposa, Miriam."

"Sra. Taylor", disse ele, fazendo um gesto com a cabeça. "Você tem bons motivos pra estar bonita e orgulhosa esta noite."

Miriam enrubesceu. "Obrigada", disse ela.

"Não queria interrompê-los", prosseguiu Scholefield, "mas eu estava no tribunal hoje e vi você em ação."

"Sim, eu sei. Eu me lembro de você." Kevin aproximou o olhar. "Acho que não nos conhecemos."

"Não. Eu não sou daqui. Sou advogado, mas meu escritório fica em Nova York. Tudo bem se eu me juntar a vocês por um instante?", perguntou, olhando para o banco ao lado de Kevin.

"Claro."

"Obrigado. Eu vi que vocês acabaram de pedir bebidas; se não fosse por isso, eu pagaria uma pra vocês." Ele chamou o garçom. "Um coquetel de champanhe, por favor."

"Você trabalha em que área, sr. Scholefield?", perguntou Kevin.

"Por favor, me chame de Paul. Nosso escritório só trabalha com direito penal, Kevin. Talvez você já tenha ouvido falar nele: John Milton e Associados."

Kevin pensou por um momento e depois balançou a cabeça. "Desculpe, mas não."

"Não tem problema", sorriu Scholefield. "É um daqueles escritórios que você só descobre que existe quando está enfrentando algum problema. Nós nos tornamos especialistas. Outros advogados evitariam a maioria dos casos que aceitamos."

"Parece... interessante", disse Kevin, com cautela. Estava começando a se arrepender de ter permitido que Scholefield se juntasse a eles. Ele não queria falar de trabalho. "Acho que está na hora de vermos se nossa mesa está disponível, hein, Miriam? Estou começando a ficar com fome."

"Sim", respondeu ela, aproveitando a deixa, e então acenou para o *maître*.

"Como eu disse", continuou Scholefield, entendendo a situação, "não quero interromper vocês." Ele pegou seu cartão de visita. "Eu não apareci do nada no julgamento de hoje. Nós ouvimos falar de você, Kevin."

"Sério?" Os olhos de Kevin se arregalaram.

"Sério. Estamos sempre de olho nos advogados promissores que atuam em casos criminais, e por acaso acabamos de abrir uma vaga em nosso escritório."

"Ah, é?"

"Depois de ver você em ação, gostaria de deixar meu cartão e pedir que você escute minha proposta."

"Ah, bem..."

"Sei que você provavelmente vai receber uma proposta pra se tornar sócio do seu escritório, mas, sem querer parecer esnobe, eu diria que ficar aqui não vai te dar metade da satisfação nem metade do salário..."

"Metade do salário?"

"Sua mesa está pronta, senhor", avisou o *maître*.

"Obrigado." Kevin se virou de novo para Scholefield. "Você disse metade do salário?"

"Sim. Eu sei quanto você vai ganhar como sócio no seu escritório. O sr. Milton vai dobrar a quantia na mesma hora, e, num período relativamente curto de tempo, você também vai passar a ganhar bônus significativos. Não tenho dúvidas." Scholefield se levantou. "Bom, não quero tomar mais o seu tempo. Vocês dois merecem uma oportunidade de ficar sozinhos", acrescentou, piscando o olho para Miriam.

De novo, ela sentiu que estava ficando vermelha.

Ele empurrou o cartão para Kevin. "É só ligar. Você não vai se arrepender. E mais uma vez", acrescentou, erguendo o copo, "parabéns pela esplêndida vitória. Até, sra. Taylor." Ele fez mais um brinde e os deixou.

Por um momento, Kevin permaneceu imóvel. Depois olhou para o cartão. A impressão em relevo parecia querer sair do papel, o que ampliava sua magnitude. A música leve do jantar, o ruído suave das conversas em volta e até mesmo a voz de Miriam ficaram subitamente distantes. Ele se sentiu flutuar.

"Kevin?"

"Ahn?"

"O que foi aquilo?"

"Não sei, mas com certeza parece interessante, não?"

Scholefield retornou à sua mesa e sorriu para ela. Uma coisa gelada tocou seu coração e o fez palpitar. "Kevin, nossa mesa está pronta."

"Certo." Ele deu mais uma olhada no cartão de visita, depois o enfiou depressa no bolso e se levantou para se juntar à esposa.

Eles se sentaram numa mesa mais reservada, num recanto perto do fundo do restaurante. A luminária em cima da mesa lançava um suave e mágico brilho amarelo em seus rostos. Eles pediram um zinfandel branco e o saborearam aos poucos, enquanto conversavam com calma, relembrando outros tempos, outros jantares românticos, outros momentos preciosos. A música leve rodopiava ao redor deles como a trilha de fundo de um filme. Ele levou a mão dela aos lábios e beijou seus dedos. Olhavam-se com tal intensidade que a garçonete se sentiu culpada ao interrompê-los para anotar os pedidos.

Foi somente após a comida chegar e eles começarem a comer que Miriam levantou o assunto Paul Scholefield.

"Você realmente nunca ouviu falar no escritório dele?"

"Não." Ele pensou melhor e balançou a cabeça. Depois pegou o cartão e o examinou. "Não posso afirmar que sim, mas isso não significa nada. Você sabe quantos escritórios de advocacia existem apenas em Nova York? Bem localizado", observou ele. "Madison com a Quarenta e Quatro."

"Não é um pouco estranho um outro advogado vir até aqui só pra te ver em ação, Kevin?"

Ele encolheu os ombros. "Não sei dizer. Na verdade, acho que não. Qual a melhor maneira de analisar alguém, senão vendo a pessoa em ação? E lembra", acrescentou, com evidente prazer, "que o caso saiu nos jornais de Nova York. Escreveram algumas linhas sobre ele no *Times* do último domingo."

Miriam concordou, mas ele via que alguma coisa a incomodava.

"Por que você está perguntando isso?"

"Não sei. O jeito como ele disse o que tinha a dizer e te entregou o cartão... Ele estava... tão confiante."

"Devem ser os frutos do sucesso. Fico pensando se aquela remuneração era séria... O dobro do que eu ganharia como sócio no Boyle, Carlton e Sessler?" Ele olhou de novo o cartão e balançou a cabeça, incrédulo.

"Você vai ganhar o suficiente lá, Kevin."

"Nada é suficiente hoje em dia, e não vão aparecer muitos casos como esse da Lois Wilson. Tenho medo de ficar preso numa daquelas áreas deles, de acabar me afundando no direito empresarial ou imobiliário simplesmente porque não vai surgir muita coisa de penal por lá."

"Isso nunca te preocupou antes, Kevin."

"Eu sei." Ele se curvou para a frente, os olhos absorvendo toda a luz da luminária quando seu semblante passou de suave e sereno a ardente e excitado em um instante. "Mas algo aconteceu comigo no tribunal dessa vez, Miriam. Eu podia sentir. Eu estava... pegando fogo em alguns momentos. Era como estar o tempo inteiro à beira de um precipício, sabendo que cada palavra importava, que tinha mais do que apenas uma propriedade em jogo. A vida inteira de alguém estava em jogo. O futuro de Lois Wilson estava nas minhas mãos. Era como se eu fosse um cirurgião cardíaco ou um neurocirurgião, em comparação a um clínico geral examinando uma perna quebrada."

"Não é tão ruim assim pegar um caso fácil de direito imobiliário de vez em quando", disse ela, em voz baixa. A euforia dele a deixava sufocada.

"Não, mas quanto mais difícil, quanto mais crítico um caso, mais brilhante eu consigo ser. Eu sei disso. Quer dizer, não sou um burocrata, Miriam. Eu sou... um advogado."

Ela concordou, o sorriso murchando aos poucos. Havia algo na voz, algo nos olhos dele que a assustava. Miriam pressentia que a vida que planejara para ambos não seria suficiente para ele.

"Mas, Kevin", disse ela, após alguns instantes, "você nunca disse isso antes, e é provável que você não estivesse dizendo isso agora se aquele homem não houvesse aparecido."

"Talvez não." Ele encolheu os ombros. "Talvez eu não saiba o que quero." Ele olhou o cartão de novo e depois o guardou no bolso. "Seja como for, a gente vai ter tempo pra pensar nisso. Não espero me tornar sócio na segunda de manhã. Aqueles três vão ter que fazer uma série de reuniões antes. Eles acham que as coisas precisam se assentar e se estabilizar." Ele riu, mas era um riso diferente. Era um riso afiado, frio. "Eles provavelmente nunca fizeram amor com a esposa sem antes revisar os prós e os contras. Pensando bem, a julgar pelas esposas, não sei como eles poderiam agir diferente."

Ele riu de novo, um riso de desprezo dessa vez, porém Miriam não o acompanhou. Kevin nunca desdenhara dos Boyle, dos Carlton ou dos Sessler antes. Ela sempre acreditou que ele queria ser exatamente como eles.

"O cordeiro não está uma delícia hoje?", perguntou Kevin, e ela sorriu e concordou, ansiosa por deixar aquela conversa de lado e abrandar o ritmo de seu coração. Não queria continuar sentindo aquelas desagradáveis borboletas no estômago.

Deu certo. Eles não falaram mais de direito nem do caso. Mais satisfeitos após o café e a sobremesa, foram para casa e fizeram amor como nunca haviam feito antes.

Apesar disso, na manhã seguinte, ela o viu entrar no closet e pegar a calça que havia usado no Bramble Inn. Ele meteu a mão no bolso e retirou o cartão de visita de Paul Scholefield, deu uma olhada nele e o colocou no bolso interno da jaqueta que usaria para trabalhar na segunda.

Ao longo do fim de semana, Kevin sentiu que havia algo estranho no ar. Os amigos que deveriam ligar para parabenizá-lo nunca telefonaram. Miriam acabou tendo uma conversa nada agradável com a mãe, de acordo com o que ele veio a saber depois. Quando a pressionou para descobrir mais detalhes, ela finalmente revelou que a mãe se metera numa briga com uma de suas supostas boas amigas em defesa dele.

O próprio Kevin quase entrou numa briga quando parou para abastecer o carro no posto de gasolina do Bob, no domingo de manhã, e Bob Salter brincou que era uma pena que as lésbicas e os gays fossem os únicos a se dar bem no país.

Assim, ele não se surpreendeu com a frieza com que foi recebido no escritório, na segunda de manhã. Mary Echert, que era a sua secretária e a recepcionista do escritório, mal lhe deu bom-dia; já Teresa London, a secretária de Garth Sessler, depois de esboçar um sorriso, desviou rápido o olhar quando ele passou por ela a caminho de seu "buraco de rato".

Kevin mal chegara em sua sala quando o interfone tocou e Myra Brockport, a secretária de Sanford Boyle, numa voz que lembrava a de uma professora severa que ele teve no primário, falou: "O sr. Boyle deseja vê-lo imediatamente, sr. Taylor".

"Obrigado", respondeu ele, colocando o fone no gancho. Ele se levantou e endireitou a gravata. Sentia-se confiante, orgulhoso. Por que não? Em apenas três anos já deixara uma marca indelével naquele bem-sucedido escritório. Brian Carlton e Garth Sessler haviam levado mais de cinco anos para virar sócios. Na época deles ainda era Boyle & Boyle: Sanford trabalhava com o pai, Thomas, um homem agora já na faixa dos oitenta anos que continuava vigoroso, impondo sua opinião ao filho de cinquenta e quatro anos.

Kevin temia que Boyle, Carlton e Sessler pudessem oferecer resistência à ideia de transformá-lo em sócio. Havia um esnobismo em volta deles e do escritório. Todos os três eram filhos de advogados que, por sua vez, também eram filhos de advogados. Era quase como se eles se considerassem pertencentes à realeza, descendentes de monarcas e herdeiros de cetros e tronos, cada um com seu reino particular, um voltado para o planejamento patrimonial, outro para o mercado imobiliário...

Eles eram donos das maiores casas de Blithedale. Seus filhos dirigiam Mercedes e BMW e estudavam em universidades da Ivy League; dois, inclusive, já estavam perto de se formar em direito. Todos os trabalhadores locais os admiravam, davam valor aos convites que recebiam para visitá-los e para frequentar suas festas, e se sentiam importantes quando algum deles comparecia às festas que organizavam. Virar sócio deles era praticamente o mesmo que ser sacralizado.

Como membro da alta sociedade nessa comunidade durante toda a vida, Miriam tinha plena consciência de tudo isso. Eles estavam próximos de construir sua casa dos sonhos. Miriam falava sobre filhos. A vida de classe média alta parecia garantida, e nunca existiu sequer uma dúvida a respeito do desejo de Kevin de se estabelecer naquela pequena comunidade de Long Island. Ele nasceu e cresceu em Westbury, onde seus pais ainda moravam, e esteve à frente da empresa de contabilidade do pai. Depois se formou em direito na NYU e retornou a Long Island para trabalhar e encontrar a garota dos seus sonhos. Aquele era o seu lugar. Aquele era o seu destino.

Ou não era mais?

Ele abriu a porta da sala de Sanford Boyle e cumprimentou os três sócios seniores, então escolheu o assento em frente à mesa de Boyle, consciente de que assim ficaria bem no centro, com Brian Carlton à esquerda e Garth Sessler à direita. *Parece que eles querem me cercar*, pensou ele, de brincadeira.

"Kevin", começou Sanford. Era o mais velho dos três — Brian Carlton tinha quarenta e oito e Garth Sessler, cinquenta — e era o que mais aparentava a idade. Ele tinha o olhar sereno de quem nunca precisou fazer mais do que cortar a própria grama ou jogar o lixo fora. Estava quase careca, as bochechas flácidas, e seu queixo duplo tremia sempre que falava. "Lembra o que nós achávamos desse caso quando você anunciou que queria trabalhar nele?"

"Sim." Ele olhou para cada um deles. Os três estavam sentados como juízes austeros de um tribunal puritano, todas as linhas e todos os traços de seus rostos esculpidos a fundo, cada um parecendo mais uma estátua do que um homem de verdade.

"Todos nós achamos que você se saiu magistralmente bem naquele tribunal — preciso e fustigante. Talvez fustigante até demais."

"Perdão?"

"Você praticamente bateu naquela menina até ela beijar a lona."

"Eu fiz o que tinha que fazer", disse Kevin, recostando-se. Ele sorriu para Brian Carlton. O homem esguio de bigode castanho também estava recostado, as pontas dos dedos compridos unidas como se sua função fosse apenas a de supervisionar a discussão, em vez de participar dela, enquanto Garth Sessler, sempre impaciente com conversas fiadas, tamborilava os dedos na lateral da cadeira.

Por algum motivo, Kevin nunca percebera como odiava aqueles três. De fato, eles eram brilhantes, mas possuíam tanta personalidade quanto uma máquina de processamento de dados. Suas reações eram automáticas e impassíveis.

"Tenho certeza de que você está ciente do rebuliço que tomou conta da nossa comunidade. Todos nós passamos praticamente o fim de semana inteiro no telefone com clientes, amigos..." Ele sacudiu a mão na frente do rosto duas vezes, como se estivesse espantando moscas. "O fato é: as reações estão perto do que esperávamos. Nossos clientes, dos quais dependemos bastante para sobreviver, em geral não estão satisfeitos com nossa posição a respeito desse negócio da Lois Wilson."

"Nossa posição? Essas pessoas nunca ouviram falar em inocente até provarem o contrário? Eu a defendi, e ela foi inocentada."

"Ela não foi inocentada", disse Brian Carlton, erguendo o canto da boca de maneira sarcástica. "A acusação ficou de mãos atadas e desistiu depois de você encurralar uma menina de dez anos de idade e fazê-la admitir que tinha contado algumas mentiras."

"Dá no mesmo", respondeu Kevin.

"Não exatamente", disse Brian. "Mas não me surpreende que você não entenda a diferença."

"O que isso quer dizer?"

"Vamos voltar ao ponto." Garth Sessler interrompeu. "Conforme tentamos explicar antes de você se envolver tanto com esse caso, nós sempre procuramos nos afastar de casos controversos. Somos um escritório conservador. Não estamos buscando notoriedade ou publicidade. Esse tipo de coisa repele os clientes abastados da nossa comunidade."

"Então", prosseguiu ele, tomando com firmeza as rédeas da conversa, "Sanford, Brian e eu estivemos revendo seu histórico no escritório. Achamos que você é uma pessoa dedicada, responsável, com um futuro promissor."

"Promissor?" Kevin se virou instintivamente para Brian. Ele havia entrado na sala com a certeza de que seu futuro já havia chegado. Não se tratava mais de uma simples promessa.

"No direito criminal", disse Brian, seco.

"Área na qual não temos interesse", concluiu Sanford. Por um momento, Kevin pensou que eles eram Os Três Patetas.

"Entendo. Então esta não é uma reunião pra vocês me tornarem sócio do escritório?"

"Uma sociedade plena não é algo que oferecemos da noite pro dia, sabe", disse Garth. "O valor de uma sociedade desse tipo não reside apenas nos retornos financeiros, mas também no que ela significa, e esse significado vem do investimento que se faz na comunidade, assim como no escritório. Por que..."

"Porém, não vemos razão para você não se tornar rapidamente um sócio pleno em algum escritório especializado em direito criminal", disse Sanford Boyle. Ele deu um sorriso polido e chegou para a frente, as mãos cruzadas sobre a mesa. "Não é que não estejamos felizes com tudo o que você fez por aqui, gostaria de frisar isso."

"Quer dizer então que os senhores não estão me demitindo, e sim me avisando que eu estaria melhor em outro lugar", disse Kevin, categoricamente. Ele balançou a cabeça e se refestelou na cadeira. Depois encolheu os ombros e sorriu. "Na verdade, eu estava pensando em apresentar meu pedido de demissão."

"Perdão?", disse Brian, inclinando-se para a frente.

"Eu já recebi outra proposta, senhores."

"É mesmo?" Sanford Boyle olhou rapidamente para os outros sócios. Brian permanecia imóvel como uma pedra. Garth ergueu as sobrancelhas. Kevin sabia que não acreditariam nele, como se não houvesse a menor possibilidade de pensar em trocar de escritório. A arrogância deles começava a deixá-lo irritado. "De um escritório da mesma área?"

"Não. Eu... ainda não posso falar sobre isso", respondeu ele, a mentira praticamente escapando de seus lábios. "Mas, posso garantir, os senhores serão os primeiros a saber dos detalhes. Além da Miriam, é claro."

"Sem dúvida", disse Sanford, embora Kevin soubesse que os três frequentemente tomavam decisões particulares sem consultar as esposas. Isso era outra coisa que desprezava neles — a relação com as esposas e os filhos era muito impessoal. Ele estremeceu ao pensar que um dia os quatro poderiam estar sentados naquela mesma sala, oferecendo sociedade a um advogado jovem e brilhante como ele, que facilmente teria uma carreira muito mais satisfatória e estimulante em outro lugar, mas que poderia ficar tentado a aceitar a segurança e a respeitabilidade de (que Deus me perdoe, pensou ele de súbito) Boyle, Carlton, Sessler e Taylor.

"De todo modo, é melhor eu voltar pra minha sala e terminar de preparar a papelada do caso de Lois Wilson. Obrigado pela demonstração de confiança de meia-tigela", acrescentou, e eles ficaram olhando-o ir embora.

Quando fechou a porta, Kevin experimentou uma deliciosa sensação de liberdade, como se estivesse despencando em queda livre de um avião. Em questão de minutos, desafiara seu assim chamado destino e se mantivera firme, como alguém em pleno controle do próprio futuro.

Myra não conseguia entender o sorriso estampado em seu rosto. "O senhor está bem, sr. Taylor?"

"Estou bem, Myra. Bem melhor do que... nos últimos três anos, pra ser mais exato."

"Ah, eu..."

"Nos vemos depois", emendou Kevin, e retornou à sua sala.

Durante um bom tempo, ele ficou sentado em sua mesa, pensativo. Então procurou no bolso o cartão de visita de Paul Scholefield. Em seguida, colocou o cartão em cima da mesa e o contemplou. Agora já não olhava para o cartão; enxergava além dele, dentro de sua própria imaginação, onde via a si mesmo num tribunal municipal defendendo um homem acusado de homicídio. A promotoria tinha um caso sólido, circunstancial, só que o caso era contra ele, Kevin Taylor da John Milton e Associados. Os jurados absorviam cada uma de suas palavras. Os repórteres o perseguiam nos corredores do tribunal, pleiteando informações, previsões, depoimentos.

Mary Echert bateu na porta e entrou com a correspondência, interrompendo seu devaneio. Ela abriu um sorriso, mas ele podia ver pela expressão ao redor de seus olhos que o falatório já havia começado.

"Eu não me esqueci de nenhum compromisso hoje, não é, Mary?"

"Não. O senhor ficou de se encontrar com o sr. Setton amanhã de manhã, sobre o filho dele, e pediu que eu te entregasse o relatório policial."

"Ah. Sim. É aquele garoto de dezesseis anos que resolveu dar um belo passeio no carro do vizinho?"

"Isso."

"Um caso fascinante."

Mary inclinou um pouco a cabeça, confusa com o sarcasmo. Assim que ela se retirou, ele ligou para John Milton e Associados e pediu para falar com Paul Scholefield.

Quinze minutos depois, Kevin estava a caminho de Manhattan, sem sequer ter ligado para Miriam para contar tudo o que acontecera.

3

O escritório Boyle, Carlton e Sessler possuía salas confortáveis e de bom gosto em Blithedale. Quase vinte anos antes, Thomas Boyle transformou sua pequena casa de dois andares em Cape Cod em um local de trabalho para ele e Sanford. Parte do encanto do escritório vinha de sua atmosfera caseira. Era um lugar relaxante; relaxante até demais, pensou Kevin. Ele nunca havia achado isso antes. Sempre apreciara o toque doméstico das cortinas, dos tapetes e das instalações. Sentia-se como se saísse de uma casa de manhã e fosse para outra. Era assim que costumava pensar.

Mas, quando entrou pela primeira vez no escritório John Milton e Associados, tudo mudou. Ele desceu do elevador no vigésimo oitavo andar, que tinha uma vista espetacular do centro de Manhattan e do East River. No fim do corredor, encontravam-se as portas duplas de madeira maciça com o nome "John Milton e Associados, Advogados" escrito em alto-relevo. Ele entrou e se viu numa recepção suntuosa.

O amplo espaço aberto, o longo sofá de couro curtido, o canapé e as cadeiras também de couro exalavam sucesso. Acima do sofá, havia uma enorme pintura abstrata que parecia um Kandinsky original. Era assim que um escritório próspero devia ser, pensou Kevin.

Ele fechou a porta e pisou no imponente tapete de veludo; era como se estivesse andando sobre uma cobertura de marshmallow. A sensação o fez sorrir enquanto se aproximava da recepcionista, que estava sentada atrás de uma mesa de madeira teca em formato de meia-lua. Ela se virou do computador para recebê-lo, e ele alargou o sorriso no mesmo instante. Em vez de ser recebido pela acolhedora e feia Myra Brockport ou pela grisalha e pálida Mary Echert e seus olhos esbugalhados, que recebiam os clientes no Boyle, Carlton e Sessler, Kevin foi recebido por uma morena reluzente que poderia muito bem ter participado de um concurso Miss América.

Ela tinha cabelos lisos cor de carvão, que caíam com delicadeza sobre os ombros, as pontas quase encostando nas omoplatas. Parecia italiana, como Sophia Loren com seu nariz romano e as maçãs do rosto salientes. Seus olhos pretos eram quase luminosos.

"Boa tarde", disse ela. "Sr. Taylor?"

"Sim. Bonito escritório."

"Obrigada. O sr. Scholefield está ansioso pra ver o senhor. Vou levá-lo agora mesmo até ele." Ela se levantou. "Gostaria de beber alguma coisa... chá, café, uma Perrier?"

"Uma Perrier está bom. Obrigado." Eles atravessaram o lobby e foram em direção ao corredor ao fundo.

"Com um pouco de limão?", perguntou ela, virando-se para Kevin.

"Sim, obrigado."

Ele ficou hipnotizado pela forma como ela andava, enquanto percorriam o corredor e paravam na copa. Ela tinha pelo menos um metro e oitenta e vestia saia de malha preta e uma blusa branca de mangas compridas. A saia estava tão apertada nos quadris e nas nádegas que era possível ver o contorno dos músculos por baixo. Era de tirar o fôlego. Ele riu por dentro, pensando em como Boyle, Carlton e Sessler o censurariam naquele momento.

Ela lhe entregou um copo de vidro com gelo e água com gás.

"Obrigado."

O jeito de olhar e o calor do sorriso dela o excitaram e o deixaram vermelho.

"Por aqui."

Eles passaram por uma sala, depois por uma sala de reunião, e então por outra sala antes de pararem em frente à porta que exibia a placa com o nome de Paul Scholefield. Ela bateu na porta e a abriu.

"Sr. Taylor, sr. Scholefield."

"Obrigado, Diane", disse Paul Scholefield, saindo de trás da mesa para cumprimentar Kevin. Ela fez um gesto de despedida e se retirou, mas Kevin não conseguiu tirar os olhos dela por alguns instantes. Scholefield aguardou, compreensivo. "Kevin, bom ver você."

"Belo escritório." A sala de Paul Scholefield tinha o dobro do tamanho da de Sanford Boyle. Possuía decoração high-tech, uma lustrosa mobília de couro preto, e estantes e mesa em branco brilhante. À esquerda da mesa de Paul, duas janelas enormes resguardavam a cidade até o East River. "Que vista."

"É de tirar o fôlego, não é? Todas as salas têm uma vista assim. A sua também tem."

"Uau."

"Sente-se, por favor. Já falei pro sr. Milton que você chegou, e ele quer te ver depois que encerrarmos tudo por aqui."

Kevin se sentou na cadeira de couro em frente à mesa de Scholefield.

"Fico feliz de ver que você decidiu levar a sério a nossa proposta. Estamos literalmente entupidos de novos trabalhos", disse Paul Scholefield, com brilho nos olhos. "Então, seu escritório atual propôs que você se tornasse sócio?"

"Não necessariamente. Eles me deram a oportunidade de encontrar algo mais próximo da minha natureza", respondeu Kevin.

"O quê?" Paul conteve o sorriso.

"Parece que o caso de Lois Wilson e a forma como eu o conduzi os deixaram bastante constrangidos. Eles aceitam tudo, qualquer técnica, qualquer dispositivo legal, desde que as coisas sejam feitas de maneira discreta. Sabe, é que nem manipular uma idosa pra meter a mão nos seus bens, ou encontrar brechas em leis tributárias pra encher o bolso dos clientes abastados", explicou Kevin, com amargura.

Paul balançou a cabeça e riu. "Eles estão cegos. É nisso que dá ser muito provinciano e ter a mente fechada. É por isso que você não pertence àquele lugar, Kevin. O sr. Milton tem razão", acrescentou Paul, o rosto ficando sério. "O seu lugar é aqui... conosco."

"O sr. Milton disse isso?"

"Aham. Foi ele quem descobriu você primeiro, e costuma estar certo em relação às pessoas. O discernimento dele é impressionante."

"A gente se conhece?", perguntou Kevin, imaginando como alguém poderia ter tanta certeza sobre ele sem o conhecer.

"Não, mas ele está sempre de olho em novos e brilhantes candidatos... Ele gosta de observar advogados, de ir a audiências e julgamentos da mesma forma que os olheiros de beisebol vão a jogos do ensino médio. Primeiro ele viu você em ação, depois me enviou. Foi assim que ele contratou todos aqui. Você vai conhecer todo mundo hoje — Dave Kotein, Ted McCarthy e as secretárias. Mas antes quero que conheça sua sala, Kevin, e depois vamos ver o sr. Milton."

Kevin deu um último gole na Perrier e se levantou para sair da sala com Paul e seguir pelo corredor. Eles pararam em frente a uma porta cuja placa de identificação evidentemente acabara de ser retirada.

"Deve ter acontecido algo incrível pra conseguir tirar quem quer que fosse deste escritório", comentou Kevin.

Os olhos de Paul se entrecerraram enquanto concordava. "Sim. Foi uma tragédia pessoal. Ele se matou pouco depois que a esposa faleceu em trabalho de parto. Richard Jaffee, era um advogado brilhante. Nunca perdeu um caso enquanto esteve aqui."

"Nossa, eu não fazia ideia."

"O sr. Milton ainda está muito triste com tudo o que aconteceu. Como você pode imaginar, todos nós estamos. Mas ter você aqui conosco, Kevin", acrescentou Paul, colocando a mão no ombro dele, "vai nos dar uma injeção de ânimo."

"Obrigado", disse Kevin. "Mas sinto que vou precisar estar à altura."

"Você estará. Se o sr. Milton acha que você é capaz, é porque você é capaz", disse Paul, balançando a cabeça. Kevin quase riu do zeloso voto de confiança, mas logo viu que ele estava falando sério.

Scholefield abriu a porta, e Kevin entrou em sua tão aguardada nova sala.

Quantas vezes nos últimos três anos ele não se pegou sentado naquele seu cubículo de sala no Boyle, Carlton e Sessler, imaginando como seria ser um advogado famoso em Nova York e ter uma sala suntuosa com uma ampla vista.

Agora, diante dele, havia uma mesa em formato de L com uma cadeira de couro macia, um confortável divã e outra cadeira de couro em frente à mesa. O tapete era tão opulento quanto o do lobby, e as cortinas eram de um bege vivo. Um painel de nogueira recobria as paredes e dava uma aparência clara e arejada ao ambiente.

"Tudo parece novo em folha."

"O sr. Milton mandou refazer a sala. Espero que você tenha gostado."

"Gostado? Eu adorei", disse Kevin. Paul ficou satisfeito. Para Kevin, o escritório era deslumbrante, desde o sofisticado sistema telefônico banhado a ouro até a robusta caneta de ouro e o conjunto de lápis. Havia, inclusive, porta-retratos prateados à espera de suas fotos e quadros nas paredes à espera de seus diplomas e prêmios, o mesmo número de quadros que estavam pendurados em sua sala em Blithedale. Que coincidência, pensou ele. Bom sinal.

Kevin foi até as janelas atrás da mesa. Exatamente como dissera Paul, lá estava a incrível vista da cidade.

"Que tal?", perguntou Paul.

"Linda." Ele foi até o banheiro e examinou as novas e reluzentes instalações e o piso e a parede de azulejos. Havia até mesmo um boxe com chuveiro. "Eu me mudaria pra cá agora mesmo." Kevin inspecionou os livros na estante que ocupava quase toda a parede da esquerda. "Não preciso trazer absolutamente nada." Ele riu e olhou em volta novamente. "Isso é... incrível."

"O sr. Milton vai ficar feliz de saber que você gostou do que ele fez, Kevin." Paul checou o relógio. "Está na hora de ver o homem."

"Claro." Ele parou para dar uma última olhada na sala antes de saírem e balançou a cabeça. "É exatamente como eu sonhava. É como se..." Ele se virou para um sorridente Paul Scholefield. "Como se ele tivesse lido meus sonhos."

Após bater na porta, Paul a abriu e deu um passo atrás para que ele entrasse. Kevin não podia negar que estava nervoso; Paul contribuíra tanto para a imagem de John Milton criada em sua mente que ele não fazia ideia do que esperar.

O mesmo tapete que recobria o lobby e avançava pelo corredor se estendia pela entrada da sala de John Milton e cobria todo o piso. Mais ao fundo, no centro da sala, havia uma mesa de mogno escuro e uma cadeira de espaldar alto de couro castanho-escuro. Duas outras cadeiras ficavam em frente à mesa. Atrás dela, três grandes janelas, quase da altura e da largura da parede, proporcionavam uma vista aberta e ampla da cidade e do céu, semelhante à vista que teria um Deus.

De início, Kevin ficou tão impressionado com o resplendor e a claridade do ambiente que sequer percebeu que John Milton estava sentado em sua cadeira. Quando deu alguns passos adiante e finalmente o viu, era como se o homem tivesse saído das sombras.

"Bem-vindo ao John Milton e Associados, Kevin", disse ele. Kevin logo identificou um tom afetuoso naquela voz melosa; fez com que se lembrasse do mesmo tom afetuoso, acolhedor e suave do reverendo Pendleton da Igreja Episcopal de Blithedale, um tom que deixava qualquer um tranquilo. Kevin de vez em quando tentava imitar aquele tom no tribunal, chamando-o secretamente de sua "voz dominical".

John Milton parecia estar no início de seus sessenta anos e ostentava uma curiosa combinação de traços jovens e idosos. Tinha a cabeça cheia de cabelos espessos, bem aparados e penteados, mas toda grisalha. Enquanto Paul fechava a porta, o sr. Milton se levantou, seu tronco se transformando num corpo de quase um metro e noventa, o sorriso rebentando do que a princípio parecia ser um rosto de mármore. Ele vestia um terno de seda cinza-escuro com uma gravata rubi e um lenço de bolso da mesma cor.

Kevin não deixou de notar como seus ombros se alargaram quando ele lhe estendeu a mão. Exibia uma forma física excepcional, o que contribuía para a estranha, porém interessante, mistura de juventude com idade. Aproximando-se, Kevin pode perceber um rubor carmesim em suas bochechas. O homem lhe apertou as mãos com firmeza, como se tivesse esperado séculos para conhecê-lo.

"É um prazer conhecê-lo, sr. Milton."

Os olhos de John Milton pareciam se metamorfosear enquanto eles se olhavam, indo de um castanho opaco e sereno a um cinza tremeluzente. Ele possuía um nariz retilíneo de contornos suaves, que às vezes dava a seu rosto um aspecto perene. Até mesmo as rugas nos cantos dos olhos pareciam ter sido delineadas por alguém apenas alguns instantes atrás. Os lábios finos tinham um tom alaranjado, o maxilar era bem-marcado e a pele era firme, porém ele tinha um olhar paternal, um rosto repleto de sabedoria.

"Espero que o Paul tenha lhe mostrado sua sala."

"Ah, sim. É fantástica. Adorei."

"Que bom, Kevin. Sente-se, por favor."

Ele apontou para a cadeira de couro de encosto alto com braços de mogno. Esculpidos à mão, em ambos os braços, viam-se personagens da mitologia grega: sátiros, minotauros. "Obrigado, Paul", acrescentou ele. Kevin olhou para trás e viu Paul Scholefield saindo.

John Milton retornou à sua cadeira. Kevin notou que emanava dele uma espécie de segurança, algo régio na maneira como segurava a cabeça e os ombros. Ele se sentava como um monarca recebendo o trono.

"Como você sabe, temos pensado em você há algum tempo, Kevin. Gostaríamos que começasse na semana que vem. Em cima da hora, eu sei, mas já tenho um caso destinado a você", acrescentou, batendo com o indicador numa pasta grossa à sua direita, em cima da mesa.

"Sério?" Kevin queria perguntar como ele sabia que aceitaria o cargo, mas temia parecer indelicado. "Do que se trata?"

"Eu lhe direi no devido tempo", disse John Milton com firmeza. Kevin notou a facilidade com que o sr. Milton passava de um tom acolhedor e simpático a outro determinado e resoluto. "Primeiro, vou explicar minha filosofia em relação a nossos associados, que, como você verá, são mais do que meros associados. Em inúmeros aspectos, eles são meus parceiros, mas, ainda mais do que isso, são minha família. Formamos uma verdadeira equipe aqui, e nos dedicamos uns aos outros de maneiras que vão muito além de mera relação profissional. Nós cuidamos uns dos outros e também de nossas famílias. Ninguém trabalha no vácuo; casa, vida, todos os problemas afetam seu trabalho. Entende?"

"Sim, entendo", respondeu Kevin, sem conseguir deixar de pensar no homem que ele estava substituindo. Será que o sr. Milton o estava manipulando para pensar nisso?

"Imaginei que você entenderia", disse John Milton, afundando na cadeira até seu rosto ser coberto pela sombra, enquanto uma nuvem deslizava sobre o sol do lado de fora. "E, por causa disso, você não achará estranho se eu fizer sugestões e até mesmo tentar ajudá-lo em coisas que não estão, ao que parece, diretamente relacionadas a seu trabalho aqui.

"Por exemplo", prosseguiu ele, "ajudaria muito se você morasse na cidade. Por acaso, agora sou proprietário de um edifício residencial de luxo que fica no melhor lugar de Manhattan e tenho um apartamento disponível por lá, que gostaria que você aceitasse isento de aluguel."

"Isento de aluguel?"

"Exatamente. Pra você ver como eu me preocupo com meus associados e com suas famílias. E não costumo cobrar nada", acrescentou ele. "Não que isso seja importante. O mais importante é ter certeza de que você e sua esposa terão uma vida confortável e prazerosa enquanto estiverem conosco. Sei que vocês possuem parentes onde moram hoje", prosseguiu ele depressa, "mas você não estará tão longe e", inclinou-se para se afastar da sombra e sorrir, "terá uma nova família aqui."

Kevin concordou. "Parece... incrível. Claro, precisarei conversar com minha esposa antes", acrescentou rapidamente.

"Claro. Agora", disse John Milton, erguendo-se, "vamos falar um pouco sobre o direito, quero lhe mostrar minha filosofia.

"A lei deve ser interpretada e imposta de forma estrita. A justiça é um benefício resultante, e não a razão de ser do ordenamento jurídico. O ordenamento jurídico é feito pra manter a ordem, pra manter todos os homens sob controle." Chegando ao canto da mesa, ele se virou para fitar Kevin e sorriu novamente. "Todos os homens, tanto os chamados agentes do bem quanto o sujeito criminoso.

"A compaixão", continuou John Milton, como um professor universitário dando uma palestra, "é admirável em si mesma, mas não pertence ao sistema porque é subjetiva e imperfeita e está sujeita a mudanças, ao passo que a lei pode ser aperfeiçoada e permanece eterna e universal."

Ele fez uma pausa e olhou para Kevin, que concordou sem hesitar.

"Acho que você entende o que estou falando e concorda comigo."

"Sim", disse Kevin. "Talvez nunca tenha pensado exatamente nesses termos, mas concordo."

"Nós somos, acima de tudo, advogados; basta nos lembrarmos disso para sermos bem-sucedidos", disse John Milton, os olhos brilhando de determinação. Kevin estava impressionado. Quando o sr. Milton falava, ele o fazia em ritmos ondulantes, às vezes tão suaves que Kevin sentia como se estivesse lendo seus lábios e repetindo as frases com sua própria voz. E então, subitamente, ele se tornava dinâmico, a voz potente e vibrante.

O coração de Kevin batia acelerado, um rubor tomava suas faces. A última vez que se sentira tão empolgado foi quando fazia parte do time de basquete do ensino médio e estava jogando a partida que decidiria o campeonato. O técnico, Marty McDermott, fez um discurso no vestiário que os fez voar para a quadra com fogo suficiente no coração para incendiar todo o campeonato. Tudo o que ele queria era pôr as mãos na bola. Agora, tudo o que queria era voltar aos tribunais.

John Milton balançou a cabeça vagarosamente. "Nós nos entendemos mais do que você imagina, Kevin; e assim que percebi isso, ordenei a Paul que lhe fizesse uma proposta." Ele fitou Kevin por um momento e depois sorriu. Era quase um sorriso endiabrado. "Veja o último caso que você pegou..." John Milton voltou a se sentar e assumiu uma postura mais relaxada dessa vez.

"O da Lois Wilson? A professora primária acusada de abusar de crianças?"

"Sim. Sua defesa foi brilhante. Você identificou os pontos fracos nos argumentos da acusação e foi em frente, se concentrando neles."

"Eu sabia que o diretor estava atrás dela e sabia que as outras meninas estavam mentindo..."

"Sim", disse John Milton, inclinando-se para a frente, os braços estendidos em cima da mesa como se quisesse abraçar Kevin. "Mas você também sabia que Barbara Stanley não estava mentindo e que Lois Wilson era culpada."

Kevin não falou nada.

"Ah, você não tinha certeza, mas sabia, no fundo do seu coração, que ela tinha abusado de Barbara Stanley e que a menina, com medo de acusar a professora sozinha, botou pilha nas amigas e fez com que se juntassem a ela. Aquele diretor idiota não via a hora de dar um jeito na professora..."

"Não posso afirmar isso com certeza", disse Kevin, lentamente.

"Está tudo bem", disse John Milton, sorrindo novamente. "Você fez o que tinha que fazer como advogado dela." O homem parou de sorrir. Na verdade, parecia irritado. "A acusação deveria ter feito o tipo de dever de casa que você fez. Você foi o único advogado *de verdade* naquele tribunal", acrescentou. "Eu te admiro por isso e quero você trabalhando aqui comigo. Você é o tipo de advogado que pertence a este lugar, Kevin."

Kevin se perguntava como John Milton sabia tanto sobre o caso de Lois Wilson, mas sua curiosidade não durou muito tempo. Havia muitas distrações, muitas coisas incríveis em que pensar agora. Eles passaram a falar de salário, e ele descobriu que Paul Scholefield não exagerara. Era o dobro do que ele recebia em seu atual escritório. O sr. Milton disse que tomaria providências para que Kevin e a esposa se mudassem imediatamente para o novo apartamento, caso Miriam aprovasse a ideia. Assim que terminou, John Milton ligou para sua secretária e pediu que chamasse Paul Scholefield, que chegou no mesmo instante, como se estivesse esperando do lado de fora.

"Ele é todo seu de novo, Paul. Kevin, bem-vindo à nossa família", disse o sr. Milton, estendendo a mão para ele. Kevin estendeu a sua em retorno, e eles trocaram um firme aperto de mãos.

"Obrigado."

"E, como eu disse, todos os preparativos da sua mudança serão feitos antes do fim de semana. Você pode trazer sua esposa a qualquer momento pra dar uma olhada no apartamento."

"Está bem, muito obrigado de novo. Mal posso esperar."

John Milton balançou a cabeça em sinal de compreensão.

"É um homem e tanto, não é?", disse Paul, ligeiramente, quando saíram da sala.

"É incrível como ele vai direto ao centro das coisas. Ele me pareceu ser uma pessoa bastante prática, mas não acho que só pensa em trabalho. Ele foi muito afetuoso, também."

"Ah, sim. Pra ser franco", disse Paul, parando no corredor, "todos nós amamos esse cara. Ele é como... um pai."

Kevin concordou. "Sim, foi isso que senti." Ele olhou para trás. "Como se eu estivesse conversando com meu pai."

Paul riu e passou o braço ao redor de Kevin, e ambos seguiram pelo corredor e pararam na sala de Dave Kotein. Dave estava mais perto da idade de Kevin, tinha apenas trinta e um anos. Também se formara em direito na NYU, e eles imediatamente começaram a relembrar os professores que tiveram em comum.

Dave era um homem magro de um metro e setenta e oito de altura, com cabelo castanho-claro e curto, tão curto quanto um corte militar. Kevin pensou que Miriam o acharia bonito porque tinha olhos azul-bebê e um sorriso sereno e agradável, e também porque, em alguns aspectos, ele lembrava o irmão mais novo dela, Seth.

Apesar da estrutura delgada, Dave tinha uma voz profunda e ressonante, do tipo que leva diretores de coro a vender suas almas para que o dono da voz integre seus grupos. Kevin o imaginou em ação no tribunal, interrogando uma testemunha, sua voz reverberando sobre as cabeças de um público atento. Desde quando foram apresentados, ele percebeu que Dave Kotein era um homem perspicaz e incrivelmente inteligente. Mais tarde, Paul lhe revelaria que Dave se formara entre os cinco primeiros de sua turma na NYU e poderia facilmente ter trabalhado em inúmeros escritórios de prestígio em Nova York ou em Washington.

"Vamos continuar o passeio", disse Paul. "Você e Dave ainda vão ter muitas oportunidades de se conhecer melhor, assim como suas esposas."

"Ótimo. Algum filho?", perguntou Kevin.

"Ainda não, mas em breve", respondeu Dave. "Eu e Norma estamos mais ou menos como você e Miriam", acrescentou. Kevin esboçou um sorriso, mas depois ficou pensando em como era estranho que eles soubessem de sua vida privada.

Paul leu seu pensamento. "A gente sempre faz uma análise completa de um possível associado", disse ele. "Não se surpreenda com tudo o que já sabemos de você."

"Tem certeza de que vocês não são da CIA?"

Dave e Paul se entreolharam e riram.

"Eu pensei a mesma coisa quando Paul e o sr. Milton estavam considerando me contratar."

"A gente continua a conversa mais tarde", disse Paul, e ele e Kevin saíram e foram para a biblioteca jurídica.

A biblioteca tinha o dobro do tamanho daquela que havia no Boyle, Carlton e Sessler e estava inteiramente atualizada. Havia um computador que, segundo Paul Scholefield, estava conectado a registros policiais, e até mesmo a registros federais, bem como a um mainframe que lhes enviava casos precedentes e informações de investigações, para que pudessem entender e examinar melhor os relatórios policiais e as provas forenses. Uma das secretárias estava no computador, digitando novas informações fornecidas por um dos investigadores particulares do escritório.

"Wendy, este é Kevin Taylor, nosso novo associado. Kevin, esta é Wendy Allan."

A secretária se virou, e mais uma vez Kevin foi pego de surpresa por um rosto bonito e um belo corpo. Wendy Allan parecia ter vinte e dois ou vinte e três anos. Seus cabelos cor de pêssego estavam cortados em camadas suaves, e uma franja sinuosa lhe recobria a testa. Os olhos castanhos brilhavam quando ela sorria.

"Oi."

"Olá."

"Wendy vai se dividir entre você e Dave, até a gente contratar uma nova secretária", explicou Scholefield. Kevin sorriu por dentro ao pensar que em breve teria sua própria secretária.

"Estou ansiosa pra trabalhar com você, sr. Taylor."

"Igualmente."

"É melhor corrermos pra ver o Ted", sussurrou Paul. "Acabei de lembrar que ele vai colher um depoimento esta tarde."

"Sim, claro."

Ele acompanhou Paul na saída, virando-se uma última vez para receber o sorriso que Wendy Allan ainda lhe oferecia.

"Como você consegue trabalhar com tanta mulher bonita em volta?", perguntou Kevin, meio que de brincadeira. Paul estacou e se virou para ele.

"A Wendy e a Diane são lindas, e, como você verá, a Elaine e a Carla também, mas todas elas são secretárias de alto nível." Paul sorriu e voltou a olhar para a biblioteca. "O sr. Milton costuma dizer que a maioria dos homens tende a achar que mulheres bonitas não são inteligentes. Ele uma vez ganhou um caso porque o promotor acreditava exatamente nisso. Me lembra de falar pra ele te contar mais sobre isso um dia. A propósito", acrescentou, em voz baixa, "o sr. Milton contratou pessoalmente todas as secretárias."

Kevin assentiu, e eles seguiram para a sala de Ted McCarthy.

Em muitos aspectos, McCarthy fazia Kevin lembrar-se de si mesmo. Era só dois anos mais velho e tinha quase o mesmo tamanho de Kevin, embora possuísse cabelos pretos, pele mais escura e olhos castanho-escuros. Ambos haviam nascido e crescido em Long Island. McCarthy residira em Northport e cursara direito na Universidade de Syracuse.

Como Miriam, a esposa de Ted McCarthy também crescera em Long Island. Ela trabalhou como recepcionista de um médico em Commack. Também não tinham filhos, mas planejavam ter em breve.

Kevin notou que Ted McCarthy era um homem meticuloso. Ele estava sentado atrás de uma enorme mesa preta de carvalho, com seus papéis bem-organizados ao lado de um porta-retratos prateado com a foto da esposa e de um outro porta-retratos também prateado com uma foto dos dois no dia em que se casaram. Sua sala era bem espartana em comparação à de Dave Kotein e à de Paul Scholefield, mas transmitia uma sensação maior de ordem.

"Prazer em conhecê-lo, Kevin", disse McCarthy, levantando-se da cadeira, enquanto Paul os apresentava. Exatamente como Dave e Paul, Ted era dono de uma voz impressionante, sua dicção era bastante nítida e clara.

"Do jeito que o sr. Milton e o Paul falaram de você, eu sabia que não iria demorar a se juntar a nós."

"Pelo visto, todos já sabiam disso antes de mim", brincou Kevin.

"Aconteceu a mesma coisa comigo", disse Ted. "Eu trabalhava no escritório do meu pai e não tinha a menor intenção de sair de lá, quando Paul me procurou. No dia em que vim conhecer o sr. Milton, eu já estava pensando em como daria a notícia ao meu pai."

"Muito bom."

"Não tem um dia que passe sem que alguma coisa interessante aconteça. E agora com você entrando..."

"Não vejo a hora disso acontecer", disse Kevin.

"Boa sorte e bem-vindo a bordo", disse Ted. "Preciso correr pra colher um depoimento que envolve um cliente acusado de estuprar a filha adolescente do vizinho."

"Sério?"

"Te conto mais sobre isso na reunião de equipe", disse Ted.

Kevin assentiu e se preparou para sair com Paul. Ele parou na porta. "Tem uma coisa que eu gostaria de saber, Ted", disse Kevin, imaginando como Miriam, os pais dela e os seus reagiriam à sua decisão.

"Como você contou tudo pro seu pai?"

"Eu disse que queria muito me especializar em direito penal e que fiquei bastante impressionado com o sr. Milton."

"Mas você ia herdar um negócio de família, não ia?"

"Ah..." Ted sorriu e balançou a cabeça. "Já, já você vai ver que isso aqui também é uma família."

Kevin concordou, impressionado com a sinceridade de Ted.

Então retornou ao que seria a sua sala e se sentou diante de sua mesa enorme. Refestelado no assento, as mãos apoiadas atrás da cabeça, girou a cadeira para ver a cidade. Ele se sentia como um milionário. E não conseguia acreditar no tamanho de sua sorte — um escritório suntuoso, um apartamento de luxo isento de aluguel em Manhattan...

Ele se virou e olhou dentro das gavetas da mesa. Almofadas de carimbo limpas, canetas novas, uma agenda nunca usada — tudo estava lá. Ele estava prestes a fechar a gaveta inferior quando algo chamou sua atenção. Era um pequeno porta-joias. Dentro, havia um anel pequeno de ouro com a letra K gravada na parte de cima. Era um anel de dedo mindinho.

"Tá experimentando a cadeira pra ver se cabe nela?", disse Paul, aproximando-se.

"O quê? Ah. Sim. O que é isso?" Ele mostrou o anel.

"Ah, você já encontrou, né? É só uma lembrancinha do sr. Milton, um presente de boas-vindas. Ele fez o mesmo com todos nós."

Kevin examinou o anel com cuidado e o experimentou. O encaixe era perfeito. Ele ergueu os olhos, surpreso, mas Paul não parecia nem um pouco impressionado.

"São esses pequenos gestos, o esforço dele ao demonstrar quanto se preocupa com a gente, Kevin, que são o grande diferencial daqui."

"Dá pra ver." Kevin pensou um pouco e depois ergueu os olhos do anel. "Mas como ele sabia que eu ia aceitar o trabalho?"

Paul encolheu os ombros.

"Como eu disse, ele entende de pessoas."

"Incrível." Ele olhou em volta do escritório. "E esse tal de Jaffee?"

"O que tem ele?"

"Ninguém podia imaginar?"

"A gente sabia que ele estava deprimido. Todo mundo tentou ajudar. O sr. Milton chegou a contratar uma enfermeira pra cuidar da criança. A gente fez tudo o que estava ao nosso alcance. Ligava pra ele, visitava. Agora todo mundo se sente culpado; todo mundo se sentiu responsável."

"Eu não queria insinuar que..."

"Ah, não", disse Paul. "Todo mundo mora no mesmo prédio. A gente deveria ter conseguido ajudá-lo."

"Todos vocês moram no mesmo prédio?"

"E você também vai morar. Na verdade, você vai pegar o apartamento do Jaffee."

Kevin apenas ficou olhando-o. Ele não fazia ideia de como Miriam reagiria ao saber disso.

"E como... o que ele fez?"

"Ele se jogou da varanda. Mas não se preocupe", disse Paul, abrindo um sorriso, "acho que o apartamento não está amaldiçoado."

"Também acho que não, mas talvez seja melhor não repassar essa informação pra minha esposa."

"Ah, de jeito nenhum. Pelo menos não até que vocês estejam bem estabelecidos e que ela possa ver por conta própria como vocês estão seguros e confortáveis. Com o passar do tempo, nem mesmo uma manada de elefantes vai conseguir tirá-la de lá!"

4

Apenas quando estava prestes a sair da via expressa, Kevin percebeu como sua vida e a de Miriam mudariam. Não que ele lamentasse isso — pelo contrário, mal se lembrava de já ter estado tão empolgado com sua vida e sua carreira antes. Ocorre que, enquanto se aproximava da pequena e idílica comunidade onde ele e Miriam haviam planejado passar suas vidas, ele percebeu que os levaria para bem longe daquela vida que haviam imaginado.

Mas as mudanças eram para melhor, e Miriam não iria querer perder aquela oportunidade, pensou ele. Ou iria? Mais dinheiro significava uma casa dos sonhos ainda maior do que a que eles haviam imaginado. Suas vidas ficariam mais cosmopolitas, e eles se afastariam do que Kevin agora via como um asfixiante provincianismo.

Talvez o mais importante fosse o fato de que eles ampliariam seu círculo de amizades e conheceriam pessoas muito mais interessantes, todos bem acima da assim chamada sofisticada elite de Blithedale. Ele gostou na mesma hora dos outros dois advogados do escritório e tinha certeza de que Miriam também gostaria.

Kevin retornou ao Boyle, Carlton e Sessler e verificou suas mensagens. Miriam telefonara, mas era melhor só falar com ela em casa.

Eles moravam no Blithedale Gardens, um condomínio de casas de madeira geminadas situado nos arredores da cidade, numa área arborizada e rústica. As casas eram confortáveis e espaçosas, todas possuíam dois andares e lareira à lenha. O condomínio dispunha de uma piscina e de duas quadras de tênis de piso de saibro. Lá, ele e Miriam nunca haviam passado qualquer tipo de aperto durante aqueles anos, em nenhum aspecto, mas bastou colocar os pés no local após a curta viagem de volta para casa para Kevin começar a criticá-lo. Havia algo ali que ele nunca vira antes — o lugar acolhia seus moradores de tal forma que eles terminavam complacentes. Agora, ele desejava coisas mais grandiosas e percebia que jamais as conquistaria se não saísse imediatamente de lá.

Ele estacionou na garagem, mas sequer teve a chance de abrir a porta de casa; Miriam já o esperava com a porta aberta. Ela estava na entrada, o olhar preocupado. "Onde você estava? Não ia me ligar antes do almoço pra gente se ver? Você sabia que eu estava esperando pra saber da conversa com o Sanford Boyle."

Ele entrou e fechou a porta devagar. "Esquece o Boyle, esquece o Carlton, esquece o Sessler."

"O quê?" Ela levou a mão direita ao pescoço. "Por quê? Você não virou sócio?"

"Sócio? Quem dera. Aconteceu justo o contrário."

"Como assim, Kevin?"

Ele balançou a cabeça. "Eles não chegaram a me demitir, mas sugeriram que eu procurasse algo mais próximo da minha... natureza." Ele passou reto por ela e se jogou no sofá.

Ela permaneceu imóvel, incrédula. "Foi por causa do último caso, não foi?"

"Acho que ele foi a gota d'água. É uma pena, Miriam, mas eu não fui feito pra eles, nem eles foram feitos pra mim."

"Mas, Kev... só aconteceu coisa boa nos últimos três anos." Ela fez uma cara de decepção. "Eu sabia que não era pra você ter aceitado aquele caso. Eu sabia. Agora olha só o que aconteceu." O coração de Miriam palpitava. O que as pessoas iriam pensar? Kevin defende uma mulher escancaradamente lésbica e depois perde o emprego num dos escritórios de maior prestígio da região? Ela podia ouvir sua mãe dizendo: "Eu avisei".

"Relaxa." Ele sorriu para ela.

"Relaxar?" Miriam inclinou a cabeça. Por que ele não parecia estar muito chateado? "Onde você estava, Kevin?" Ela olhou para o relógio em cima da moldura da lareira. "E não é cedo pra você já estar em casa, não?"

"Aham. Vem aqui. Senta." Ele deu umas palmadinhas na almofada a seu lado. "Tenho muita coisa pra contar."

"Sua mãe ligou", disse ela, meio que prevendo o que ele iria dizer e já com a intenção de fazê-lo se lembrar dos vínculos que o uniam àquele local.

"Vou ligar pra ela daqui a pouco. Está tudo bem?"

"Ah, sim. Ela queria te dar parabéns pela vitória no tribunal", acrescentou ela, com secura.

"Ótimo. Ela vai ficar ainda mais feliz agora."

"E por que será, Kevin?" Miriam decidiu se sentar do outro lado, segurando as mãos no colo.

"Não fica nervosa, amor. Daqui pra frente, tudo o que a gente fizer vai ser pra melhorar ainda mais a nossa qualidade de vida."

"Como?"

"Bom, graças a Deus eu vou sair do escritório."

"Mas você tinha tanto orgulho de trabalhar lá", disse ela, com tristeza.

"Eu *tinha*. E dava pra ser diferente? Eu era uma criança, tinha acabado de sair da faculdade, qualquer coisa que aparecesse na minha frente me deixaria feliz, mas agora..."

"Agora o quê? Fala", perguntou ela, mais enfática.

"Bem", disse ele, "lembra aquele homem que veio falar com a gente no bar do Bramble Inn na sexta à noite, que me deu um cartão de visita?"

"Lembro."

"Então, depois da minha agradável conversa com Os Três Patetas, resolvi investigar melhor aquilo."

"O que você fez?"

"Eu liguei pra ele, depois peguei o carro e fui até Manhattan. Foi como... como entrar num sonho. Um dos escritórios mais ricos de Nova York. Espera só até você ver. Eles ficam no vigésimo oitavo andar, a vista é maravilhosa. Enfim, eles estão literalmente entupidos de trabalho; pra você ver como a reputação deles cresceu em Nova York. E estão desesperados por um novo advogado."

"O que você fez, Kevin!?"

"Primeiro, você precisa saber que o Paul não estava brincando. Eles vão me pagar o dobro do que eu ganharia lá no escritório, se aqueles três tivessem feito a coisa certa e eu tivesse virado sócio. E isso é muito dinheiro, Miriam. Depois, vou trabalhar com direito criminal, que é exatamente o que quero fazer."

"Mas e se não der certo? Você está bem aqui, está construindo uma vida."

"Se não der certo? Como assim? Que belo voto de confiança. Logo você, minha esposa." Ele improvisou um olhar de decepção no mesmo instante, como se estivesse no tribunal.

"Só estou tentando..."

"Eu sei. Toda mudança de grande porte é assustadora, mas assim que você conhecer todo mundo... E, em relação a nós dois, esta é a melhor parte, Miriam: os outros associados, o Ted, o Dave e o Paul, são todos casados, e nenhum deles teve filho ainda. O Dave, o Ted e as mulheres deles têm quase a nossa idade. Vamos finalmente poder sair com pessoas parecidas conosco. Quer dizer, o que você realmente tem em comum com a Ethel Boyle, a Barbara Carlton ou a Rita Sessler? Você sabe que elas ainda se acham melhores que a gente porque eu não virei sócio, e não venha me dizer que você nunca reclamou por elas te tratarem como uma criança."

"Mas a gente tem outros amigos, Kevin."

"Eu sei. Mas está na hora de ampliarmos nossos horizontes, amor. Essas pessoas moram e trabalham em Nova York. Frequentam shows, concertos, galerias de arte, tiram férias incríveis. Você finalmente vai poder fazer tudo o que sempre quis fazer."

Ela se recostou, pensativa. Talvez ele tivesse razão; talvez ela houvesse passado boa parte da vida enclausurada. Talvez aquela fosse a hora de sair do casulo. "Você realmente acha que é uma boa ideia, Kev?"

"Ah, amor", disse ele, levantando-se e indo até ela. "Não é só uma boa ideia; é uma grande ideia." Ele a beijou e se sentou, pegando as mãos dela. "Eu nunca faria nada que te deixasse infeliz, ainda que fosse algo que me trouxesse satisfação. Não daria certo. Nós dois já somos... já somos um só."

"Sim." Miriam fechou os olhos e mordiscou o lábio inferior. Ele acariciou o rosto da esposa, e ela abriu os olhos.

"Eu te amo, Miriam. Ninguém ama tanto uma mulher como eu te amo."

"Ah, Kev..." Eles se beijaram de novo, e então ela viu o novo anel no mindinho dele.

"Onde você arranjou isso, Kevin?" Ela puxou a mão dele, para ver o anel de perto. "Com a primeira letra do seu nome?"

"Você não vai acreditar. Foi um presente do sr. Milton, uma espécie de presente de boas-vindas."

"Sério? Como ele sabia que você ia aceitar o emprego?"

"Quando conhecer o sr. Milton, você vai entender. O homem irradia confiança, autoridade, sucesso."

Ela balançou a cabeça e olhou de novo o anel.

"Ouro puro, vinte e quatro quilates", disse ele, balançando a mão.

"Pelo visto, eles gostaram muito de você."

"Eu sei", confessou Kevin.

"Mas, amor, como a gente vai fazer pra ir todo dia até Nova York? Essa ideia nunca te agradou."

Ele sorriu. "O sr. Milton tem a solução perfeita." Ele balançou a cabeça. "Tudo isso parece bom demais pra ser verdade, mas é."

"O quê? Me conta", pediu ela, agitando-se no sofá. Ele riu da impaciência da esposa.

"Bom, parece que, por causa de um caso de anos atrás, Milton virou o proprietário de um prédio na Riverside Drive, e um dos apartamentos está livre neste instante."

"Riverside Drive? Você quer dizer que a gente vai se mudar pra Nova York?" Ela refreou o entusiasmo, que só crescia. Kevin sabia que Miriam não gostava muito da ideia de morar na cidade.

"Advinha qual o valor do apartamento."

"Não faço a menor ideia."

"Seiscentos mil dólares!"

"Mas, Kevin, e a gente tem esse dinheiro?"

"Não temos."

"Não estou entendendo."

"O apartamento vai ser nosso até que a gente consiga construir nossa casa dos sonhos. Isento de aluguel, isento de tudo. Até mesmo da conta de luz."

Miriam ficou de queixo caído, de maneira tão dramática que ele começou a rir de novo.

"E escuta só... Ted McCarthy e a esposa, Jean; Dave Kotein e a esposa, Norma; Paul Scholefield e a esposa, Helen; todos eles moram no mesmo prédio."

"E o sr. Milton?"

"Na cobertura. É exatamente como Ted McCarthy me disse hoje... John Milton e Associados é uma grande família."

A resistência de Miriam começou a afrouxar; ela estava gostando cada vez mais da ideia. "Me fala do sr. Milton. Ele não tem esposa, família?"

"Não. Talvez seja por isso que ele trata os associados como uma família."

"Como ele é?"

Kevin se refestelou no sofá. "Miriam", começou ele, "John Milton é o homem mais carismático e charmoso que eu já conheci na vida." Enquanto descrevia o encontro, Kevin teve a estranha sensação de estar vivendo tudo de novo. Cada detalhe ainda permanecia vivo em sua mente.

Mais tarde, depois de um jantar tranquilo, eles foram dormir com a mente exausta. De manhã, Kevin colocaria a culpa da exaustão mental num pesadelo incrivelmente vívido. Ele estava no tribunal, defendendo Lois Wilson de novo, só que dessa vez, quando ele olhou para o juiz, era o sr. Milton no lugar, sorrindo para ele com aprovação. Kevin se voltou para Barbara Stanley, que estava sentada nua no assento das testemunhas. Lois Wilson, de pé bem atrás da menina, se debruçou sobre ela para acariciar seus mamilos. Depois, olhou para ele e abriu um sorriso lascivo, antes de se curvar de novo para alcançar as coxas de Barbara.

"Não!", gritou ele.

"Kevin?"

"Não!" Ele abriu os olhos.

"O que houve?"

"Ahn?"

"Você estava gritando."

"O quê? Ah." Ele esfregou o rosto vigorosamente, para apagar as imagens que ainda permaneciam vivas em suas retinas. "Foi só um pesadelo."

"Quer conversar sobre isso?", perguntou Miriam, com uma voz bem grogue.

"Não. Vou voltar a dormir. Está tudo bem, não é nada", disse ele. Ela deu um grunhido de satisfação e pegou rapidamente no sono. Momentos depois, ele se permitiu fechar os olhos.

Ao despertar, Kevin ligou para o escritório para avisar que não iria e pediu a Mary que remarcasse seu compromisso com os Setton. A secretária ficou surpresa e quis saber mais, porém Kevin desligou o telefone abruptamente. Depois eles se arrumaram, tomaram o café da manhã e partiram para a cidade. Havia caído quase cinco centímetros de neve, era a segunda nevada de peso do ano, e sequer era dezembro. As ruas se cobriam de um tapete macio feito de leitosos e recém-caídos flocos de neve, que soavam crocantes ao serem pisados e deixaram Miriam em clima de Natal. Sinos de trenó tilintavam em sua memória, e, quando ergueu os olhos a caminho do carro, ela vislumbrou um pedaço de céu azul entre as nuvens. Choviam raios de sol, transformando os ramos cobertos de neve em reluzentes palitos de algodão-doce.

Na Grand Central Parkway, contudo, o tráfego intenso de pessoas que se deslocavam diariamente até a cidade logo transformava os flocos brancos e limpos numa gordurosa lama de neve derretida e amarronzada. Os automóveis da frente lançavam a lama de neve no para-brisa do carro deles. As palhetas dos limpadores subiam e desciam com uma regularidade monótona. Mais à frente, nuvens cinzentas deslizavam baixas e ameaçadoras acima da linha do horizonte.

"Não dá pra fazer isso todo dia", resmungou Kevin, perto do pedágio. "É muito estresse e muita perda de tempo."

"É, mas viver na cidade também não é mamão com açúcar, Kevin. Não dá pra estacionar na rua, o trânsito é uma loucura..."

"Ah, a gente não vai passar por isso, amor. Nosso prédio tem garagem."

"Sério?"

"Eu também não vou precisar ir de carro pro trabalho. O sr. Milton deixa uma limusine à nossa disposição todo dia, pra levar a gente pro trabalho. Ele me disse que ela viraria uma espécie de segundo escritório... Imagina só o Paul, o Ted, o Dave e eu discutindo casos e outras coisas do tipo lá dentro."

"E o sr. Milton?"

"Acho que ele faz o próprio horário." Miriam ficou encarando-o. "Ainda não sei de tudo, amor. Mas vou saber. Vou saber", cantarolou ele.

Ela se recostou quando chegaram na cidade. Assim que Kevin pegou a Blazer Avenue e alcançou a Riverside Drive, Paul Scholefield desceu da limusine do escritório, que estava estacionada em frente ao edifício residencial, e fez um gesto para que entrassem na garagem.

O portão se abriu, e eles entraram com o carro.

"A de vocês é a do 15D", disse Paul, apontando para a vaga. "É sempre bom parar na certa."

Kevin deu ré e estacionou. Paul abriu a porta para Miriam e ajudou-a a sair do carro, enquanto Kevin dava a volta para cumprimentá-lo.

"Bom ver você de novo, sra. Taylor."

"Ah, que isso, me chame de Miriam."

"Miriam. Então me chame de Paul", retribuiu ele, com um sorriso. "Tem um elevador aqui embaixo", disse ele, apontando para a direita. "O portão da garagem funciona com controle." Ele retirou um do bolso da jaqueta e o entregou a Kevin. "Tem outro no seu apartamento, na bancada da cozinha." Ele se virou para Miriam. "Pode falar que você percebeu que a garagem é aquecida", disse ele, com orgulho, antes de apertar o botão do elevador. A porta se abriu no mesmo instante, e Paul fez um gesto para que eles entrassem na frente.

"Há quanto tempo você e Helen moram aqui?", perguntou Kevin.

"A gente se mudou logo depois que o sr. Milton adquiriu o prédio. Há uns... seis anos."

"O prédio está muito bem localizado, né?", perguntou Miriam.

O homem sorriu e concordou. "A gente está perto do Lincoln Center, de galerias de arte, do quarteirão dos teatros. Nova York vai estar na palma das suas mãos, Miriam", disse ele, e a porta do elevador se abriu. Ele fez questão de segurá-la e indicou que, ao sair, eles deveriam virar à direita.

Paul parou em frente ao 15D, que, assim como os demais apartamentos, possuía uma enorme porta de carvalho com uma pequena aldrava de metal para bater.

"Que incrível", disse Miriam, os olhos fixos na aldrava. "Eu amo coisas antigas."

Paul tirou as chaves do bolso e abriu a porta, recuando em seguida para que eles entrassem primeiro. Dava para ver a sala de jantar no outro lado do hall de entrada, as cortinas azul-escuras com rendas douradas abertas para não bloquear a vista das janelas. Mesmo num dia cinzento como aquele, a luz externa inundava o ambiente.

"É iluminado... bem arejado", disse Miriam, ao entrar.

Eles ingressaram no hall de entrada, que tinha piso de tábuas corridas. A sala de estar com uma lareira branca de mármore ficava um pouco mais adiante, à direita. O carpete da sala, que parecia novo em folha, era azul-claro, mas não brilhava tanto quanto o deles em Blithedale. O cômodo, porém, não estava vazio. Uma espineta se destacava no canto direito.

"Ai, Kev!", exclamou Miriam, levando a mão ao pescoço. "É tudo o que eu sempre quis!" Ela desceu os dois degraus da sala, foi até o instrumento e pressionou algumas teclas. "Está afinado!" Ela tocou os primeiros acordes de "Memory".

"Ela sabe tocar", explicou Kevin. "A gente sempre pensou em ter um piano, mas achamos melhor esperar até comprarmos nossa casa."

"Como isso veio parar aqui?", indagou Miriam.

"Pertence ao sr. Milton", afirmou Paul, encolhendo os ombros. "Ele sempre a manteve aqui."

Miriam correu carinhosamente os dedos pela superfície da espineta e sorriu. "Que bela surpresa", murmurou.

"Fico feliz de ver que você vai fazer um bom uso dela", disse Paul.

Miriam balançou a cabeça, perplexa, e seguiu para a sala de jantar. "Eu ia colocar um papel parecido com esse na nossa parede. Na verdade, cheguei a escolher um numa loja perto de casa."

Ela olhou de relance para o reluzente lustre no teto, e depois seguiu para a cozinha, ampla e toda pintada de amarelo-limão. Balançou a cabeça, impressionada com os aparelhos novos em folha e com a longa e espaçosa bancada. Uma larga janela no espaço de café da manhã tinha a mesma vista para o rio Hudson que a sala de jantar.

Mas foi a suíte principal que tirou o fôlego de Miriam. Até Kevin ficou sem palavras. Era quase duas vezes o tamanho do quarto deles em Blithedale, e havia uma longa penteadeira de mármore construída num patamar à direita do banheiro. Os espelhos ampliavam o tamanho da parede.

"Nossa mobília vai ficar pequena aqui, Kev. A gente vai precisar de mais alguns móveis."

"Aham!" Ele olhou para Paul. "Está vendo, mal chegamos, e já começou: a gente precisa disso, precisa daquilo."

"Mas a gente vai precisar mesmo, Kev."

"Tudo bem, sem problemas."

"Não se preocupe, Miriam. Kevin vai poder arcar com tudo isso agora", disse Paul.

"Valeu mesmo pelo apoio, amigão."

Paul riu. "Aconteceu a mesma coisa comigo, meu amigo. Minha esposa ainda está na rua fazendo um safári de compras."

Miriam soltou suspiros impressionados no banheiro da suíte principal, diante da banheira de hidromassagem e de tanta coisa reluzente, e depois decidiu inspecionar o segundo quarto.

Ela reapareceu dizendo que a última pessoa a morar no apartamento claramente transformara o ambiente num quarto de bebê. "O papel de parede é de personagens de desenhos animados", disse ela.

"Bem, você está livre pra fazer qualquer tipo de mudança", relembrou Paul.

"Ah, não. Um quarto de bebê está ótimo. A gente está pensando em construir uma família em breve", respondeu ela, olhando para Kevin em busca de apoio. Ele concordou, sorridente.

"Acho que isso significa que você seria feliz aqui?", brincou Paul Scholefield.

"Feliz? A gente já pode se mudar?", disse ela, e até Kevin riu daquele súbito entusiasmo. Ele previra todo tipo de resistência, por melhor que fosse o apartamento. Embora Blithedale e as comunidades vizinhas tivessem se tornado consideravelmente mais urbanas na última década, Miriam gostava de se ver como uma garota do interior. Havia sempre a questão da segurança e a necessidade de lidar com engarrafamentos e com o excesso de poluição. Tanto os seus pais como os de Kevin reforçavam essa visão negativa da urbanização, não só porque acreditavam nela, mas porque queriam que Kevin e Miriam permanecessem onde estavam. Mas Miriam parecia ter esquecido tudo isso. Pelo menos naquele momento.

"Ah, Kev, eu sequer tinha visto a varanda", disse ela, atravessando a sala de estar em direção às portas de vidro. Kevin olhou para Paul, mas este não esboçou qualquer emoção, embora um advogado muito bem-sucedido e um bom amigo tivesse dado fim à própria vida bem ali. Miriam abriu as portas e foi para a varanda. "Kevin, vem aqui."

Ele se juntou à esposa, e ambos ficaram imóveis, absorvendo o impacto da vista, que era deslumbrante.

"É de tirar o fôlego", disse Miriam. "Imagina só ficar sentado aqui fora nas noites amenas, bebendo vinho, olhando as estrelas."

Kevin concordou, mas não conseguia parar de pensar em Richard Jaffee. O que levava um homem a fazer aquilo? Pelo formato do parapeito, ele devia ter subido e dado um jeito de se jogar dali de cima. Não era algo que pudesse ser feito com facilidade, de forma impulsiva. Ele teve que pensar naquilo com calma, sentir que não havia outra opção. Que deprimente.

"Kevin, você não acha?"

"Ahn? Ah, sim, sim. É... sem palavras", disse ele, sentindo-se grato pelo som da campainha.

"Já temos convidados?", surpreendeu-se Paul.

Os três foram até a entrada e abriram a porta. Norma Kotein e Jean McCarthy entraram correndo como uma refrescante brisa de verão, rindo e falando ao mesmo tempo.

"Eu sou Norma Kotein."

"E eu sou Jean McCarthy."

"Você só pode ser a Miriam", disse Norma. "A gente não conseguiu esperar. Dave disse pra aguardarmos até vocês se instalarem, mas Jean disse..."

"Esperar pra quê? Nós só estamos fazendo nosso trabalho: ajudar vocês a se instalarem."

"Oi", disse Norma, pegando a mão de Miriam, que apenas ficou ali sorrindo. "Eu estou no 15B."

"E eu no 15C", disse Jean, tomando a mão de Miriam assim que Norma a soltou.

Depois elas fizeram uma pausa, para recuperar o fôlego.

"Paul?", chamou Norma.

"Ah. Estes são Kevin e Miriam Taylor. Vocês já sabem quem eles são."

"Igualzinho a um advogado", disse Jean. "Não diz uma palavra a mais, a não ser que seja pago pra isso."

As duas riram, quase em uníssono. Em alguns aspectos, elas pareciam mesmo irmãs. Embora o cabelo de Norma fosse mais curto e o de Jean fosse longo e repicado nas pontas, caindo suavemente sobre suas clavículas, ambas tinham fios castanho-claros, os de Norma apenas um tom acima. Elas mediam cerca de um metro e setenta de altura e exibiam formas pequenas e firmes, sendo Norma um pouco mais robusta.

Kevin achava que eram as duas mulheres mais animadas que já havia conhecido. Os olhos azul-claros de Norma reluziam como joias debaixo d'água, e os olhos verdes de Jean cintilavam com um brilho semelhante. Ambas possuíam um rosto de contornos suaves e delicados, faces de aspecto saudável e lábios de um vermelho vivo. Vestindo jeans e blusões de moletom parecidos, com tênis da LA Gear, era como se usassem o mesmo uniforme.

"Vamos tomar um café lá em casa. Eu tenho uns muffins que são uma delícia, e sem açúcar", disse Jean, enfiando o braço debaixo do de Miriam. "Tem uma padaria na Broadway com a Sessenta e Três…"

"Até parece que foi ela quem descobriu a padaria. Fui eu que vi primeiro", resmungou Norma, de brincadeira. Miriam não conseguia conter o riso enquanto as duas praticamente a empurravam em direção à porta. Ela olhou indefesa para Kevin.

"Está tudo bem", disse ele. "Paul e eu vamos pro escritório. Eu volto daqui a pouco… pra te resgatar", ele acrescentou e riu.

"Resgatar?" Norma se aprumou toda. "Isso é exatamente o que a gente está fazendo. Por que ela ia querer ficar ouvindo toda aquela baboseira jurídica entediante quando a gente tem um monte de informação sobre compras pra dar a ela?"

"Pelo menos ela não vai ficar entediada enquanto eu estiver fora", murmurou Kevin.

"Ela nunca mais vai ter um dia entediante na vida", disse Paul, mas soou tão arrogante e determinado que Kevin teve de olhar para ele para se certificar de que não estava exagerando de propósito só para ser engraçado. E não estava.

"Onde está sua esposa, Paul?"

"Helen é um pouco mais tranquila que essas duas, mas é tão amigável quanto. Bom, vamos nessa. A limusine está lá fora."

Kevin assentiu. Ele olhou para trás antes de fecharem a porta e ouviu as gargalhadas de Norma e Jean, seguidas pelas de Miriam.

Não correu tudo às mil maravilhas? Não deu tudo certo?

Ele se perguntou por que sequer precisava fazer essas perguntas a si mesmo.

"Café?", perguntou Paul, inclinando-se para encher duas xícaras com o bule no qual o chofer havia preparado o café, que fora deixado sobre o aquecedor embutido no armário.

"Claro." Kevin se recostou no banco macio e ficou apreciando o couro com a mão, enquanto o motorista dava a partida no veículo. Era uma limusine Mercedes, com o interior ligeiramente customizado. "É assim que se anda em Nova York."

"Vou te dizer uma coisa." Paul lhe entregou a xícara de café. "Você nem repara na cidade daqui." Ele se sentou no banco em frente a Kevin e cruzou as pernas. "Toda manhã tem café. E tem sempre um exemplar do *Wall Street Journal* em cima do banco, pra gente relaxar um pouco antes de ir pra guerra. Venho fazendo isso há tanto tempo que já tomo como certo."

"Faz seis anos que você trabalha com o sr. Milton?"

"Sim. Eu trabalhava no interior, num lugarzinho chamado Monticello, quase sempre com direito imobiliário e de vez em quando com acidentes de trânsito. O sr. Milton me viu defendendo um médico local acusado de negligência."

"Sério? Como você se saiu?"

"Vitória esmagadora." Ele se curvou para a frente. "Ainda que o filho da mãe fosse culpado por ter agido da forma mais arrogante, insensível e irresponsável."

"E como você conseguiu vencer sob tais circunstâncias?"

"Eu deixei o querelante bem confuso, pra começar. Ele estava tratando uma lesão ocular, e o médico ficou dias sem o examinar. O cara viajou pra jogar golfe num feriado e esqueceu de pedir ao parceiro de trabalho pra dar uma olhada no desgraçado. Nesse ínterim, o olho do infeliz foi ficando cada vez mais ressecado, até que ele ficou cego."

"Meu Deus."

"Ele era um pobre coitado, um funcionário do Departamento de Estradas de Rodagem. A irmã o convenceu a entrar com o processo, mas ele sequer se lembrava de quando foi examinado pelo médico, do que o médico tinha realmente feito, e, pra nossa sorte, o hospital mal guardava registro de tudo. Claro, consegui um especialista de Nova York que testemunhou a favor do médico e disse que seu parceiro de trabalho tinha feito tudo certo. O filho da mãe me cobrou cinco mil dólares por uma hora de trabalho, mas ele praticamente salvou o médico."

"E o pobre coitado?" Kevin perguntou, antes de chegar a examinar seus próprios pensamentos.

Paul encolheu os ombros. "A gente propôs um acordo pro advogado dele, mas aquele imbecil ganancioso achava que ia ganhar muito mais." Ele sorriu. "A gente faz o que tem que fazer, meu camarada. Você sabe disso."

"De qualquer forma", continuou Paul, "logo depois, o sr. Milton veio me ver, e a gente foi almoçar. No dia seguinte, vim até aqui pra falar com ele e nunca mais voltei."

"Imagino que você nunca se arrependeu."

"Nem por um segundo."

"Bem, eu estou impressionado com tudo e, principalmente, com o sr. Milton." Kevin ficou pensando por um momento. "No meio de toda aquela empolgação de ontem, acabei não perguntando nada sobre ele. De onde ele é?"

"De Boston. Fez direito em Yale."

"Ele vem então de uma daquelas famílias endinheiradas tradicionais? O pai era advogado também?"

"Ele tinha grana, mas não era advogado. O sr. Milton não gosta muito de falar do passado. A mãe morreu no parto, e ele não se dava bem com o pai, que num dado momento o expulsou de casa."

"Ah."

"Parece que foi a melhor coisa que podia ter acontecido. Obrigado a viver por conta própria, ele trabalhou duro e logo construiu uma reputação. Ele é um homem que, literalmente, fez tudo por conta própria."

"E por que ele não está casado? Ele não é...?"

"Provavelmente não. Ele sai com muitas mulheres; é só que ele é cauteloso com relacionamentos. Um solteiro convicto, mas um solteiro feliz. Hugh Hefner que o diga", brincou Paul. Kevin riu e olhou pela janela para a multidão que atravessava a rua. Era emocionante estar ali, trabalhando em Nova York, cercado de sucesso, e ter sido tão agraciado.

O que ele fez para merecer tudo aquilo?, perguntava-se Kevin. Mas, após relembrar o conselho favorito de seu avô, que dizia que de cavalo dado não se olham os dentes, parou de se questionar. Estava apenas ansioso para começar a trabalhar.

Assim que chegaram ao escritório, Diane informou a eles que o sr. Milton, Dave e Ted os aguardavam na sala de reuniões.

"Ah, quase esqueci, a gente tem uma reunião de equipe. Na verdade, isso é muito bom", acrescentou Paul, dando um tapinha no ombro de Kevin. "Você vai ser batizado imediatamente."

5

A sala de reuniões era um espaço cinza-escuro sem janelas, mas bem iluminado. À exceção de um relógio grande da IBM na parede do fundo, ali não havia nenhuma das pinturas rebuscadas que ficavam penduradas na recepção e no corredor. As paredes monótonas e o imaculado piso cinza de cerâmica davam a Kevin a sensação de estar na sala de exames de um hospital. O ambiente não tinha cheiro algum, agradável ou não. Um silencioso sistema de ar-condicionado injetava um ar estéril e frio na sala.

O sr. Milton estava à cabeceira da longa mesa preta que, junto das cadeiras, era a única mobília da sala. Dave e Ted se sentaram um defronte ao outro no centro, com pastas e papéis dispostos de maneira organizada diante deles. Havia um assento vazio entre eles e o sr. Milton, em ambos os lados. Carla estava servindo café.

"Bom dia", disse o sr. Milton. "O que sua esposa achou do apartamento?"

"É fantástico. Não sei se vou conseguir tirá-la de lá hoje."

Dave e Ted assentiram intencionalmente um para o outro. Estava claro que haviam passado por uma experiência semelhante com as próprias esposas. Kevin notou que John Milton tinha um jeito firme de sustentar o sorriso ao redor dos olhos, quase como se cada detalhe de seu rosto reagisse de maneira independente às coisas. Sua boca permanecia firme, e as faces, tensas.

"Ah, e antes que eu esqueça, muito obrigado pelo anel."

"Já fuxicou as gavetas da sua mesa, né?" John Milton se virou para Dave e Ted, que exibiam um largo sorriso. "Não falei que ele era um jovem cheio de entusiasmo?" Todos olharam para Kevin com aprovação. "Kevin, por que você não se senta à direita do Dave?"

"Está bem", respondeu Kevin, olhando para Dave. "Bom dia." Tanto ele quanto Ted responderam. Paul pegou o assento à direita do sr. Milton e pôs os óculos depois de abrir a pasta.

"Já vamos começar", explicou John Milton. "Fico feliz de você ter vindo. Não é nada muito formal, mas costumamos ter essas reuniões com frequência, assim podemos saber o que todo mundo anda fazendo."

"Café?", perguntou Carla, com delicadeza.

"Não, obrigado. Já bebi café demais de manhã."

Ela logo se retirou para a cadeira atrás do sr. Milton, onde estavam seu bloco de notas e a caneta. Depois ergueu a cabeça, preparada.

"Ted, por que você não começa?", disse o sr. Milton. Ted McCarthy examinou sua pasta.

"Está bem. Martin Crowley mora no segundo andar de um edifício residencial na 83 com a York. Trabalha como cozinheiro de fast-food no Ginger's Pub, na 57 com a 6. Faz quase quatro anos que trabalha lá. Os proprietários e o gerente só falam bem dele: é trabalhador e responsável. Sempre foi solteiro, não tem família em Nova York. É corpulento e tem o cabelo curto, quase como o do Dave", acrescentou, olhando para o colega e abrindo um sorriso, que Dave não retribuiu.

"Vá em frente", disse o sr. Milton com voz suave, suas pálpebras se fechando como se as palavras de Ted o enchessem de um prazer sensual.

"De qualquer forma, os vizinhos, além dos Blatt, é claro, não têm muito a dizer sobre ele. É um solitário. Amigável, mas reservado. Tem um hobby... construção de aeromodelos. A casa dele é literalmente entupida deles."

"Quantos anos ele tem?", perguntou Dave.

"Ah. Quarenta e um."

"Fale da garota", ordenou o sr. Milton.

"Os vizinhos de porta, os Blatt, têm dois filhos, um menino de dez anos e uma menina de quinze. A filha, Tina, chegou em casa histérica uma noite, alegando que o Martin a convidou pro apartamento dele, pra mostrar os aeromodelos, e que lá ele a agarrou e a estuprou. Eles chamaram a polícia."

"A garota foi levada pro hospital?"

"Foi. Como não encontraram esperma, ela alegou que Martin tinha usado camisinha." Ted ergueu os olhos. "Ela falou que, apesar de tê-la estuprado, ele disse que se preocupava com o HIV."

"Pegar ou transmitir?", gracejou Dave.

"Isso ela não disse."

"O que eles têm então, além do testemunho da garota?", o sr. Milton interpelou, seu tom de voz puxando todos de volta para os trilhos.

"Bem, havia algumas escoriações nos ombros e nos braços dela. A calcinha tinha sido arrancada. Depois, numa busca no apartamento do Martin, foi encontrada uma tiara de pérolas que a mãe disse ser da Tina."

"Mesmo se fosse dela, isso só prova que ela esteve no apartamento, não que foi estuprada", comentou Paul.

"Martin não falou nada incriminatório?", perguntou John Milton.

"Ele foi esperto o suficiente pra se recusar a responder a qualquer pergunta sem um advogado."

"Ele estava em casa na hora em que ela alegou ter sido atacada?"

"Sim. E sozinho. Disse que estava trabalhando num novo aeromodelo."

"O que mais?"

"Bem..." Ted checou suas notas. "Uns seis anos atrás ele foi acusado de estuprar uma menina de doze anos em Tulsa, no Oklahoma. O caso nunca foi a julgamento."

"Sem problemas. Mesmo que você o chame pra depor, eles não podem fazer perguntas sobre acusações prévias, só sobre condenações."

"Não acho que a gente precise fazer ele depor. Passei o dia colhendo informações na escola da garota. Ela tem reputação de ser muito promíscua. Encontrei dois garotos do ensino médio dispostos a testemunhar. Posso desmenti-la num segundo. Inclusive, estou vazando isso pros pais dela agora mesmo. Talvez a gente nem vá a julgamento."

"Muito bom, Ted." O sorriso do sr. Milton desceu de seus olhos, estremeceu nas faces e alcançou os cantos da boca. "Muito bom", repetiu ele, com voz suave. "Eu gostaria de ler mais sobre o incidente em Tulsa, apesar disso", acrescentou, fazendo um gesto sutil com a mão, que fez Carla começar a rabiscar no bloco de notas. "Dave?"

Dave Kotein assentiu e abriu sua pasta. Depois ergueu os olhos para introduzir suas observações. "Parece que a primeira página dessa semana vai ser minha."

"Ótimo, podemos aproveitar a publicidade", disse Paul. O sr. Milton se virou para ele, e ambos trocaram um olhar de satisfação.

"Dave tem um caso bastante divulgado, Kevin", disse o sr. Milton. "Talvez você tenha lido algo sobre o assunto: algumas estudantes universitárias foram estupradas e assassinadas de forma violenta, e os corpos foram mutilados. Os assassinatos cobrem uma área que começa no norte do Bronx, passa por Yonkers e chega até Westchester. Um homem foi preso e incriminado."

"Sim. Teve uma vítima que foi encontrada na semana passada, não?"

"Na terça", disse Dave. "Num canto do estacionamento do hipódromo de Yonkers. Embrulhada num saco de lixo."

"Eu lembro. Foi bastante assustador."

"Você só leu metade." Dave pegou um maço de papéis e o ergueu para ele. "Aqui está o resto. O relatório do médico-legista parece a descrição de uma sala de tortura nazista, coisa que, a propósito", disse ele, virando-se para o sr. Milton, "a acusação pretende destacar."

"Por que motivo?", perguntou Kevin. Ele não conseguia camuflar o súbito interesse.

"Meu cliente, Karl Obermeister, fez parte da Juventude Hitlerista. Ele afirma que não passava de uma criança, é claro, e que apenas cumpria ordens, mas seu pai ficou famoso por trabalhar como guarda em Auschwitz."

"Não importa. A família dele não está em julgamento agora", comentou o sr. Milton, deixando as referências de lado.

"Certo", disse Dave, voltando-se novamente para seus documentos.

"O que mais dizia o relatório do legista?", inquiriu o sr. Milton. "Acho que o Kevin devia ouvir."

Kevin se virou, surpreso. "Olha, acho que já está ok, eu..."

"Além dos cortes nos seios, uma vara aquecida foi introduzida na vagina da mulher", principiou Dave, rapidamente.

"Já era pro esperma como evidência", disse Ted.

"Jesus", disse Kevin.

"Todos precisamos ter estômago, Kevin. Nós lidamos com crimes terríveis aqui no escritório, não só com os de colarinho branco", disse o sr. Milton. Sua voz era firme, dura. Era o mais próximo de uma advertência que Kevin podia imaginar.

"É claro", disse, gentilmente. "Me desculpe."

"Prossiga", ordenou o sr. Milton.

"Obermeister foi detido nas redondezas. Um policial em patrulha o achou suspeito. Ele parecia nervoso demais pra quem toma uma multa por excesso de velocidade. Na manhã seguinte à descoberta do corpo, o policial se lembrou de Karl. Eles foram até o apartamento dele pra fazer algumas perguntas, só que um jovem detetive bem ambicioso resolveu ir muito além. Mesmo sem um mandado, empreendeu uma busca no apartamento e encontrou um prendedor de arame semelhante aos que tinham sido utilizados pra amarrar as vítimas. Eles prenderam Karl e o mantiveram numa cela durante cinco horas. Foi interrogado até confessar."

"Então ele confessou", murmurou Kevin.

"Sim", disse Dave, abrindo um sorriso, "mas eu verifiquei tudo o que a polícia fez. Vamos fazer tudo isso ser rejeitado pelo tribunal, sem dúvida. Durante o tempo em que foi mantido na delegacia, Karl nem sequer teve a chance de ligar pra um advogado. Não informaram os direitos dele corretamente, e a suposta prova encontrada pelo detetive é inadmissível. Eles não têm nada, na realidade. Karl já, já vai estar livre", acrescentou e se virou para o sr. Milton, que sorria para ele. Dave fechou e abriu os olhos como se recebesse uma bênção.

"Excelente, Dave, excelente. Isso é que é um bom trabalho; um bom trabalho de verdade."

"Parabéns, Dave", disse Paul.

"Maravilha", acrescentou Ted. "Sem dúvida."

Kevin contemplava os advogados, todos pareciam tão satisfeitos. Passou por sua cabeça que Dave Kotein era judeu, e que obter sucesso na defesa de alguém com um histórico nazista devia tê-lo incomodado. Mas não havia nenhum sinal de incômodo. Quando muito, seus olhos irradiavam orgulho.

"Mesmo assim", disse o sr. Milton, "eu gostaria de rever esse relatório médico. Faça uma cópia pra mim, Carla", disse sem olhar para a secretária, que anotou o pedido. Ele olhou para Paul e depois para os demais. "E agora Paul tem um caso bíblico para a nossa apreciação."

Ted e Dave sorriram.

"Bíblico?", indagou Kevin.

"Abel e Caim", disse Paul, e olhou para John Milton.

"Exatamente. Descreva o caso, Paul, por gentileza."

Scholefield abriu sua pasta. "Pat e Morris Galan estão chegando aos cinquenta anos. Pat é decoradora de interiores. Morris é dono e gestor de uma engarrafadora de pequeno porte. Eles têm um filho de dezoito anos, o Philip, e, quando Pat tinha quarenta e um, tiveram um segundo filho, o Arnold. Foi uma daquelas decisões do tipo ter ou não ter. Pelo que dizem, não conseguiram se decidir, e o tempo se esgotou. Acabaram tendo o filho, mas um bebê àquela altura da vida parecia um fardo. Pat não queria parar de trabalhar e, eventualmente, começou a se ressentir do filho."

"Ela admitiu isso?", perguntou o sr. Milton.

"Pat estava indo a um psicólogo e é bem aberta em relação a como se sente perante o bebê, pois acha que seus sentimentos podem ter contribuído pro que aconteceu. Os Galan também tinham problemas no casamento", continuou. "Um achava que o outro não fazia o suficiente em relação aos cuidados com o bebê. Pat acusa Morris de se incomodar com o trabalho dela. Num dado momento, ambos começaram a fazer terapia.

"Enquanto isso, boa parte da responsabilidade por Arnold recaiu sobre Philip, que, adolescente e com vida própria, acabou sentindo o fardo também. Pelo menos, essa é a imagem que tenho."

"Descreva o crime", orientou o sr. Milton.

"Uma noite, dando banho no irmão mais novo, Philip perdeu o controle e o afogou."

"Afogou?", perguntou Kevin. Paul havia dito isso como se não fosse nada.

"Ele estava lavando o cabelo da criança; Arnold tinha...", Paul conferiu seus papéis, "cinco anos nesse momento. O menino resistia, reclamava... Philip perdeu a paciência e segurou a cabeça dele debaixo d'água por tempo demais."

"Meu Deus. Cadê os pais?"

"Esse é o problema, Kevin. Eles estavam viajando, como sempre, cada um tocando sua vida. De toda forma, a sra. Galan pediu pra gente defender Philip. O marido não quer nem saber dele."

"O garoto tem algum histórico de violência?", perguntou Dave.

"Nada fora do normal. Algumas brigas na escola, mas nenhum envolvimento prévio com a polícia. É um bom aluno. Benquisto, de modo geral. A questão é que ele não demonstra muito remorso."

"Como assim?", perguntou Kevin. "Ele não tem noção do que fez?"

"Sim, mas..." Paul se virou para John Milton. "Ele não se arrepende. Está tão na cara que ele não está arrependido que a acusação vai pedir homicídio premeditado. Estão querendo criar a imagem de que ninguém teria pedido pra ele dar banho no irmão. Que ele só teria feito isso pra matá-lo. No interrogatório, a mãe admitiu não ter pedido pra ele dar banho no Arnold.

"Não quero chamá-lo pra depor. O jeito como ele fala do irmão morto... Se eu fosse um dos jurados, também o condenaria."

"Ele poderia ter planejado tudo?", perguntou Kevin.

"Nosso trabalho é provar que não", disse John Milton, no mesmo instante. "Estamos defendendo o garoto, e não trabalhando pra acusação. O que você pretende fazer, Paul?"

"Acho que o senhor tinha razão sobre os pais. Vou dar cabo deles, mostrar quem são de verdade, e vou dizer que o garoto estava sob muita pressão. Depois vou chamar o dr. Marvin pra confirmar a instabilidade mental dele... confusão de papéis, essas coisas. Tudo isso enquanto ele está passando por outros problemas típicos da adolescência, problemas que acabaram fazendo o suicídio virar uma epidemia entre adolescentes."

Ele se virou para Kevin.

"Não sei se ele tinha como planejar isso, Kevin. Como disse o sr. Milton, a sra. Galan me contratou pra defender, e não pra acusar o filho. Além disso, por mais que ele ainda seja reticente em relação ao que fez, realmente acho que foi uma vítima dos próprios pais, cujas atitudes acabaram por corrompê-lo.

"Quando voltaram pra casa naquela noite, Philip estava dormindo. Eles sequer deram uma olhada no Arnold. Foi só no dia seguinte, de manhã, que o sr. Galan encontrou o filho de cinco anos na banheira."

"Jesus."

"Depois de algum tempo conosco, Kevin, você vai parar de falar isso", disse o sr. Milton. Kevin parecia confuso. "Você não devia se surpreender com o fato de que o mundo está cheio de dor e sofrimento. E Jesus parece não estar dando a mínima ultimamente."

"Eu sei. É que não entendo como é possível se acostumar com isso."

"Você se acostuma ou, pelo menos, endurece o suficiente pra fazer um bom trabalho. Você já sabe um pouco como isso funciona", disse John Milton, sorrindo. A insinuação era uma referência clara ao caso de Lois Wilson. Kevin sentiu-se enrubescer. Olhou em volta para ver como os demais o observavam.

Paul parecia tão sério quanto o sr. Milton. Dave tinha um olhar de preocupação. Ted estava sorrindo.

"Acho que leva um tempinho", disse Kevin, "e um pouco mais de experiência."

"Isso é muito verdade", respondeu John Milton. "Tempo e experiência. E agora que você conhece a carga de trabalho atual do escritório, já pode começar a pensar no seu próprio caso."

John Milton deslizou uma pasta para Dave, que a repassou para Kevin. Embora ansiasse por pegar um caso emocionante, Kevin sentiu um frio na espinha. Todos olhavam para ele agora, então não tardou a sorrir.

"Vai ser um caso emocionante, Kevin; você vai ser batizado no fogo", disse o sr. Milton. "Não há um só homem aqui que não tenha passado por isso, e olhe só pra eles agora."

Kevin olhou um por um. Cada um deles tinha a energia de um Ahab em busca de sua Moby Dick. Ele sentia que se juntava a algo maior do que um escritório de advocacia; estava se juntando a uma espécie de fraternidade, uma irmandade de sangue, os advogados dos amaldiçoados. Eles erguiam fortalezas a partir da lei e dos processos; fabricavam armas com isso. Não importava o que fizessem, eram bem-sucedidos, saíam vitoriosos.

E o mais importante é que estavam ávidos por agradar a John Milton, que agora se recostava, satisfeito, saciado por suas histórias e seus planos para as disputas nos tribunais.

"Quando nos encontrarmos de novo, Kevin, será a sua vez de falar", disse o sr. Milton, levantando-se. Todos se ergueram e o observaram sair. Carla foi logo atrás. Assim que ambos saíram, Dave, Ted e Paul se viraram para Kevin.

"Por alguns segundos, achei que ele fosse se irritar", disse Dave. "Quando você falou 'Jesus'..."

"Por que isso o deixaria irritado?"

"Se tem uma coisa que o sr. Milton não tolera é advogado sentindo pena da vítima quando precisa defender o próprio cliente. Isso tem que estar acima de tudo", explicou Paul.

"É verdade, sobretudo pro caso do Dave", disse Ted.

"Por que você diz isso?"

"Porque o cliente do Dave, ao contrário dos nossos, não tem onde cair morto. O sr. Milton está financiando-o do início ao fim."

"Tá de brincadeira?"

"Não estou, não", disse Dave. "Ele descobriu uma falha no sistema e foi atrás dela. É bem o estilo dele."

"E é por isso que somos tão bem-sucedidos", disse Ted, orgulhoso, até mesmo arrogante.

Kevin assentiu e contemplou mais uma vez seus novos colegas de trabalho. Não eram cavaleiros, e aquela não era a Távola Redonda de Camelot, mas eles se tornariam tão lendários quanto, pensou Kevin. Tinha certeza disso.

Miriam temia que seu rosto ficasse pregado para sempre num sorriso. Ela não parava de sorrir e de gargalhar desde que Kevin havia saído. Norma e Jean eram uma diversão infinita. Quando uma se acalmava, a outra começava. A princípio, Miriam achou que as duas deviam ter tomado alguma coisa, estimulantes. Como era possível duas mulheres serem tão cheias de energia, tão falantes, tão eufóricas por tanto tempo sem estarem drogadas?

Mas seus modos de vida pareciam sugerir o contrário. Ambas eram fanáticas por levar uma vida saudável, o que explicava os muffins sem açúcar, e Miriam não tinha como negar que pareciam exemplares perfeitos do viver bem: corpos em forma, rostos limpos e hidratados, belos dentes brancos, olhos cheios de brilho, autoestima lá em cima.

Embora nenhuma das duas trabalhasse ou tivesse uma profissão, ambas pareciam realizadas. Chegavam a ponto de programar e organizar os dias de modo a conseguir fazer tudo que queriam. Limpavam a casa e cozinhavam pela manhã, então, às segundas, quartas e sextas, faziam aulas de ginástica. Reservavam as terças para compras no supermercado. Às quintas, frequentavam museus e galerias de arte; e, claro, aos sábados e domingos, iam ao cinema ou ao teatro. A maioria das noites girava em torno de jantares, shows, confraternizações habituais.

Além disso, ficou imediatamente claro para Miriam que Norma e Jean, junto da ainda não conhecida Helen Scholefield, formavam um grupo unido e autossuficiente. Elas não falavam de outras pessoas. Ao que tudo indica, os três casais faziam tudo juntos, até tiravam férias simultaneamente, sempre que as agendas dos tribunais permitiam.

Como Kevin insinuara, essas mulheres urbanas estavam sempre em movimento, e suas vidas eram sempre confortáveis e interessantes. Miriam não conseguia imaginá-las passando uma tarde inteira folheando revistas, assistindo a novelas, apenas esperando seus maridos retornarem do trabalho, como ela mesma andava fazendo recentemente. Estava cada vez mais difícil fazer com que qualquer amiga sua de Blithedale viesse até a cidade para um show, fazer compras ou qualquer outra coisa. Dava sempre "muito trabalho escapar do trânsito e do excesso de pessoas".

Mas aquelas duas eram absolutamente imunes, alheias a qualquer dificuldade que a cidade pudesse apresentar, e eles viviam tão bem, se não melhor, aqui — nenhuma sensação de insegurança ou medo, nenhuma inconveniência e, talvez o mais importante para alguém como Miriam, que havia sido criada em Long Island, nenhuma sensação de isolamento. As casas delas eram tão espaçosas e iluminadas quanto a da própria Miriam.

O apartamento de Norma exibia uma decoração tradicional, muito parecida com a da casa deles em Blithedale, só que as cores da residência de Norma e Dave eram mais conservadoras. O apartamento de Jean tinha mais brilho, com cores claras e espaços mais amplos, mobília ultramoderna, repleta de quadrados e cubos, plástico e vidro. Embora Miriam não apreciasse muito tudo isso, não deixava de ser interessante. Ambos os apartamentos possuíam a mesma vista bonita que o dela e de Kevin.

"A gente não parou de falar nem por um minuto", percebeu Norma, finalmente. Elas estavam sentadas em sua sala de estar, bebendo vinho branco em taças grandes. "E sequer deixamos você falar."

"Não tem problema."

"Mas que indelicadeza nossa", disse Jean, recostando-se e cruzando as pernas. Eram finas e compridas, e Jean usava uma corrente de ouro com pequenos diamantes no tornozelo esquerdo. A riqueza delas não escapara a Miriam. Ambos os apartamentos continham coisas caras, desde televisões enormes e aparelhos de som de última geração até os móveis, a decoração e os pequenos detalhes.

"Pra ser sincera, eu só estava relaxando e admirando a casa que vocês têm. Vocês duas têm cada coisa linda."

"E você também terá", disse Norma.

Ela começou a sacudir a cabeça, os olhos cheios de lágrimas.

"O que houve, Miriam?", perguntou Jean, no mesmo instante.

"Não é nada. Só não consigo acreditar em como tudo está acontecendo tão rápido. É que parece que fui arrancada de um mundo e colocada em outro completamente diferente da noite pro dia, não que tudo isso não seja maravilhoso... é só... só..."

"Avassalador", completou Norma, concordando, o semblante sério. "Eu me sentia da mesma forma."

"Eu também", acrescentou Jean.

"Mas não precisa se preocupar com isso", disse Norma, inclinando-se para dar um tapinha no joelho de Miriam. "Você vai ver como vai se adaptar bem depressa e gostar de tudo. Não é mesmo, Jean?"

"Ela não erra", disse Jean, e as duas riram. Miriam não teve como não rir, e sua ansiedade recuou mais uma vez.

"Enfim, vamos falar de você. O que você fica fazendo enquanto seu belo marido se mata de trabalhar, em — como vocês chamam mesmo — Blithedale?", perguntou Norma.

"Isso, Blithedale. É uma pequena comunidade, mas a gente gosta de lá. Gostava, quero dizer." Ela fez uma pausa. "É engraçado, parece que saí de lá e vim pra cá há meses", disse, numa voz suave. A sensação a fez levar a mão ao pescoço. Norma e Jean a contemplavam, pareciam estar se divertindo. "De qualquer forma", continuou Miriam, "teve uma época em que tentei trabalhar como modelo, mas o máximo que fiz foi desfilar pra uma loja ou outra. Logo vi que não era a carreira que eu queria. Também ajudei meu pai..."

"Que é dentista?"

"Isso. Trabalhei como recepcionista por quase seis meses e depois decidi me concentrar no Kevin e na nossa casa. A gente pretende ter um filho este ano."

"A gente também", disse Norma.

"Perdão?"

"A gente também pretende ter filhos este ano", disse ela, olhando para Jean. "Na verdade..."

"Estamos confabulando para ter filhos ao mesmo tempo, só que os meninos não sabem de nada." Elas riram. "Quem sabe você não se junta a nós?"

"Me juntar a vocês?" Miriam abriu um sorriso perplexo.

"Na verdade, o sr. Milton sugeriu isso a Jean numa das festas que ele costuma dar. Espera só até você ver a cobertura dele. Ele deve dar uma festa a qualquer momento, já que tem um novo associado no escritório."

"Ah, ele faz festas incríveis, com serviço de bufê, música, convidados interessantes..."

"Como assim, o sr. Milton sugeriu isso?" Ela se virou para Jean.

"Ele tem um senso de humor bem irônico às vezes. Sabia que a gente estava planejando estabelecer nossas famílias este ano, então me chamou num canto e perguntou se não seria incrível se eu e Norma engravidássemos na mesma época, talvez até na mesma semana. Eu contei pra Norma, e ela achou uma ótima ideia."

"A gente está se planejando como se estivéssemos em campanha, marcando no calendário os dias em que as investidas vão começar", disse Norma, e ambas começaram a rir de novo. Em seguida, Jean interrompeu o riso de modo brusco.

"Vamos te mostrar os planos, e quem sabe você não entra nessa também, a não ser que você e Kevin já..."

"Não, ainda não."

"Ótimo", disse ela, recostando-se.

Miriam notou que elas não estavam brincando. "Quer dizer então que seus maridos não sabem de nada?"

"Não sabem de tudo", disse Norma.

"Você não conta pro seu marido tudo que você faz, conta?", perguntou Jean.

"A gente é muito próximo, e algo tão importante assim..."

"A gente também", disse Norma, "mas a Jean tem razão. Você precisa guardar alguns segredos íntimos, de mulher."

"Nós três temos que nos manter unidas", disse Norma. "Os homens são maravilhosos, sobretudo os nossos, mas eles são, acima de tudo, homens!" Ela arregalou os olhos.

"Você quer dizer quatro", corrigiu Jean. Norma pareceu confusa. "Nós *quatro* temos que nos manter unidas. Você tá esquecendo a Helen."

"Ah é, ainda tem a Helen. É que ela anda tão sumida ultimamente. Acabou ficando... muito introspectiva", disse Norma, jogando a mão pra cima, num gesto dramático. Tanto ela quanto Jean soltaram uma risada.

"Como assim?"

"Na verdade, não estamos sendo justas. Helen teve uma espécie de colapso nervoso depois da morte de Gloria Jaffee, e começou a tomar remédios. Ela está fazendo terapia, e é uma pessoa incrível, doce e muito atraente", disse Norma.

"Gloria Jaffee?"

Norma e Jean se entreolharam na mesma hora.

"Ah, desculpa", disse Jean. "Eu achava que você sabia dos Jaffee." Ela se virou para Norma. "Dei com a língua nos dentes de novo, né?"

"Parece que sim, amiga."

"Quem são os Jaffee?", perguntou Miriam.

"De todo modo, mais cedo ou mais tarde você ia ficar sabendo de tudo. Só não queria ter sido a pessoa a dar um banho de água fria na sua empolgação e na sua felicidade", disse Jean.

"Não tem problema. É bom ter alguma coisa que me coloque pra baixo. É uma ingenuidade achar que tudo sempre vai ser um mar de rosas", respondeu Miriam.

"Ótima atitude", disse Norma. "Gostei. Já estava na hora de ter alguém no grupo com algum senso de perspectiva. Eu e Jean nos deixamos levar às vezes e, com a Helen tão deprimida nos últimos tempos, nós temos tentado evitar qualquer desconforto."

"Falem mais sobre os Jaffee", insistiu Miriam.

"Richard Jaffe é o advogado que seu marido está substituindo. Ele se matou depois que a esposa morreu em trabalho de parto", disse Jean, a voz apressada.

"Meu Deus!"

"Pois é. Eles tinham... tudo pra seguir em frente. O bebê nasceu saudável, era um menino", disse Norma, "e Richard era brilhante. Dave diz que ele era o advogado mais inteligente que já conheceu, incluindo o sr. Milton."

"Que trágico." Miriam refletiu um pouco e depois ergueu os olhos depressa. "Eles moravam no nosso apartamento, não é?" As duas confirmaram. "Imaginei... o quarto do bebê..."

"Ah, fico arrasada de te botar pra baixo assim", lamentou Jean.

"Não, está tudo bem. Como o sr. Jaffee morreu?"

Norma franziu o cenho e balançou a cabeça.

"Ele se jogou da varanda", disse Jean, no mesmo instante.

"Pronto, agora te contei todos os detalhes, e se você ficar triste, Ted vai dizer que é culpa minha."

"Ah, não, tenho certeza de que..."

"Dave também não vai gostar nem um pouco da minha participação nisso", disse Norma.

"Não, sério, está tudo bem. Deixa comigo. Kevin é que já devia ter me contado tudo, só isso."

"Ele só está tentando te proteger", disse Norma. "Como todo bom marido. O Dave e o Ted são iguais, certo, Jean?"

"Certo. Não dá pra culpá-los por isso, Miriam."

"Mas a gente não é criança!", exclamou Miriam. Em vez de ficarem chateadas com a resposta, as duas começaram a rir.

"Não, não somos", disse Norma. "Mas somos amadas, queridas, protegidas. Você pode ainda não perceber quanto isso é importante, Miriam, mas pode acreditar em mim... pode acreditar na gente, depois de um tempo, você vai perceber como isso é maravilhoso. Ora, eu e Jean nem perguntamos mais sobre aqueles detalhes horríveis dos casos que eles pegam, e os meninos evitam falar deles perto da gente."

"Isso não é carinhoso da parte deles?", acrescentou Jean.

Miriam olhou primeiro para uma, depois para a outra. Em seguida, recostou-se. Talvez fosse carinhoso; talvez se não tivesse se envolvido tanto com os detalhes do caso de Lois Wilson, não teria se chateado tanto com a maneira como Kevin conduziu tudo e teria se sentido melhor com o sucesso dele, sucesso que havia contribuído para tudo o que ela experimentava agora.

"Afinal", Norma tornou a insistir no argumento, "eles estão trabalhando duro pra deixar tudo maravilhoso pra gente."

"O mínimo que nós podemos fazer", concluiu Jean, "é facilitar as coisas pra eles." Elas riram em uníssono e deram um gole no vinho.

Miriam se manteve em silêncio por um tempo. "Me falem mais da Helen Scholefield", disse. "Como ela está?"

"Ah, está melhorando. A terapia tem ajudado muito. O sr. Milton recomendou alguém assim que soube da barra que ela estava enfrentando", disse Norma.

"Ela voltou a pintar, e isso também tem ajudado", acrescentou Jean.

"Ah é. E ela é das boas. Tenho certeza de que vai gostar de te mostrar o trabalho dela."

"Na verdade, o trabalho dela é incrível. Lembra Chagall, mas com um toque de Goodfellow. Você se lembra daquele pintor abstrato que a gente viu na Galeria Simmons, no Soho, mês passado?", disse Jean. Norma fez que sim.

Miriam balançou a cabeça e pôs-se a rir delas.

"Vocês duas... parecem tão cosmopolitas", disse, pensando nas palavras de Kevin. "São tão calmas e não têm medo de fazer nada. É maravilhoso. Eu admiro vocês."

"Quer saber, acho que você realmente ficou enclausurada naquele mundinho de Long Island", disse Jean, o semblante cada vez mais sereno e sério. "Estou enganada?"

Miriam ficou pensando. Às vezes se sentia daquela forma. Seus pais a enviaram para uma escola particular quando tinha doze anos, e ela saiu de lá para um cursinho pré-universitário exclusivo, e depois para a universidade e para a escola de modelos, sempre paparicada, sempre protegida.

Kevin certamente a tratava daquela mesma forma desde que haviam se casado. Agora ela chegava a acreditar que ele entrara no Boyle, Carlton e Sessler e planejara uma vida para eles em Blithedale tão somente porque era o que ela queria. Será que estava impedindo-o de seguir em frente? Será que ele poderia tê-los levado àquele mundo ainda mais cedo? Ela detestava pensar que havia sido egoísta, e ainda assim...

"Acho que você está certa."

"Não que eu e Norma tivéssemos uma vida difícil. O pai dela é cirurgião plástico na Park Avenue. Ela morou a vida inteira no esplendor do East Side, e eu venho de uma família bem de vida, de Suffolk County." Ela se recostou. "Meu pai é corretor de investimentos e minha mãe é uma agente imobiliária que provavelmente conseguiria vender a ponte do Brooklyn", acrescentou.

"Ela venderia. Eu a conheci", disse Norma.

"Mas não se preocupe, viu", disse Jean. "Dentro de alguns dias, você vai ficar que nem a gente, fazendo as mesmas loucuras. Quer queira ou não", acrescentou, de maneira profética. Houve um momento de silêncio, e depois Norma começou a rir. Jean se juntou a ela, e, exatamente como previra, Miriam desandou a rir também.

6

Depois da reunião, os associados se separaram e cada um foi cuidar de seu próprio caso. Kevin se despediu de todos e se pôs a caminho de sua sala, enquanto espiava o arquivo do caso que havia acabado de receber de John Milton. Ele se sentou na confortável cadeira de couro e continuou a ler o que estava na pasta, formulando táticas e tomando notas conforme avançava na leitura. Cerca de uma hora depois, refestelou-se na cadeira, balançou a cabeça e abriu um sorriso. Se porventura os outros sabiam o que o sr. Milton havia lhe dado, não deixaram transparecer nada. Era o tipo de caso capaz de construir a reputação de um jovem advogado da noite para o dia, devido à atenção que receberia da mídia. E John Milton decidiu entregá-lo justamente a ele.

A ele! Até mesmo seu ego inflado e a constante sede de ambição não o haviam preparado para tal oportunidade, ainda mais com outros três advogados no escritório, todos muito mais experientes em direito criminal do que ele.

Não era à toa que John Milton queria que Kevin começasse a trabalhar imediatamente. O caso estava virando manchete. Na verdade, o que o sr. Milton fazia na introdução do arquivo era antecipar quem era o cliente, na expectativa de que fosse acusado de assassinar a esposa.

Pouco mais de vinte anos atrás, Stanley Rothberg desposara Maxine Shapiro, filha única de Abe e Pearl Shapiro, proprietários de um dos maiores e mais famosos hotéis do resort Catskill Mountain, o Shapiro's Lake House, situado em Sandburg, uma pequena comunidade ao norte do estado de Nova York, não muito longe de onde Paul Scholefield exercera a advocacia pela primeira vez. Na realidade, ocorreu a Kevin que Paul teria sido uma escolha mais lógica para o caso, já que conhecia a área. O Shapiro's Lake House estabelecera uma reputação nacional por causa das celebridades que lá se apresentavam, da longevidade do hotel e do surgimento, havia cerca de dez anos, de seu famoso pão de passas, o Shapiro's Lake House Raisin Loaf, cuja receita todos acreditavam pertencer a Pearl Shapiro. Era um item popular nos supermercados e bem divulgado na televisão.

Tanto Abe como Pearl Shapiro já haviam falecido. Stanley Rothberg começara como auxiliar de garçom, sendo depois promovido a garçom no salão de jantar do Lake House. Ele conheceu e cortejou Maxine, e então (não era segredo para ninguém), mesmo sem a bênção inicial de Abe e Pearl, casou-se com ela, o que num dado momento o alçou ao cargo de gerente geral de um dos maiores hotéis do resort.

Maxine se revelou uma mulher enferma e, sem que ninguém esperasse, acabou desenvolvendo diabetes hiperlábil. Perdeu uma perna e esteve confinada a uma cadeira de rodas nos últimos anos. Vivia sob os cuidados de uma enfermeira em tempo integral. No último fim de semana foi encontrada morta, em consequência de uma overdose de insulina. O sr. Milton estava certo de que Stanley Rothberg seria acusado de homicídio qualificado. Todos pareciam saber que ele tinha uma amante. Os Rothberg não tinham filhos, de modo que Stanley era o único herdeiro da instalação turística multimilionária e do negócio de pães. Havia um motivo e uma oportunidade clara.

Kevin sentiu a presença de John Milton à sua porta e logo ergueu os olhos da pasta. Uma das coisas que estavam começando a impressioná-lo era a forma como Milton parecia mudar de aparência sempre que o encontrava. Agora mesmo o homem parecia mais largo, mais alto e até um pouco mais velho. Kevin identificava linhas em seu rosto que não havia visto antes, ou aquilo seria apenas um truque de iluminação?

"Mergulhou direto no assunto, hein? Isso é bom, Kevin. Eu gosto quando um de meus associados trabalha com afinco", disse John Milton, fechando a mão em punho. "Mantenha esse pique, mantenha essa sede, que você será sempre formidável no tribunal."

"Bem, vi a história no jornal de domingo. Até onde sei, ninguém foi acusado ainda; mas pelo que vejo aqui, o senhor espera que Stanley Rothberg seja."

"Não há dúvidas quanto a isso", respondeu John Milton, dando alguns passos à frente. As linhas saltavam de seu rosto. "Segundo algumas fontes, é uma questão de dias até ele ser preso."

"E, obviamente, o sr. Rothberg também está prevendo isso. Quando o senhor se encontrou com ele?"

"Ah, ainda não o vi, Kevin."

"Como?"

"Queria que você estivesse familiarizado com o caso quando ele chegasse. Ele vai ficar um pouco nervoso com alguém jovem como você assumindo a defesa, é claro, mas assim que notar sua competência..."

"Não entendi." Kevin fechou a pasta e se endireitou no assento. "O que o senhor está dizendo é que esse caso ainda não é nosso?"

"Oficialmente não, mas será. Por que não me adianto e marco uma reunião entre nós dois e Stanley Rothberg no início da semana que vem? É do meu conhecimento que ele não vai ser preso até lá, de qualquer forma. Eu cuido da acusação e da fiança."

"Mas como a gente sabe que ele vai nos procurar? Ele ligou?"

John Milton sorriu confiante, e seus olhos assumiram de novo uma aparência ferruginosa, com apenas um pouco mais de brilho dessa vez.

"Não se preocupe com quem Stanley vai procurar quando perceber que está em apuros. Ele vai saber o que fazer. Temos amigos em comum que já falaram com ele. Confie em mim. De qualquer forma, é melhor você dar uma olhada nos laudos médicos da esposa dele."

"Sim", disse Kevin, absorto, seus pensamentos enredados numa teia de impulsos confusos. Ele estava empolgado com a perspectiva de um caso daquele porte, mas também se sentia desconfortável. Por que o sr. Milton havia dado a ele, um novo associado, um caso importante tão depressa? Ele não deveria começar com algo mais simples e depois ir progredindo até chegar a um caso como aquele?

"Aposto que você já tem uma ideia de como será sua defesa. Algo lhe veio à mente?"

"Bem, estava pensando... depois de ler sobre como Maxine Rothberg sofreu. Stanley e ela não tiveram filhos; ela estava presa a uma cadeira de rodas e levava uma vida cheia de limitações, em meio a um mundo glamoroso e emocionante. Devia se sentir terrivelmente frustrada e infeliz."

"Exatamente a minha hipótese... Suicídio."

"De acordo com o que temos aqui, volta e meia ela aplicava a insulina em si mesma, embora tivesse uma enfermeira em tempo integral."

John Milton sorriu novamente e assentiu.

"Você é um jovem muito inteligente, Kevin. Sei que vou ficar mais do que satisfeito com seu trabalho. Investigue a enfermeira também. Tem muita coisa que a gente pode usar, você vai ver."

Ele se virou para ir embora.

"Sr. Milton."

"Pois não?"

"Como o senhor já conseguiu tanta..." Ele deslizou a mão sobre a pasta fechada. "Tanta informação detalhada?"

"Investigadores particulares que trabalham em tempo integral, Kevin. Vou apresentá-los a você de vez em quando, assim você poderá receber os relatórios direto das mãos deles. E também guardo algumas coisas nos arquivos do meu computador." Ele riu um riso contido, silencioso. "Você com certeza já ouviu falar em advogados de porta de cadeia; bem, nós somos praticamente isso. É importante ser agressivo lá fora, Kevin. Compensa muito mais do que você pode imaginar."

Kevin assentiu e observou o sr. Milton sair. Depois se recostou.

Ele estava certo. O mundo urbano era diferente e bem mais emocionante. Aquilo era Nova York, onde os melhores competiam entre si, e somente os melhores podiam competir. Boyle, Carlton e Sessler não eram nada perante um escritório como John Milton e Associados. E pensar que, em algum momento de sua neófita existência de advogado, Kevin os achara especiais, eles e aquela entediante vida de classe média alta. Na verdade, não passavam de uns frouxos. E estavam, isso sim, morrendo, chafurdando em conforto. Cadê o desafio? Quando é que se aventuravam até o limite e assumiam todos os riscos?

Ora, Kevin já se sentia em outro patamar. Nenhum deles teve a coragem de representar Lois Wilson, e agora estavam chateados porque sua reputação imaculada pode ter ficado manchada. A maior aventura de suas vidas era ir a um novo restaurante gourmet. E ele quase se tornou um deles!

John Milton o salvou. Sim, era exatamente isto que havia acontecido: John Milton havia salvado Kevin.

Ele se levantou bruscamente, segurando a pasta debaixo do braço com firmeza, e se pôs a sair.

"Ah, sr. Taylor", clamou Wendy, emergindo atrás da escrivaninha como uma sereia saindo de dentro d'água, assim que Kevin irrompeu de sua sala. "Me desculpe. Não vi o senhor entrar."

"Está tudo bem. Pretendia ficar apenas alguns minutos, mas acabei me perdendo nas leituras."

Wendy assentiu, e seus olhos castanhos enegreceram como se naquele instante tivesse entendido o que poderia prender a atenção de Kevin. Ela jogou o cabelo para trás e fitou a pasta debaixo do braço dele.

"Ah, espera", disse, virando-se e alcançando depressa o armário atrás da escrivaninha, de onde retirou uma maleta de couro rubi. "Ia te entregar isso no seu primeiro dia aqui no escritório, mas como o senhor já começou..." Ela entregou a maleta a Kevin. Um dos lados trazia uma inscrição em marrom-escuro, cor de sangue seco, que dizia "John Milton e Associados". No canto inferior direito, via-se estampado seu nome completo: "Kevin Wingate Taylor".

"Que beleza." Ele correu os dedos pelas letras em alto-relevo.

Wendy sorriu. "Todos os associados têm uma igual. É um presente do sr. Milton."

"Não posso esquecer de agradecê-lo. E obrigado, Wendy."

"Sim, senhor. Posso ajudar com mais alguma coisa?"

Ele pensou um pouco. "Sim. Levante tudo que você conseguir achar sobre diabetes e descubra o que for possível sobre a história do Shapiro's Lake House e do resort Catskill."

O sorriso de Wendy se alargou. "Isso já foi feito, sr. Taylor."

"Ah é?"

"O sr. Milton solicitou isso na última quarta."

"Ah. Perfeito. Bem, então depois dou um pulo aqui pra começar a ler. Obrigado."

"Tenha um bom dia, sr. Taylor."

Kevin percorreu o corredor, dando uma espiada em Ted McCarthy, que falava ao telefone. Ted acenou, e ele seguiu em frente. Como a porta da sala de Dave Kotein estava fechada, prosseguiu em direção à recepção e pediu a Diane que chamasse a limusine.

"Ela estará à sua espera bem na entrada, sr. Taylor. Faça bom uso. Não precisaremos do Charon aqui até o fim do dia."

"Obrigado, Diane."

"Tenha um bom dia, sr. Taylor."

"Você também."

Kevin estava praticamente pulando de alegria naquele tapete macio. As secretárias não eram somente bonitas e simpáticas, mas também receptivas, leais... excitantes. Tudo ali era agradável: as cores, o luxo, as novidades. Ele odiava ir embora daquele lugar.

Ele desceu cantarolando no elevador e depois acenou para o segurança na recepção, que retribuiu o gesto como se fossem velhos amigos. Assim que atravessou as portas giratórias, estacou e entrecerrou os olhos. A densa cobertura de nuvens havia se dissipado consideravelmente, e raios do sol do meio-dia refletiam no vidro, na calçada e na superfície reluzente da limusine. Charon abriu a porta do veículo e deu um passo atrás. "Obrigado, Charon. Vou primeiro pra casa, depois a gente vai almoçar no Russian Tea Room."

"Está ótimo, sr. Taylor." Charon fechou a porta com delicadeza, e, segundos depois, já estavam a caminho. Kevin se recostou e fechou os olhos. Havia tanta coisa para contar a Miriam que tinha certeza de que conversariam sem parar no almoço e no retorno a Blithedale. E quando contasse de sua primeira tarefa como associado no novo escritório...

Ele abriu os olhos e passou a mão sobre a maleta, abrindo-a e olhando para a pasta. Ela logo dobraria de tamanho, não havia dúvida. Kevin riu sozinho. E por falar em advogados bem-preparados... Todo aquele material já pronto e esperando por ele. Que escritório — investigadores particulares, uma biblioteca computadorizada, secretárias eficientes... Kevin se recostou, sua autoconfiança avultava. Com uma rede de apoio como aquela, tinha de se sair bem.

Então algo que Wendy dissera desencadeou um pensamento curioso. Ele devia ter ouvido errado, pensou, mas resolveu abrir o arquivo e conferir as datas associadas a alguns fatos para ter certeza.

Ela havia dito que o sr. Milton pediu informações sobre diabetes e o hotel Shapiro's Lake House na última quarta-feira?

Maxine Rothberg foi encontrada morta em sua cama apenas no fim de semana. Por que o interesse do sr. Milton remontaria à quarta-feira anterior?

Wendy devia ter se enganado, ou talvez ele não tivesse ouvido direito, pensou, e fechou a maleta.

Afinal, o que mais poderia ser?

"Mais vinho?", ofereceu Norma, inclinando a garrafa para o copo de Miriam.

"Não, acho melhor eu voltar pra casa. Kevin já deve estar me procurando."

"E daí?"

"Deixa procurar", disse Jean. Ela olhou para Miriam e balançou a cabeça. "Vejo que temos muito trabalho a fazer por aqui, Norma."

"Às vezes os homens tendem a não dar o devido valor às mulheres", aconselhou Norma. "A gente precisa mantê-los atentos, manter o mistério vivo. Caso contrário, você não vai passar de mais uma propriedade dele."

"Kevin não é assim", disse Miriam.

"Bobagem", devolveu Jean. "Ele é homem. Não pode evitar."

Norma e Jean riram novamente. Por um momento, as duas pareceram crianças para Miriam, seus olhos brilhavam maliciosamente.

Antes que alguém pudesse dizer qualquer outra coisa, ouviram a campainha. "Deve ser Kevin", disse Miriam. As três se levantaram. Quando se dirigiram para a porta, Norma passou o braço ao redor de Miriam.

"Não vejo a hora de vocês se mudarem", disse. "Te deixar a par de tudo vai nos dar a chance de reviver muitas descobertas maravilhosas."

Jean abriu a porta para receber Kevin.

"Oi. Não é que você nos encontrou?" Ela se virou e piscou para Miriam. "A gente sabia que isso ia acontecer."

"Foi fácil deduzir", disse ele, e olhou para Miriam. "Deu pra se divertir?"

"Sim, deu sim."

"Não precisa se preocupar", disse Jean, sorrindo e depois piscando de novo para Miriam. "Ela já é uma de nós."

"Torço pra que isso seja bom", brincou Kevin, fazendo um olhar sedutor, e as duas deram uma risadinha. Norma abraçou e beijou Miriam, e Jean fez o mesmo logo depois.

"Até breve", disse Miriam. Norma e Jean ficaram lado a lado na porta, sorrindo, enquanto ela e Kevin se dirigiam ao elevador.

"Parece que vocês três tiveram um bom começo, hein?", perguntou Kevin.

"Sim."

"Você não parece tão empolgada", disse Kevin, cauteloso.

Miriam ficou em silêncio quando entraram no elevador e, logo antes de chegarem ao saguão, se virou para ele. "Por que você não me contou sobre os Jaffee?"

"Ah." Kevin assentiu. "Eu devia ter imaginado que elas contariam. Bem", disse, respirando fundo assim que chegaram ao saguão, "é uma história deprimente, e eu não queria colocar um ônus no apartamento." Ele se virou para ela. "Em algum momento, ia acabar te contando tudo. Me desculpa. Não devia ter escondido isso de você. É só que quero te cercar de coisas boas, de alegria. Quero que este seja o melhor momento das nossas vidas, Miriam."

Ela assentiu. Era exatamente o que Norma e Jean haviam dito — Kevin desejava protegê-la da tristeza e da depressão. Decidiu não o culpar por isso.

"É uma história trágica, mas não vejo por que deveria nos afetar", concluiu ela.

Kevin irradiou alegria. "É o que sinto." Ele a abraçou.

"Por que a gente está saindo por aqui?", perguntou ela, percebendo que estavam no saguão. "Não era pra descermos na garagem?"

"Tenho uma surpresa." Ele fez um gesto em direção à entrada da frente. Quando se aproximaram, Philip saiu de trás da mesa para cumprimentá-los. "Ah. Esse é o Philip, Miriam. Ele é o segurança diurno."

"Prazer em conhecê-la, sra. Taylor. Qualquer problema, ou se precisar de alguma coisa, é só falar."

"Muito obrigada."

Philip abriu a porta para eles, e, quando saíram, Charon abriu a porta da limusine.

"O que é isso?", perguntou Miriam, olhando da limusine para Charon.

"É a limusine do escritório, e está sempre à disposição dos associados. Charon, esta é minha esposa, Miriam."

Charon assentiu, os olhos amendoados a examinaram com tanta atenção que ela se sentiu constrangida e instintivamente cruzou os braços na frente dos seios.

"Olá", disse Miriam, entrando rápido no carro. Ela olhou para trás quando Kevin entrou.

"Aonde a gente está indo?"

"Ao Russian Tea Room", disse ele. Fiz uma reserva pra nós pelo telefone da limusine assim que saí do escritório. "Um drinque, madame?", perguntou, abrindo o armário de bebidas. "Posso preparar o seu favorito, um *bloody mary*."

Drinques na luxuosa limusine Mercedes, almoço no Russian Tea Room, um apartamento maravilhoso na Riverside Drive, novas amigas jovens e divertidas — Miriam balançou a cabeça. Kevin ria da cara dela.

"Acho que vou fazer dois e te acompanhar", disse. A bebida apenas se somou ao barato que Miriam estava sentindo. "Então", disse Kevin, recostando-se depois de preparar as bebidas, "fala mais sobre as suas amigas. Como elas são?"

"São um pouco sufocantes no começo, principalmente quando penso nas mulheres de Blithedale. Às vezes são tão cosmopolitas e profundas, aí do nada começam a falar e agir como adolescentes. Mas são muito divertidas, Kev."

"Me desculpe por ter ficado tanto tempo fora, é que..."

"Ah, nem vi o tempo passar. Elas me deixaram muito à vontade."

Miriam pôs-se a descrever o apartamento de Jean e, em seguida, passou para o de Norma. Tagarelava sobre cada detalhe das novas amigas, exceto, é claro, sobre os planos para terem filhos ao mesmo tempo e sobre como haviam ficado felizes de descobrir que ela ainda não estava grávida.

Ela queria contar isso para Kevin. Quase chegou a fazê-lo uma ou outra vez durante o almoço, mas sempre que começava, pensava em Norma e Jean e em como se sentiriam se descobrissem que havia traído o primeiro segredo delas. Aquilo poderia acabar com a amizade antes mesmo de ter começado, e, de qualquer modo, que diferença fazia?, pensou ela. Era uma ideia inofensiva, bastante engraçada até, e que muito provavelmente tinha pouquíssimas chances de sair como planejavam.

Depois do almoço, retornaram ao apartamento para uma última olhada antes de voltarem a Blithedale. Miriam precisava confirmar que aquilo era real. Kevin ficou esperando na porta da frente, enquanto ela olhava tudo de novo.

"É um belo apartamento, não é, Kev?", perguntou, como se precisasse reafirmar seus sentimentos. "Como ele pôde deixar a gente ficar aqui sem pagar aluguel? Ele podia ganhar uma fortuna alugando, não?"

"Ele considera isso uma espécie de dedução fiscal. Como diria meu avô, de cavalo dado não..."

"Eu sei, mas ainda assim..." Uma onda de apreensão passou por ela. O novo emprego maravilhoso de Kevin, aquela bela nova casa, ótimos novos amigos... Coisas extraordinárias realmente aconteciam assim, do nada?

"Por que brigar com a sorte?", perguntou Kevin.

Miriam se virou para ele, que deu de ombros. Ela sorriu. Kevin tinha razão. Por que não relaxar e curtir?, disse a si mesma. Ele a abraçou.

"Eu te amo, Miriam. Quero fazer o meu melhor e te dar tudo o que puder."

"Nunca reclamei da nossa vida de antes, Kev."

"Eu sei, mas por que não ter tudo o que podemos ter?"

Eles se beijaram, olharam mais uma vez para o apartamento e depois se retiraram.

Como foi diferente a viagem de volta a Blithedale em comparação à ida até a cidade naquela manhã, pensou Kevin. Na ida, podia contar as palavras de Miriam na ponta dos dedos. Mas, desde o momento em que foram almoçar no Russian Tea Room até entrarem na garagem da casa no Blithedale Gardens, Miriam mal havia parado de falar. Qualquer receio de vê-la infeliz com todas as mudanças que estava propondo foi totalmente contido por aquela empolgação desenfreada.

Algumas vezes na volta para casa, Kevin tentou falar sobre os casos discutidos na reunião de equipe e sobre seu próprio caso, mas, sempre que começava, era interrompido por uma outra sugestão para o novo apartamento. Era como se Miriam não quisesse saber de nada do seu trabalho. Normalmente ela gostava de conhecer os detalhes de cada caso, até mesmo das entediantes negociações imobiliárias. Enfim, ele balançou a cabeça, recostou-se e continuou a dirigir.

Apenas quando Blithedale despontou no horizonte, Miriam diminuiu a velocidade de seu monólogo. Era quase como se tivessem atravessado uma fronteira invisível e retornado de um mundo de sonhos para a realidade. As nuvens da manhã já haviam se dispersado, e um azul cristalino preenchia o céu vespertino do fim de novembro. As crianças começavam a desembarcar dos ônibus escolares, e a euforia em suas vozes precedia seus corpos escada abaixo e porta afora.

O calor do sol já havia amolecido e derretido grande parte da neve da noite anterior, de modo que só uns poucos pedaços de gelo permaneciam nos gramados e em alguns pontos das calçadas. Tão logo saíam dos ônibus, os meninos, e até algumas meninas, começavam a arremessar bolas de neve uns nos outros. Kevin sorria diante daquela brincadeira inocente. Uma fila de trânsito seguia o ônibus, que desembarcava pela rua larga e ladeada de árvores. Aquela paz e esplendor rústicos contrastavam fortemente com o movimento, o agito e a energia urbana do mundo que haviam acabado de deixar. O efeito era calmante. Miriam se recostou, com um sorriso leve e angelical no rosto.

"Queria que a gente tivesse os dois, Kev", disse, virando-se devagar para ele. "A emoção de Nova York e a paz serena de Blithedale."

"A gente vai ter. A gente pode!", percebeu Kevin, virando-se para ela, o olhar arregalado de emoção. "Se a gente não precisar pagar por um apartamento na cidade, podemos pensar seriamente numa casa de verão ou de fim de semana na ilha."

"É verdade. Ah, Kevin, a gente vai fazer isso mesmo, não vai? Teremos tudo!"

"Por que não?" Ele abriu um sorriso. "Por que não?"

Kevin decidiu não falar nada para Miriam a respeito de seu primeiro caso no novo escritório, não até voltar do Boyle, Carlton e Sessler, embora estivesse explodindo de emoção por dentro. Ela ficaria igualmente empolgada e orgulhosa quando soubesse de tudo, pensou ele.

Assim que chegaram à entrada da casa no Blithedale Gardens, ele disse que achava melhor ir encontrar Sanford Boyle e comunicar sua decisão.

"Mal posso esperar pra esfregar na cara dele — o dobro do salário! E eles foram tão presunçosos."

"Não seja arrogante, Kev", advertiu Miriam. "Você é melhor do que eles, e, de todo modo, as pessoas arrogantes sempre se ferram no final."

"Você tem razão. Vou me conter exatamente que nem... que nem o sr. Milton faria", disse ele. "O homem tem classe."

"Não vejo a hora de conhecê-lo. Do jeito que Norma e Jean falaram dele, e do jeito como você fala, me lembra alguém como Ronald Reagan, Paul Newman e Lee Iacocca, uma espécie de mistura dos três."

Kevin desandou a rir. "Certo, certo, posso estar exagerando um pouco, admito. É que estou empolgado, acho, e você sempre foi mais pé no chão do que eu. Enfim, fico feliz de ter você por perto pra me ajudar a manter as coisas em perspectiva, Miriam."

"Devo passar essa impressão", disse ela, "Norma e Jean também disseram algo semelhante."

"Disseram? E por que não? Elas sabem identificar uma pessoa inteligente e perspicaz quando veem uma."

"Ah, Kev."

Ele a beijou na bochecha.

"Eu devia ligar pros meus pais", disse ela ao sair do carro. "Você não vai ligar pros seus?"

"Ligo de noite."

Miriam o viu partir, a emoção avultando em seu interior também. Respirou fundo e olhou em volta. Não conseguia deixar de gostar dali. A serenidade, a singularidade daquele lugar e a simplicidade daquela vida lhe davam uma sensação de equilíbrio e a deixavam em paz consigo mesma. Eles eram muito privilegiados, mais do que a maioria das pessoas de sua idade. Será que estavam sendo gananciosos, ou Kevin tinha razão quando se perguntava por que as outras pessoas, pessoas que não eram mais inteligentes nem mais espertas do que ele, estavam aproveitando mais a vida?

Era errado refreá-lo, pensou Miriam, e ainda assim não conseguia parar de sentir aquelas desagradáveis borboletas no estômago. Mas não havia nada com que se preocupar. Devia ser uma reação natural, concluiu. Quem não se sentiria assim depois de tanta coisa ter acontecido?

Ela afastou esses pensamentos e encheu a mente de ideias e planos para a mudança que estava chegando.

As secretárias do Boyle, Carlton e Sessler sentiam que alguma coisa estava acontecendo com Kevin. Ele podia ver isso na expressão de Myra quando entrou no escritório.

"O sr. Boyle está, Myra?"

Aqueles olhos grandes e castanhos o examinaram de cima a baixo, mas ele usava seu sorriso firme como uma máscara. "Sim."

"Veja se ele pode me receber em dez minutos, por favor. Vou estar na minha sala."

Como sua sala lhe pareceu pequena, insignificante, e até mesmo asfixiante agora. Quase riu em voz alta quando entrou. A mesa parecia ter metade do tamanho daquela de sua nova sala. Ele se sentiu como um homem que trocou um pequeno Chevrolet ou Ford para um Mercedes da noite para o dia.

E o que o aguardava ali desde a conclusão bem-sucedida do caso de Lois Wilson? Kevin olhou para as pastas em cima da mesa — aquele adolescente que roubara um carro para se divertir, um testamento que precisava elaborar para os Benjamin e uma multa por excesso de velocidade que precisava resolver a pedido de Bob Patterson. Oba!

Ele se refestelou na cadeira e pôs os pés sobre a mesa. Adeus a este cubículo, pensou. Adeus às frustrações, aos devaneios e à inveja, adeus a essas mentes de cidade pequena com seus futuros de cidade pequena.

Olá, Nova York!

Myra interfonou para ele. "O sr. Boyle está pronto pra recebê-lo, sr. Taylor."

"Ora, está bem, Myra", entoou. "Obrigado."

Ele pôs-se de pé, encolheu a barriga, deu mais uma olhada ao redor e se dirigiu à sala de Sanford Boyle para lhe informar que estava se demitindo.

"Ah, entendo. Quer dizer então que essa outra oferta deu resultado, não é mesmo?" As sobrancelhas de Boyle se contorceram como lagartas em sofrimento.

"O dobro do que eu ganharia aqui, mesmo como sócio, Sanford." As sobrancelhas de Boyle quase levantaram voo. "Estou indo para o John Milton e Associados."

"Acho que nunca ouvi falar deles, Kevin", disse Sanford Boyle.

Kevin deu de ombros. Aquilo não o surpreendia. Estava prestes a dizer que "o senhor e vossos sócios nunca saíram de vossa querida Blithedale, mas, pode acreditar em mim, Sanford, há um mundo muito maior e mais interessante lá fora".

Acabou não dizendo nada. As advertências de Miriam sobre agir com arrogância o mantiveram sob controle. Em vez disso, retornou à sua sala e empacotou grande parte de seus pertences. Myra, Mary e Teresa não apareceram para lhe desejar boa sorte. Quando levou suas coisas para o carro, elas olharam para ele com ar de decepção e reprovação. Kevin ignorou a censura; elas eram rústicas, intolerantes com a ambição, insulares e tinham a mente fechada. *Mentalidade típica de cidade pequena*, pensou, *me condenam por querer urgentemente um destino melhor*. Tinha certeza de que o achavam ingrato. *E esperam que eu quebre a cara*, pensou. *Como vão ficar surpresas quando lerem sobre mim no* New York Times *assim que o caso Rothberg começar*.

Kevin experimentou uma sensação de alívio e euforia quando enfim entrou no carro. Mas Mary Echert não sustentava sua indignação tão bem quanto as outras duas. Acabou indo atrás dele para se despedir.

"Todos estão muito chateados de ver que as coisas acabaram assim, sr. Taylor", disse.

"Esperava que alguns ficassem felizes por mim, Mary. Não estou indo pro inferno, sabe." Kevin fechou a porta do carro. Ela continuou ali, de braços cruzados, olhando-o. Ele abaixou a janela. "De todo modo, obrigado por tudo. Você sempre foi uma secretária eficiente e competente, Mary. Eu realmente gostava de você." Não podia evitar o tom condescendente; saía-lhe de forma natural. Ela assentiu, mas sem sorrir. Kevin ligou o motor, e ela foi embora. De repente voltou, ao se lembrar de alguma coisa.

"Não ia te contar", disse ela. "Ele foi tão grosseiro no telefone."

"Quem?"

"Gordon Stanley. O pai da Barbara Stanley."

"Ah. O que ele disse? Não que isso importe agora."

"Ele disse que um dia você vai perceber o que fez e vai se odiar por isso", respondeu Mary. Ele notou que, para ela, aquilo convinha à situação, como um cartão comemorativo para todas as ocasiões ou algo do tipo. Então apenas balançou a cabeça e partiu, deixando-a para trás.

Acontece que aquilo tinha um quê de deprimente e acabou abalando seu humor. Por sorte, John Milton veio a seu resgate, quase como se soubesse o que estava acontecendo. Em casa, Miriam o recebeu na porta. Seu semblante estava tão radiante e eufórico como quando pousara os olhos no apartamento de Nova York pela primeira vez.

"Ah, Kevin. Você não vai acreditar! Quanta consideração!"

"O quê?"

"Olha só", disse ela, conduzindo-o à sala de estar. "Chegou assim que você saiu."

Na mesa da sala, havia um enorme buquê com duas dúzias de rosas vermelhas como sangue.

"E ele mandou as flores pra mim!", exclamou Miriam.

"Quem?"

"O sr. Milton, seu bobinho." Ela leu o que estava no cartão. "'Para Miriam, neste começo de uma vida nova e maravilhosa. Bem-vinda à nossa família. John Milton.'"

"Uau."

"Ah, Kevin, nunca imaginei que seria tão feliz."

"Nem eu", disse ele. "Nem eu."

E, como uma tocha varrendo a escuridão, o presente oportuno e gentil de John Milton eliminou qualquer receio que eles ainda tivessem de deixar Blithedale.

7

Norma e Jean estavam esperando na porta do apartamento de Kevin e Miriam quando eles chegaram com os homens da mudança. As duas vestiam jeans e blusa de moletom, as mangas arregaçadas, prontas para o trabalho.

"É muita gentileza de vocês!", exclamou Miriam.

"Bobagem", disse Norma. "Somos como os Três Mosqueteiros." Elas se deram os braços e cantaram: "Um por todos e todos por um". Miriam riu, e elas começaram a desempacotar as caixas, enquanto Kevin orientava os homens da mudança a subir com toda a mobília. Assim que depositaram o aparelho de som na sala de estar, Norma o sintonizou numa estação de clássicos, e ela e Jean começaram a cantar sozinhas, deixando Miriam num clima festivo, rindo e dançando no ritmo das canções enquanto moviam as coisas de um lugar a outro. Kevin balançava a cabeça e sorria. As três já agiam como se fossem velhas conhecidas.

Ele estava tão feliz por Miriam. As amigas que ela tinha em Blithedale eram sóbrias, bastante conservadoras. Ela raramente tinha a chance de se soltar e se divertir como quisesse.

Eles fizeram um intervalo de almoço e pediram pizza. Depois, Kevin foi tomar banho e se arrumar para dar um pulo no trabalho. As mulheres debatiam sobre onde ficariam os quadros, as fotografias e as bugigangas, e depois recomeçavam a mudar tudo de lugar. Quando estava pronto para sair, Kevin parou na entrada da sala e anunciou sua partida.

"Sinto que tudo vai correr melhor se eu não atrapalhar", declarou. Ninguém discordou. "Ninguém vai insistir pra eu ficar?" As três mulheres, todas com o mesmo semblante, interromperam suas atividades e olharam para Kevin como se fosse um estranho que acabara de entrar no apartamento. "Está bem, está bem, não precisam implorar. Não suporto isso. Te vejo mais tarde, amor", disse Kevin, beijando Miriam no rosto.

Ele ouviu o riso das três quando fechou a porta do apartamento e se dirigiu ao elevador. Empolgado com o bom andamento de tudo, sentiu-se tomado por uma nova energia e ficou ansioso para chegar ao trabalho.

No instante em que pressionou o botão do elevador, ouviu uma porta abrir e fechar no fim do corredor. Virou-se e viu uma mulher saindo do apartamento dos Scholefield. Imaginou que fosse Helen Scholefield. Ela carregava uma pintura embrulhada em papel pardo. Como alguém em transe, caminhava devagar, os passos premeditados. Quando emergiu das sombras, Kevin observou sua aparência física.

Era uma mulher alta, quase da altura de Paul, de pele clara e cabelo loiro cor de palha. Trazia o cabelo preso nas laterais e escovado até o meio dos ombros. Embora parecesse um pouco retesada, tinha uma postura imponente. Vestia uma camiseta branca com gola e mangas franzidas, e era tão fina que Kevin pôde facilmente ver a fartura de seus seios. Eram firmes e empinados, e embora estivesse metida numa saia comprida e com estampa de flores, Kevin notou que ela tinha pernas longas e quadris estreitos. As tiras que amarravam suas sandálias de couro marrom serpenteavam ao redor dos tornozelos.

As portas do elevador se abriram, mas Kevin estava impressionado com a aparência dela e sequer notou quando se fecharam em seguida. Helen se virou para ele, o sorriso despontou em torno de seus olhos cristalinos e desceu depressa até seus lábios ligeiramente alaranjados. Pequeninas pintas recobriam a parte de cima de seu nariz e suas bochechas. A pele de suas têmporas era tão fina que dava para ver a trama formada por pequenas veias.

Kevin a cumprimentou. "Olá. Você é a sra. Scholefield?"

"Sim, e você é o novo advogado", respondeu Helen, com tanta firmeza que aquilo lhe soou como um rótulo para o resto da vida.

"Kevin, Kevin Taylor." Ele estendeu a mão, e ela a apertou com sua mão livre. Seus dedos eram compridos, mas graciosos. A palma estava morna, até um pouco quente, como a de alguém que estivesse com febre. Havia um leve rubor em suas faces.

"Eu estava bem a caminho do seu apartamento com um presente de boas-vindas." Ela ergueu o quadro, indicando ser aquele o presente. Como estava embrulhada, não dava para saber que tipo de pintura era aquela. "Fiz especialmente pra vocês."

"Obrigado. É muita gentileza sua. Miriam me disse que você é uma artista. A minha esposa, Miriam", disse Kevin. "Quando viemos conhecer o apartamento, ela ficou de papo com Norma e Jean, acho que elas fofocaram sobre tudo e sobre todos. Não que homens também não façam isso. É só que..." Ele se calou, sentindo que começava a gaguejar. Helen continuava a sorrir, porém seus olhos se entrecerraram e começaram a se mover de um lado para o outro enquanto examinavam o rosto dele. "Elas estão todas lá dentro", acrescentou, apontando para a própria porta, "no apartamento... levando os móveis pra lá e pra cá." Ele riu.

"Posso imaginar." Ela o encarou com tamanha intensidade que ele se sentiu constrangido e balançou a cabeça de nervoso.

"Tenho que ir... Preciso dar um pulo no escritório."

"Claro."

Kevin chamou o elevador novamente. "Tenho certeza de que vamos nos ver bastante", disse, quando as portas se abriram.

Ela não respondeu. Apenas mudou de posição, de modo a observá-lo no elevador enquanto as portas se fechavam. Kevin achou que ela exibia uma expressão de pena, e se sentiu como um mineiro a caminho das entranhas da terra para contrair câncer de pulmão.

Que diferença em relação às outras duas, pensou. Tão desanimada. Talvez fosse como Paul havia sugerido — ela era tímida, retraída. Mas ainda assim ele não conseguia se lembrar de já ter sido olhado com tanta intimidade. Talvez fosse coisa de artista. Claro, os artistas estão sempre estudando o rosto das pessoas, procurando novas ideias, novos temas, concluiu. E daí? Ela era realmente atraente. Havia uma suavidade em seu rosto, um aspecto sereno que a fazia parecer angelical. E embora a tivesse visto tão brevemente, Kevin se sentiu intrigado pelo mistério de suas pernas compridas e de seus seios fartos. Gostava de mulheres com uma sensualidade discreta. Já mulheres como as que trabalhavam no escritório de John Milton eram sedutoras, mas tão vulgares que nada tinham de especial. Eram sensuais, mas não profundas, pensou. Sim, era aquilo mesmo. Helen Scholefield era profunda.

Ele a afastou de seus pensamentos e atravessou o saguão a passos largos rumo à limusine que estava à sua espera.

Todos, desde o porteiro até as secretárias, o cumprimentaram tão calorosamente e olharam para ele com tanta admiração que Kevin não conseguiu evitar se sentir muito importante. Mal havia entrado em sua sala quando John Milton lhe interfonou e pediu que fosse até a dele.

"Kevin, está tudo andando bem?"

"Perfeitamente. E Miriam insistiu pra que eu não me esquecesse de lhe agradecer as rosas. Foi muito gentil de sua parte."

"Ah, fico feliz por ela ter gostado. Você não pode deixar de fazer essas coisas, Kevin", aconselhou Milton, em tom paternal. "As mulheres gostam de ser paparicadas. Você precisa se lembrar de dizer que ela é importante pra você. Adão negligenciou Eva no Paraíso e pagou caro por isso depois."

Kevin não sabia se ria ou se concordava. John Milton não estava rindo. "Vou lembrar."

"De todo modo, sei que você trata bem sua esposa, Kevin. Bem", disse John Milton, recostando-se, "aconteceu exatamente o que eu disse que aconteceria. Stanley Rothberg foi preso e autuado hoje de manhã, acusado de assassinar a esposa. Vai ser manchete nos jornais e nos noticiários o dia todo."

Kevin assentiu, prendendo a respiração. Aquilo realmente estava acontecendo. Num piscar de olhos, ele seria catapultado para o que muitos advogados chamariam de o caso mais importante de suas carreiras. Muitos trabalhavam anos para conseguir algo semelhante, e a maioria nunca conseguia, pensou ele.

"Sei que as coisas estão um pouco caóticas pra você no momento, com a mudança e tudo mais, mas você conseguiria estar pronto amanhã de manhã pra nossa reunião com Rothberg?"

"Claro", disse Kevin. Ele trabalharia até de madrugada se fosse necessário.

"Como disse antes, você vai precisar se atualizar de todos os detalhes do caso, precisa mostrar pra ele que está por dentro de tudo e que vai ser agressivo em sua defesa."

"Vou começar agora mesmo."

"Ótimo." John Milton sorria, seus olhos brilhavam. "Esse é o espírito que eu esperava de você. Bem, não se prenda a mim. E não hesite em me ligar a qualquer momento, se tiver alguma dúvida. Por falar nisso", acrescentou, retirando um cartão de visita de uma gaveta, "este é meu telefone de casa. Não está na lista telefônica, é claro."

"Ah, obrigado." Kevin pegou o cartão e se levantou. "Ele vai chegar que horas amanhã?"

"Me encontre às dez na sala de reuniões."

"Ok." Kevin secou a garganta. Seu coração batia de emoção. "É melhor me adiantar. Obrigado pela confiança", acrescentou e se retirou.

Wendy deixou os documentos que ele pedira em cima da mesa. Primeiro, leu sobre diabetes, familiarizando-se com os sintomas e os tratamentos.

Um segundo documento era dedicado à enfermeira de Maxine, uma mulher negra de cinquenta e dois anos chamada Beverly Morgan. Beverly havia sido enfermeira da mãe de Maxine em seus últimos anos de vida, depois do derrame. Sua experiência como enfermeira era impecável, mas sua vida privada era trágica. Tinha dois filhos, porém o marido a abandonara quando os meninos ainda eram crianças. Um deles já tinha uma considerável ficha criminal aos vinte e poucos anos e havia sido preso duas vezes. Acabou vítima de uma overdose de heroína aos vinte e quatro. O outro se casou e teve dois filhos e, assim como o pai, abandonou a família e agora estava trabalhando na costa oeste.

Ao que se via, a difícil vida de Beverly Morgan não a deixara ilesa, e, embora não fosse uma alcóolatra de carteirinha, ela bebia o suficiente para chamar atenção. De que outra maneira os detetives particulares do sr. Milton poderiam ter tomado conhecimento dos incidentes no bar do hotel e do fato de que ela guardava uma garrafa no quarto?, raciocinou Kevin. Não era de surpreender que o sr. Milton havia pedido para ele investigar aquela informação. Beverly poderia facilmente ter se equivocado em relação à insulina de Maxine Rothberg. Em todo caso, aquilo poderia servir como um bom disfarce, algo para confundir o júri e dar um nó no caso da acusação. Se a acusação pretendia usar Beverly Morgan como testemunha contra Stanley Rothberg, ele sabia como fazer o testemunho dela cair em descrédito.

O mais preocupante era o caso amoroso de Stanley. Aparentemente, pelo que Kevin leu, o caso começou justo na época em que Maxine adoecera. Ele precisaria pensar numa estratégia para lidar com isso. Sua primeira reação seria fazer Stanley assumir tudo o mais rápido possível e defender o argumento de que não teria coragem de deixar a esposa, sobretudo depois de ela ter ficado tão doente. Além do mais, ele era homem, tinha necessidades masculinas. Kevin pensou em elaborar um argumento nessa direção. Os júris apreciam a honestidade, mesmo quando alguém confessa um ato imoral. Ele imaginou Rothberg se despedaçando no tribunal, lamentando a grande tragédia que era a sua vida. Stanley Rothberg traía, se divertia, mas oh!, como sofria por causa de tudo aquilo.

Os dados foram lançados. Kevin balançava a cabeça. Olha, disse à própria consciência, podia ser verdade; podia muito bem ser daquele jeito. Ainda precisava conhecer Rothberg e formar uma opinião a seu respeito, mas, pensando melhor, de acordo com sua própria perspectiva, que era a de um homem, aquilo bem poderia servir de argumento.

Kevin abriu o terceiro documento para ler sobre o histórico médico de Maxine Rothberg, e logo percebeu que o médico dela, o dr. Cutler, poderia ser uma boa testemunha de defesa. Ele teria de testemunhar que havia ensinado Maxine Rothberg a aplicar a insulina em si mesma e nas doses certas. E parecia que também tinha coisas negativas a dizer a respeito de Beverly Morgan, tendo insistido na ideia de que ela deveria ter sido substituída. Claro, Kevin ainda precisava descobrir que tipo de caso a acusação estava montando, mas todas essas informações preliminares ampliavam sua confiança.

Ele ergueu os olhos ao ouvir uma batida na porta. Paul Scholefield enfiou a cabeça pela fresta. "Como vão as coisas?"

"Ah, está tudo ótimo. Tudo ótimo. Entra."

"Não quero te interromper. Soube que jogaram um caso importante no seu colo."

"Importante não é a palavra certa. É o caso Rothberg!"

Paul sorriu e se sentou, mas Kevin achou que ele não parecia tão surpreso.

"Você sabe, é o caso que não sai dos jornais há mais ou menos uma semana", enfatizou.

Paul assentiu. "Esse é bem o estilo do sr. Milton. Quando ele confia em alguém..."

Kevin notou que a porta estava aberta e então se inclinou sobre a mesa para falar baixo. "Sob pena de parecer ingrato ou de falar com falsa modéstia, Paul, não consigo entender por que o sr. Milton confia tanto em mim. Ele mal me conhece, e o trabalho que tive até agora..."

"Tudo que posso dizer é que até hoje ele nunca se enganou sobre uma pessoa, fosse um de nós, um cliente ou uma testemunha. De qualquer forma, vim aqui dizer que se eu puder ajudar com alguma coisa..."

"Ah, mas você já está cheio de casos..."

"Não tem problema. A gente sempre arranja tempo um pro outro. Cada um de nós pode estar metido em alguma coisa específica, mas sempre somamos esforços. O sr. Milton fala que somos os tentáculos de um polvo. De certa forma, ele está certo — alimentando a empresa, a gente se alimenta de volta. Então... tudo certo com o apartamento?"

"Tudo ótimo. Ah, encontrei sua esposa quando estava saindo."

"Oh?"

"Uma mulher muito bonita."

"Sim, ela é mesmo. A gente se conheceu no Washington Square. Acho que foi amor à primeira vista."

"Ela parece irradiar muita paz."

"Sim, ela irradia", disse Paul, sorrindo. "Me lembro de como costumava ficar nervoso quando a gente se casou. Tudo era uma tragédia, sabe. Eu podia estar carregando o mundo nas costas, mas assim que eu chegava em casa, era como se o deixasse do lado de fora."

Kevin ficou olhando para ele. Era bom saber que outro homem amava uma mulher de um jeito tão completo quanto ele amava Miriam.

"Ela estava levando um quadro, algo que tinha feito especialmente pra gente."

"Sério? Não posso imaginar. Não vi nada de novo em casa." Paul pareceu confuso com a informação. Hesitou por um momento e depois abaixou a cabeça.

"Tem algo errado?"

"Receio que sim. Recebemos más notícias ontem."

"Ah, sinto muito. A gente pode ajudar com alguma coisa?"

"Não, ninguém pode. A gente estava tentando ter um filho, mas não deu certo. O médico dela agora confirmou que... que ela é incapaz de engravidar."

"Oh, sinto muito."

"Acontece. Como o sr. Milton disse de manhã quando contei pra ele, é preciso apenas seguir em frente. Tenho que tocar o que vier."

"Me parece um bom conselho." Kevin ficou imaginando como reagiria se descobrisse que ele ou Miriam eram estéreis. A ideia de gerar o próprio filho sempre lhe pareceu tão importante. Como qualquer pai em potencial, volta e meia se imaginava levando o filho aos jogos de beisebol ou comprando bonecas para a filha. Ele abriria uma poupança para a universidade dos filhos assim que nascessem. Eles já haviam decidido que gostariam de ter um menino e uma menina, e que tentariam quatro vezes. Com o dinheiro que ganharia, poderia tranquilamente bancar quatro filhos, se fosse necessário.

"Sim, bem, a gente chegou a pensar em adotar."

Kevin assentiu. "O que aconteceu com o filho dos Jaffee?"

"O irmão do Richard o levou, e advinha só... O irmão também é advogado. Ele disse ao sr. Milton que faria de tudo pro filho do Richard seguir os passos do pai."

"O sr. Milton o conhecia?"

"Foi ele que se encarregou de tudo depois que o Richard... se suicidou. Pra você ver o tipo de pessoa que ele é. Bem", disse Paul, pondo-se de pé, "vou deixar você voltar pro trabalho. Boa sorte. Ah", ele se virou ao chegar à porta, "há boatos de que muito em breve o sr. Milton vai dar uma festa em sua homenagem na cobertura dele. E pode acreditar, quando o sr. Milton resolve dar uma festa, ele *realmente* dá uma festa."

Miriam se recostou, exausta, no sofá. Tirando o almoço, não havia parado desde que acordou. Norma e Jean haviam prestado uma ajuda maravilhosa, mas ela achou as duas um pouco cansativas no final, quando ficaram discutindo sobre quem seria a primeira a convidar Kevin e ela para jantar. Por fim, Miriam sugeriu que decidissem no cara ou coroa, e Norma venceu. Kevin e ela a visitariam na noite seguinte e depois, na noite subsequente, iriam à casa de Jean.

Mas os momentos mais difíceis da tarde aconteceram quando Helen chegou. Foi estranho o jeito como ela apareceu do nada, que nem um fantasma. Ninguém escutou a campainha nem a ouviu entrar. Norma, Jean e Miriam haviam acabado de fazer uma pausa, depois de terem arrastado o sofá de um lado ao outro da sala e depois de volta para a posição inicial, e não paravam de rir diante de tamanha indecisão. Miriam sentiu que havia mais alguém na sala, e se virou para a entrada do apartamento. Achou que Kevin pudesse ter voltado porque esquecera alguma coisa.

Mas lá estava Helen, abraçada à pintura e olhando para elas com um sorriso suave no rosto. Fez Miriam pensar numa senhora de idade que havia sido flagrada sorrindo de inveja de crianças brincando.

"Oh", exclamou Miriam, olhando depressa para as outras mulheres.

"Helen", disse Norma. "A gente não ouviu você chegar."

"Como você está?", perguntou Jean, rapidamente.

"Estou bem", respondeu Helen, voltando a atenção para Miriam. "Olá."

"Oi."

"Helen, essa é Miriam Taylor", disse Norma, rapidamente. "Miriam, Helen Scholefield."

Miriam assentiu novamente.

"Trouxe uma coisa pra vocês, um presente de boas-vindas", disse Helen, aproximando-se e entregando a ela a pintura embrulhada. "Espero que gostem."

"Obrigada."

"Tenho certeza de que foi a Helen que pintou", disse Jean.

Miriam ergueu rápido os olhos do embrulho.

"Sim, sim, fui eu mesma, mas não tenha medo de dizer se não gostou. Meu trabalho é... singular, diferente. Nem todo mundo gosta, eu sei", disse ela, olhando firme para Norma e Jean.

Se aquele era o caso, questionou-se Miriam, olhando para Helen, por que dar um de seus quadros como presente de boas-vindas a alguém? Por que não descobrir primeiro se a pessoa aprecia o tipo de arte que você faz?

"Eu e Kevin não temos absolutamente nenhuma pintura pra colocar na parede. Acho que a gente é um pouco ignorante em relação a esse tipo de coisa."

"Vocês não vão continuar assim por muito tempo", alertou Norma.

"Talvez Helen vá com a gente ao Museu de Arte Moderna nesta semana", disse Jean.

Todas olharam para Helen, que abriu ainda mais o sorriso. "Talvez", disse, com um tom hesitante.

"Aceita uma xícara de café?", perguntou Miriam, sem ainda ter desembrulhado a pintura.

"Ah, não, por favor. Vocês estão muito ocupadas."

"A gente deveria fazer um intervalo", disse Jean. "Já estamos parecendo meio tontas, arrastando os móveis de um lado pro outro."

"Não vou poder ficar, de qualquer forma", disse Helen, "tenho uma consulta médica."

"Ah, sinto muito", respondeu Miriam.

"Só vim dar um oi mesmo."

"Por que você não passa aqui mais tarde, quando voltar?", sugeriu Miriam.

"Sim", disse Helen, mas não havia promessa nem esperança em sua resposta. Ela olhou em volta. "Seu apartamento vai ficar adorável, tão adorável quanto..." Ela olhou de Norma para Jean. "Quanto os nossos."

"Estou empolgada por vir morar aqui — essa vista, tantos museus e bons restaurantes por perto..."

"Sim. Aqui é perto de tudo, tanto das coisas boas quanto das ruins."

"Não queremos pensar em nada ruim", disparou Jean, em tom de reprovação.

"Claro... claro, não acho que queiram. Por que iriam querer? Quem é que iria querer?", perguntou ela, de maneira retórica. De repente, pareceu estar completamente sozinha, pensando em voz alta. Miriam olhou para Norma, que balançou a cabeça. Jean olhou para o teto e depois desviou o olhar.

"Charon vai te levar na consulta?", perguntou Norma, claramente ansiosa para que ela fosse embora.

"Charon leva a gente para qualquer lugar", respondeu Helen. "É pra isso que ele existe."

Miriam arregalou os olhos. Que maneira estranha de dizer isso, pensou.

"Bem, talvez ele já esteja te esperando lá embaixo", sugeriu Jean.

Miriam notou o semblante de Helen perder o ar suave e esotérico e assumir uma expressão aguda enquanto olhava para as duas mulheres. Depois ela voltou a sorrir de maneira calorosa e se virou para Miriam. "Sinto muito por uma primeira visita assim tão curta, mas não queria deixar de dar as boas-vindas antes de ir pra minha consulta."

"Obrigada. E muito obrigada pela pintura. Oh, e nem sequer a abri. Que indelicadeza. Eu ia apenas..."

"Não tem problema", disse Helen, rapidamente. Ela tocou na mão de Miriam, e Miriam julgou ver em seus olhos o que pareceu ser uma angústia excruciante. "É diferente", admitiu ela, "mas passa uma mensagem."

"Sério? Parece interessante." Miriam começou a desembrulhá-la. Helen deu um passo atrás e olhou para Norma e Jean, ambas vidradas no quadro sendo desembrulhado. Miriam arrancou todo o papel antes de erguer a pintura.

Por um longo tempo, ninguém disse nada. As cores eram vibrantes, tão brilhantes que parecia haver uma lâmpada atrás da tela. No início, Miriam não teve certeza de qual era o lado de cima e o de baixo. Como Helen não disse nada, supôs que estava segurando da maneira certa.

A parte superior da pintura havia sido elaborada com longas e suaves pinceladas em safira, emergindo de uma espécie de biscoito no centro, que tinha a cor e a textura de uma hóstia. Logo abaixo do azul, havia uma área verde-escura em forma de despenhadeiro, com as beiradas salientes e o declive muito acentuado. Derramada na beira do despenhadeiro, despontava uma figura feminina esticada e contorcida numa forma líquida, o rosto singular com uma expressão de pavor e agonia, enquanto o corpo escorria sobre a beirada e descia em direção ao que parecia ser um mar de sangue fervente. Pequeninas bolhas brancas como ossos fervilhavam no mar.

"Bem", disse Norma, "isso com certeza passa uma mensagem."

"Que cores!", observou Jean.

"Nunca vi nada igual", disse Miriam, pensando em seguida se não havia soado negativa. "Mas eu..."

"Se você não quiser ficar com ela, vou entender", disse Helen. "Como disse, meu trabalho é muito particular."

"Não, nada disso, eu quero. Quero muito. Mal posso esperar pra ver a reação do Kevin... a reação de qualquer um, na verdade." Ela se virou para Helen. "Sem dúvida, é o tipo de coisa que chama atenção e deixa todo mundo comentando. Obrigada." Ela ficou olhando para Helen. "É um quadro muito especial pra você, não é?"

"Sim."

"Então isso faz com que tenha ainda mais valor pra mim", disse Miriam, tentando parecer sincera, mas percebendo que soava complacente. "É verdade", acrescentou.

"Se não tiver agora, terá depois", disse Helen, de maneira profética. Miriam olhou para Norma e Jean. Ambas tentavam conter o riso. "Bem, sinto muito por ter que sair tão depressa, mas..."

"Ah, que isso... que isso. Eu entendo." Mais do que você imagina, pensou Miriam. "Vá em frente. A gente se encontra depois. Assim que me instalar aqui quero que você e Paul venham jantar conosco."

Helen sorriu como se Miriam tivesse feito uma sugestão ridícula. "Obrigada", disse, retirando-se.

"E obrigada, viu?", Miriam exclamou para ela. Ninguém falou nada até Helen sair.

Em seguida, Norma e Jean se entreolharam e soltaram uma gargalhada. Miriam balançou a cabeça, sorrindo.

"O que vou fazer com isso?"

"Pendura no armário do corredor."

"Ou do lado de fora da porta do apartamento", sugeriu Jean. "É intimidador, bom pra espantar ladrão e vendedor ambulante."

"Senti tanta pena dela. Ela é perturbada. Essa pintura." Miriam ergueu o quadro novamente. "Parece um pesadelo!"

"Ela passa uma mensagem", ironizou Norma, e ela e Jean começaram a rir de novo.

"Sim, ela diz 'aaahhh'!", exclamou Jean, apertando a própria garganta e caindo de joelhos. Norma e Miriam ficaram rindo.

"Vou deixar ali no canto até o Kevin chegar. Quando ele olhar pro quadro, vai entender por que eu não quis pendurar."

"Você foi perfeita, apesar de tudo", disse Norma. "Você se saiu bem com ela."

"Ela estava indo ver o terapeuta, suponho."

"Sim. Paul anda muito ocupado. Sinto pena dele. A gente tem tentado ajudar, não é, Jean?"

"Depois da morte de Gloria, a gente passou semanas chamando Helen pra sair, mas ela se trancou em casa e ficou se remoendo. Enfim, o sr. Milton obrigou Paul a fazer alguma coisa. Se você a achou estranha hoje, tinha que ver como ela ficou logo depois da morte de Gloria. Teve um dia em que ela foi até o meu apartamento e ficou histérica, berrando sem parar que deveríamos ir embora daqui, que estávamos correndo perigo... Como se o prédio tivesse sido a causa da morte de Gloria e do suicídio do Richard. Eu não conseguia entender nada do que ela estava falando, e aí uma hora chamei Dave. Ele falou com Paul, e o marido veio buscá-la."

"Eles chamaram um médico pra acalmá-la", prosseguiu Norma. "É óbvio que ela ainda está sedada, de alguma forma."

"Ela devia ser muito próxima de Gloria Jaffee."

"Não mais do que nós", disse Jean, um pouco irritada e ressentida.

"Só achei..."

"É que ela é... muito sensível", explicou Norma, levando o dorso da mão direita à testa. "Porque é uma artista, e a alma de uma artista está sempre em conflito. Afinal", continuou, imitando a voz de uma pedante professora universitária, "ela enxerga a ironia trágica que existe por trás de tudo." E soltou um suspiro.

"Mesmo assim, não consigo não sentir pena dela", disse Miriam, olhando para a entrada, como se Helen ainda estivesse lá.

"A gente também não", disse Jean. "Só estamos um pouco cansadas de tudo. É muito deprimente. Sim, Gloria Jaffee teve um final trágico, e o suicídio do Richard foi uma coisa horrível, mas já passou, e não há nada que a gente possa fazer pra mudar o que aconteceu."

"A gente precisa seguir em frente", acrescentou Norma.

"O melhor que podemos fazer é ficarmos animadas sempre que Helen estiver por perto", disse Jean. "Foi o sr. Milton que disse isso pra gente, lembra, Norma?"

"Uh-hum. Bem..." Ela olhou o relógio. "Acho melhor eu ir tomar banho e preparar o jantar."

"Eu também", disse Jean.

"Não sei como agradecer a vocês duas."

"Bobagem, você vai descobrir um jeito", disse Norma, e todas riram de novo.

Era bom se sentir feliz, pensou Miriam, e aquelas duas eram capazes de fazer qualquer um se sentir desse jeito num instante. Miriam as abraçou, e depois elas foram embora.

Assim que saíram, Miriam desabou no sofá e fechou os olhos. Deve ter cochilado, porque, assim que abriu os olhos, Kevin estava em pé bem à sua frente, sorrindo e balançando a cabeça. Ele ainda segurava a maleta.

"Dormindo em pleno serviço, hein?"

"Ah, Kev." Ela esfregou o rosto com as mãos ressecadas e olhou ao redor. "Devo ter cochilado. Que horas são?"

"Seis e pouco."

"Sério? Realmente cochilei. Norma e Jean saíram há uma hora."

"Vejo que vocês fizeram muita coisa, ainda assim", disse ele, olhando em volta. "Você merece um incrível jantar fora. Na volta, quando a gente estava na limusine, Dave e Ted me falaram de um lugar que fica a apenas dois quarteirões daqui, um restaurante italiano pequeno, gerenciado pela família. Todos os pratos têm um sabor caseiro, o lugar é bem informal. Bom pra gente se distrair um pouco, não?"

"Sim."

"Vamos pro banho então... juntos."

"Se fizermos isso, Kevin, vamos morrer de fome."

"Veremos", disse ele, abaixando-se para colocá-la de pé. Kevin a abraçou pela cintura, e eles se beijaram. "Depois de tudo, a gente tem que inaugurar o quarto. Nossa primeira noite aqui." Ela riu e o beijou na ponta do nariz. Eles se retiraram, agarrados um ao outro.

"Uou...", disse Kevin, subitamente. "O que é isso?" Ele olhou para a pintura de Helen Scholefield. Miriam a pusera no chão, apoiada na parede do fundo.

"Ah, Kevin... A esposa do Paul veio aqui. Foi... estranho. Esse é nosso presente de boas-vindas. Não sabia o que fazer com ele."

"Você não a tratou mal, tratou?", perguntou ele, no mesmo instante.

"Claro que não, Kevin, mas olha só pra isso. É assustador."

"Bem, vamos deixar pendurado por um tempo, depois a gente tira."

"Você não pode estar falando sério, Kevin. Não dá pra colocar isso na parede. As pessoas vão..."

"Só por um tempo, Miriam."

"Mas ela vai entender. Ela mesma disse isso. Admitiu que era muito particular, diferente, e disse que ia entender se alguém não gostasse."

"Você não pode fazer isso", repetiu ele, balançando a cabeça.

"Por que não? É a minha casa, Kevin. Eu deveria poder decidir o que boto ou não na parede."

"Não estou dizendo que você não pode, Miriam." Ele parou para pensar. "Não quero magoar Paul e Helen Scholefield mais do que já foram magoados."

"O quê? O que você quer dizer com isso?"

"Na ida pro trabalho, encontrei Helen no corredor e percebi que ela está sofrendo de problemas emocionais. Paul passou na minha sala, e a gente conversou, ele disse que eles receberam notícias muito tristes ontem. Parece que ela é incapaz de engravidar."

"Oh."

"Isso sem falar dos outros problemas..."

"Sim." Ela olhou para o quadro. "Não é por acaso que ela anda pintando essas coisas. Está bem. Vamos deixar na parede por um tempo. Vou pendurar naquele canto, vai ficar imperceptível. Se bem que, se alguém vier aqui, não vai conseguir ignorar isso por muito tempo."

"Essa é a minha garota", disse Kevin, beijando-a em seguida. "Bem, vamos falar daquele banho, que tal?"

Miriam sorriu, e eles prosseguiram. Ela ainda olhou para trás uma vez e balançou a cabeça. "Não é irônico, Kev? A tragédia de uma foi ter um filho, a da outra é não poder ter."

"Sim. Bem, o melhor que a gente pode fazer é ficar animado quando ela estiver por perto", disse ele.

A frase soava familiar, e Miriam lembrou que era a mesma, segundo Jean, que o sr. Milton havia dito. "Foi o sr. Milton quem te falou isso?"

"O sr. Milton?" Ele riu. "Sei que não paro de elogiar o cara, mas sinceramente, Miriam, sou capaz de pensar por conta própria também."

"É claro que sim", disse ela, logo em seguida. Porém, ainda assim, aquilo lhe pareceu estranho.

8

Stanley Rothberg se recostou na cadeira à direita do sr. Milton. Assim que ele entrou na sala de reunião, Kevin rapidamente se pôs a examiná-lo. Rothberg aparentava ter bem mais que quarenta e um anos. Ele tentava esconder uma calvície prematura no meio da cabeça, cobrindo-a com longas mechas de seu cabelo loiro-escuro. Embora fosse um homem alto, com pelo menos um metro e noventa, seus ombros se curvavam de tal modo que quase parecia corcunda. As olheiras, as linhas profundas do rosto e uma barba escura por fazer lhe conferiam o ar ranzinza de um atendente de bar.

Assim, apesar de estar metido num blazer e calças azul-escuras da Pierre Cardin, Rothberg tinha um quê de desleixado que acionava todos os alarmes na mente de Kevin. Ele não gostava do aspecto de sono nos olhos de Rothberg. Sabia que os jurados interpretariam aquilo como um olhar de culpa, sorrateiro, mentiroso. Até o sorriso do homem gelava Kevin. Um canto da boca dele se erguia mais do que o outro, passando a impressão de escárnio.

O pai de Kevin costumava lhe dizer para nunca julgar um livro pela capa, referindo-se a todos os clientes ricos de sua firma de contabilidade que se vestiam como mendigos. Mas, quando se formou em direito e seu pai empregou novamente a expressão, Kevin viu-se obrigado a discordar.

"Entendo o que você quer dizer, pai", disse, "mas se tivesse que levar um desses clientes ao tribunal, faria com que fosse vestido como gente importante. Os jurados julgam o livro pela capa."

As primeiras impressões eram com muita frequência também as últimas, pensava Kevin, e a primeira impressão que teve de Stanley Rothberg era que o homem era culpado. Ele parecia capaz de empurrar a esposa de um penhasco. Parecia autoindulgente, desdenhoso e grosseiro.

"Stanley", disse John Milton, "este é Kevin Taylor."

"Como vai o senhor, sr. Rothberg", disse Kevin, estendendo a mão. Rothberg o encarou por um instante e depois abriu um sorriso quando se aproximou da mesa para trocarem um aperto de mãos.

"Seu chefe fala que você é um garoto prodígio. Diz que não preciso me preocupar em colocar minha vida nas suas mãos."

"Farei o meu melhor, sr. Rothberg."

"A questão é", Rothberg devolveu com rapidez, "será que o seu melhor vai ser suficiente?" Seu sorriso desapareceu.

Kevin olhou para o sr. Milton, cujos olhos estavam tão pregados nele que pareciam lhe queimar a alma. Kevin se empertigou.

"Mais que suficiente", disse, incapaz de evitar um toque de arrogância, "e se o senhor me ajudar, vamos devastar tão completamente o caso da acusação que não vai restar uma dúvida sequer sobre sua inocência."

Rothberg sorriu e assentiu. "Muito bom." Ele se virou para John Milton. "Muito bom", repetiu, apontando para Kevin.

"Não colocaria você nas mãos do Kevin se não tivesse absoluta confiança na capacidade dele de vencer sua reivindicação, Stanley. E esteja certo de que você terá todos os recursos do meu escritório à sua disposição.

"Além disso, a idade do Kevin vai trabalhar a seu favor. Todos esperam que você contrate um dos advogados mais prestigiosos da cidade, que use sua riqueza pra limpar seu nome e pressionar o advogado do povo. Mas você não duvida da sua inocência. Você não precisa de um advogado caro e conhecido na imprensa. Você precisa de um advogado competente, que possa apresentar os fatos e se contrapor a qualquer prova circunstancial que possa ser usada contra você. As pessoas vão se impressionar."

"Sim." Rothberg concordou. "Sim, entendo o que você quer dizer."

"O que eles não sabem", disse John Milton, sorrindo, "é que o Kevin é mais talentoso que a maioria dos advogados aclamados da cidade. Ele tem um talento nato para conflitos em tribunais." Milton olhou para Kevin com admiração. "Ele pode ser tenaz e implacável em defesa de um cliente. Se fosse eu que estivesse indo a julgamento, ia querer um homem como ele pra me defender."

Embora a adulação de John Milton soasse sincera, Kevin se sentiu desconfortável. Era quase como se estivesse sendo parabenizado por ser um bom matador de aluguel. Rothberg, apesar disso, estava muito impressionado.

"Ah, entendo. Bem, isso é bom, muito bom. Então, o que eu tenho que fazer agora?", perguntou Rothberg.

"Esse é o espírito", disse o sr. Milton, levantando-se. "Vou deixá-lo nas mãos competentes do Kevin. Kevin, você sabe onde me encontrar se for necessário. Eu lhe desejaria boa sorte, Stanley", disse, olhando para Rothberg, "mas isso não é questão de sorte. É questão de habilidade, e você está nas mãos de um homem muito habilidoso." Ele deu um tapinha no ombro de Kevin. "Sigam em frente", disse.

Kevin assentiu, sentou-se e abriu sua pasta para começar a fazer exatamente o que o sr. Milton queria que fizesse: impressionar Stanley Rothberg com seu domínio dos fatos. Começou com a doença de Maxine e, em seguida, perguntou sobre a enfermeira. Kevin notou que as respostas de Rothberg eram curtas, cautelosas. O homem já se comportava como se estivesse no tribunal, sendo interrogado pelo promotor de justiça.

"Espero que entenda, sr. Rothberg..."

"Pode me chamar de Stanley. Vamos passar muito tempo juntos de agora em diante."

"Stanley. Espero que o senhor entenda que, pra que eu possa fazer o meu melhor, não pode haver surpresas."

"Surpresas?"

"Você não pode esconder nada que o promotor possa usar ou saber."

"Claro. Sem problemas. Se não sou honesto com meu advogado, devo ser culpado, né?"

"Não é sempre que a culpa faz com que as pessoas sejam discretas ou digam apenas meias verdades. Às vezes, a pessoa tem medo de parecer culpada se um determinado fato vier à tona, por isso evita mencioná-lo ao próprio advogado. Me deixe ser o juiz de tudo. Saberei o que mencionar e o que não mencionar", acrescentou. Rothberg assentiu, com um olhar mais atento. Kevin sentia que estava causando uma boa impressão.

"Por quanto tempo o senhor e sua esposa viveram em quartos separados?"

"Ah, foi logo depois que ela ficou muito doente. Fiz isso pra ela ter mais conforto. O quarto dela virou um quarto de hospital, sobretudo depois que ela amputou a perna — remédios, equipamentos, cama hospitalar. E, como você sabe, ela tinha uma enfermeira em tempo integral."

Kevin assentiu e depois se recostou. "Talvez a coisa mais prejudicial que o promotor possa apontar é o fato de que o senhor mantinha uma caixa extra de insulina e de agulhas guardada em seu quarto." Ele se calou e conferiu suas anotações. "No fundo de um armário. Mas nunca lhe pediram para aplicar na sua esposa, não é mesmo?"

"Não. Eu mal aguentava ver a enfermeira fazendo isso."

"Então por que o senhor guardava a insulina no seu armário? Por que não no quarto da sua esposa?"

"Não guardei isso lá."

"Mas o senhor não nega que estava ali, nega? Os investigadores encontraram. O senhor está dizendo que nunca soube que a insulina estava lá?"

Rothberg hesitou por um instante. "Olha, só vi que estava lá um dia antes de Maxine morrer, mas depois esqueci completamente."

"O senhor não colocou a insulina no armário, mas viu que estava lá e depois se esqueceu? O senhor nunca perguntou à enfermeira por que a insulina estava lá?"

"Tenho muita coisa na cabeça, Kevin. Administro um grande resort e uma panificadora que não para de crescer. Estamos começando a entrar no Canadá", disse, cheio de orgulho. "Simplesmente esqueci."

"Eles acharam a medicação, e estava faltando uma parte do que estava no seu armário, o suficiente pra uma dose mortífera. É claro que vão dizer que essa foi a insulina usada pra matar sua esposa. Nenhuma seringa com as suas digitais foi encontrada, mas se encontrarem…"

Rothberg apenas o encarava.

"O medicamento no quarto da sua esposa não estava no fim. Não tinha por que alguém pegar o que estava no seu armário e deixar o resto lá", acrescentou Kevin, para enfatizar a importância do ponto que estava levantando. "O senhor não percebe o que isso pode significar?"

Rothberg assentiu.

"Bem, qual é a sua explicação, Stanley? Vou precisar de uma ajuda aqui", acrescentou Kevin, seco.

"Preciso fazer uma confissão", disse Rothberg, finalmente. "Não queria que viesse à tona no julgamento, mas não sei como impedir que isso aconteça."

"Continue."

"Maxine descobriu que eu e… descobriu que eu estava saindo com alguém, uma garota chamada Tracey Casewell. Ela trabalha no departamento de contabilidade do hotel."

"Sim. Não acho que essa informação seja tão sigilosa quanto o senhor imagina. Precisa entender que, aos olhos da acusação e do júri, isso é mais um motivo. Já tinha me preparado pra conversar com o senhor sobre o seu caso romântico e sobre como vamos lidar com isso, mas o que é que tem a ver com a insulina no seu quarto?"

"Eu e Maxine tivemos uma discussão. Foi terrível. Não queria que ela descobrisse sobre a Tracy. Eu achava que ela já estava sofrendo demais. Não foi bem uma discussão. Ela ficou berrando, e eu fiquei plantado lá, só escutando. Ela ameaçou fazer muita coisa, sabe. Eu achava que ela só estava irritada e não ia levar nada daquilo adiante, então acabei não dando a mínima. Quer dizer, ela estava muito doente nessa época, e isso estava afetando sua saúde mental."

"E?"

"Uma das coisas que ela disse que faria é que iria se matar e deixar tudo arranjado pra que eu levasse a culpa. Pelo visto, foi o que ela fez."

Rothberg se recostou, satisfeito com a própria explicação.

Kevin ouviu uma confusão no corredor depois de encerrar a conversa com Stanley Rothberg, de trocarem um aperto de mãos e se separarem na recepção do escritório.

"O que está acontecendo?", perguntou à Diane.

"O sr. McCarthy." Ela sorria de felicidade. "Ele conseguiu retirar todas as acusações contra o cliente dele."

"Sério?" Kevin correu para a sala de Ted. Dave, Paul e o sr. Milton se encontravam na frente da mesa, e o próprio Ted estava ao lado de sua cadeira. Todos seguravam taças, e havia uma garrafa de champanhe aberta em cima da mesa.

"Kevin, você terminou bem na hora", disse John Milton. "Venha brindar conosco. A gente sempre brinda em grupo quando alguém se sai bem em algum caso." John Milton lhe serviu uma taça de champanhe. "Ao Ted", disse, erguendo a própria taça.

"Ao Ted", entoaram os demais, e todos beberam.

"O que aconteceu exatamente?", inquiriu Kevin, engolindo o champanhe.

"Os Blatt retiraram as acusações contra Crowley. Quando descobriram o tamanho da promiscuidade da filha e a possibilidade de isso vir à tona no tribunal, voltaram atrás", disse Ted. Dave e Paul riram, e John Milton alargou o sorriso. Kevin achou que a comemoração pareceu rejuvenescer o sr. Milton, suas linhas de expressão pareciam mais suaves, e o brilho de seus olhos, mais reluzente. De súbito, seu semblante mudou.

"Há algo a ser aprendido aqui", disse John Milton, numa voz sóbria. "Nem toda manobra jurídica precisa acontecer no tribunal." Ele se virou para Kevin. "Pense na preparação pra cada julgamento do jeito que você pensaria em dois pugilistas se preparando pra subir no ringue. É possível abalar o psicológico, desestabilizar um adversário antes da luta, pra que ele perca a confiança em si mesmo e no caso.

"Bem", John Milton emendou, sorridente, "com isso temos mais um motivo de comemoração. Primeiro, vamos comemorar a chegada do Kevin ao escritório e, depois, o sucesso do Ted. Festa na minha cobertura no fim de semana." Kevin notou que todos vibraram de entusiasmo. "Todos estarão livres?"

"Sem problemas pra gente," disse Dave, no mesmo instante.

"Pra gente também", disse Ted.

"Ótimo", disse Paul. Todos olharam para Kevin.

"E os convidados de honra? Chegou a hora de conhecermos Miriam."

"A gente vai estar lá. Obrigado."

"Muito bem, senhores, vamos voltar ao trabalho."

Todos parabenizaram Ted novamente e se retiraram. Dave e Paul foram direto para suas respectivas salas, ambos parecendo bastante animados com o sucesso de Ted e com a breve comemoração. John Milton passou um braço em volta dos ombros de Kevin, enquanto percorriam o corredor.

"Não queria passar a impressão de que estava te abandonando com Rothberg, Kevin, mas queria que ele entendesse o quanto antes que esse caso pertence a você. É você quem está no comando."

"Ah, não foi nada. Obrigado por ter me elogiado tanto."

"Falei com toda a sinceridade. Então, como foi a reunião com Rothberg?"

"A tese dele é que a esposa se matou e organizou tudo pra que ele levasse a culpa. Rothberg alega que ela descobriu que ele estava tendo um caso, e que então preparou a vingança e o suicídio, plantando a insulina fatal no quarto dele."

"É plausível", disse John Milton. "Como é aquele ditado mesmo... 'Nem o inferno rivaliza com a fúria de uma mulher traída'."

Kevin esperou para ver se aquilo era realmente o que ele queria dizer. Milton não conseguia conter o sorriso cínico.

"Você tem algum problema com a tese do Rothberg?"

"Ele afirma que viu a insulina no armário, onde tinha sido plantada, mas que acabou esquecendo, porque ficou muito ocupado administrando o hotel e o outro negócio. Mesmo depois de a esposa ter ameaçado incriminá-lo. Sim, acho difícil de acreditar."

"A questão é: você consegue apresentar isso de uma forma convincente para o júri? Você precisa confiar no seu próprio caso", alertou John Milton.

Kevin se deu conta de que, se não começasse a dizer as coisas certas a partir daquele momento, John Milton muito provavelmente retiraria o caso dele e o repassaria a Ted, que agora estava livre.

"Bem, vai ajudar se Rothberg não tiver nada a ver com o recebimento da insulina. Vou dar uma olhada nisso. O mais provável é que tenham entregado a insulina no hotel e a enfermeira assinou a entrega. Vou falar com ela e descobrir o que sabia da relação de Maxine e Stanley. Talvez a sra. Rothberg confiasse nela e demonstrasse o quanto odiava Stanley por causa do que ele vinha fazendo, ou talvez a enfermeira tenha entreouvido a discussão do casal. Se ela escutou Maxine dizer que iria se vingar dele, se matar e organizar tudo pra ele levar a culpa..."

"Isso é bom. Tenho certeza de que ela vai se abrir se você der a entender que ela pode ser culpada pela morte de Maxine. Deixe claro que seus problemas com a bebida são bem conhecidos", aconselhou John Milton. "Ela vai se sentir mais inclinada a cooperar. Já definimos o paradeiro de Stanley na hora da aplicação da dose fatal de insulina?"

Kevin assentiu, mas não pareceu feliz. John Milton compreendia.

"Pra alguém ocupado demais pra lembrar que uma caixa de insulina foi colocada no próprio armário, ele até que tinha bastante tempo pra dar uns amassos."

"Acho que devemos seguir seus instintos nessa, Kevin. Vá na base da honestidade. Faça Rothberg assumir que estava tendo um caso, coloque-o frente a frente com a amante, faça ela confirmar tudo. Deixe os jurados acharem que ele é culpado de adultério, mas não permita que o condenem por assassinato só porque era um marido infiel. Além disso, não podemos retratar a esposa como uma mulher vingativa e suicida sem antes levantar a premissa da infidelidade e dar um motivo a ela."

"Acho que o médico de Maxine também pode nos ajudar nisso", disse Kevin. "Ele menciona a depressão dela em relatórios."

"Sim, sim", disse John Milton, cujo semblante se iluminava. "Isso é muito bom." Era como se a empolgação saísse de seu coração acelerado em forma de eletricidade e lhe percorresse o braço até alcançar o coração de Kevin.

"É claro", acrescentou, parando na porta da sala de Kevin, "seria bom se ele estivesse arrependido, se sentindo culpado pela morte da esposa. Ele parece arrependido?"

"Não fiquei com essa impressão", disse Kevin.

"Bem, certifique-se de que o júri fique", aconselhou o sr. Milton. Ele sorriu, mas dessa vez um sorriso travesso, quase ímpio. Parecia mais um adolescente que havia acabado de pensar numa pegadinha inteligente para o Halloween do que um advogado magistral desenvolvendo uma estratégia jurídica.

"Espero ser capaz de fazer isso", disse Kevin, quase sussurrando. Estava fascinado pelo brilho dos olhos de John Milton.

O sr. Milton lhe deu um tapinha no ombro. "Você vai se sair bem, muito bem. Me mantenha atualizado", disse, antes de prosseguir para a própria sala. Kevin o acompanhou com os olhos por um momento e depois entrou em sua sala.

Quando se sentou, pôs-se a pensar no conselho de John Milton. "Acho que devemos seguir seus instintos nessa... Vá na base da honestidade", dissera Milton. Era verdade, aqueles eram seus instintos, mas ele não se recordava de tê-los mencionado a John Milton. Lembrava-se apenas de ter pensado.

Ele deu de ombros. Devia ter mencionado alguma coisa. Que outra explicação aquilo poderia ter?, concluiu. O homem não era um leitor de mentes.

Kevin imergiu em seus documentos e começou a revisar a conversa com Rothberg. Os outros associados apareceram para saber se almoçaria com eles, mas Wendy já sabia que não e havia encomendado um sanduíche, conforme sua orientação. Ela também se dispôs a fazer anotações e a pesquisar durante seu próprio horário de almoço. Kevin estava impressionado com a dedicação e a energia de todos os funcionários do escritório. Isso o estimulava a se esforçar ainda mais.

Por causa do sucesso que Ted obtivera com seu caso, a viagem de volta para casa no fim do dia foi bastante divertida. Kevin notou que Paul e Dave estavam tão felizes quanto Ted. Realmente pareciam mais uma família do que advogados que por acaso trabalhavam no mesmo escritório. Mais tarde, Kevin se arrependeu de ter sido o único a introduzir um assunto negativo e a interromper aquele humor alegre, mas acontece que ele queria ver a reação de Ted a seu próprio sucesso, para poder compará-la à sua própria reação ao desfecho do caso de Lois Wilson.

"Mas você achava que Crowley era culpado, Ted? Quer dizer, apesar de a menina ser promíscua, ele a estuprou?", perguntou Kevin.

Todos pararam de sorrir, e por um instante o ar se impregnou de tensão.

"Eu não forcei os Blatt a retirarem as acusações. Eles que decidiram isso", respondeu Ted, de maneira defensiva.

"O promotor devia tê-los convencido a seguir com o caso", acrescentou Paul.

"Ted só fez o que foi pago e treinado pra fazer", disse Dave, de modo claro. "Assim como você quando defendeu Lois Wilson."

"Ah, não quis insinuar nada. Estava apenas curioso pra saber o que você achava do sujeito, Ted."

"A gente tem que deixar os sentimentos e a moral de lado pra ser advogado de defesa, Kevin. Isso foi uma das primeiras coisas que aprendi com o sr. Milton, e tem funcionado bem pra mim."

"Pra todos nós", disse Paul, em concordância.

"É como um médico atendendo um paciente", explicou Dave. "O sr. Milton fez essa analogia pra mim quando cheguei ao escritório. O médico não julga a moralidade, a posição política, o estilo de vida do paciente. Ele trata a doença, interpreta os sintomas e age. Pra ser um bom advogado de defesa, você precisa saber separar o cliente e o caso. Enfrente as acusações, conheça os fatos e aja. Se você precisar gostar e acreditar em todos que defende, vai morrer de fome."

Ted e Paul riram. Kevin assentiu. Ele recordava ter dito algo semelhante quando Miriam questionou sua defesa vigorosa de Lois Wilson.

"Se você é incapaz de viver com isso, deveria ir trabalhar na promotoria", disse Paul. Depois sorriu. "Mas você conhece o salário dos caras."

Todos caíram em gargalhada, até mesmo Kevin. Paul serviu bebida para todo mundo e depois se recostou, a atmosfera descontraída retornava ao ambiente.

"Por sinal", perguntou Kevin, "como o sr. Milton vai e volta do trabalho?"

"Na limusine. O homem é viciado em trabalho. Ele chega ao escritório muito mais cedo que a gente e costuma ficar lá até tarde", respondeu Paul. "Charon traz o jantar dele. Mas que casa que ele tem... Você nem imagina como é a cobertura. Puro luxo e hedonismo."

"Tem três banheiros, cada um com sua própria banheira de hidromassagem!", disse Dave.

"E a vista", acrescentou Ted. "É como estar no topo do mundo. Sempre me sinto..."

"Como Deus", disse Paul.

"Sim." Ted sorriu para si mesmo. "Lembro a minha primeira ida até lá. Milton botou a mão no meu ombro, e a gente ficou olhando pra cidade, aí ele disse: 'Ted, você não está apenas olhando por cima de tudo; você está realmente acima de tudo, e tudo será seu'. Fiquei tão empolgado que mal consegui responder, mas ele entendeu. Ele entendeu", repetiu Ted. Kevin viu que Paul e Dave assentiam com um ar sóbrio.

Havia algo especial a respeito daquilo, algo diferente e único, pensou Kevin. Talvez todos eles fossem chegar ao topo do mundo. De repente, percebeu que os três olhavam fixamente para ele.

"Você acha que a gente está exagerando?", perguntou Dave. "Elogiando muito o homem?"

Kevin encolheu os ombros. "Ele é impressionante. Eu também me deixei levar um pouco quando contei tudo a respeito dele e do escritório pra Miriam."

"Ele é um em um milhão", disse Paul. "A gente tem muita sorte de estar com ele."

"Um brinde, um brinde", disse Ted, erguendo o copo. "Ao sr. Milton."

"Ao sr. Milton", entoaram Dave e Paul. Todos olharam de novo para Kevin.

"Ao sr. Milton", disse ele, e brindaram. Kevin não pôde deixar de se sentir como se tivesse acabado de participar de algum tipo de ritual. "Então", disse, "quer dizer que ele só dá festão, hein?"

"As secretárias sempre vão, e ele sempre convida muita gente interessante", disse Dave. "Você e Miriam vão se divertir bastante. Na verdade, vai ser tão bom que vocês não vão nem ver o tempo passar."

"Parece divertido", disse Kevin. Os três olharam para ele, todos sorrindo da mesma forma, seus semblantes praticamente idênticos, como se, na verdade, estivessem usando as mesmas máscaras.

Na hora em que Charon parou a limusine na frente do prédio e abriu a porta para eles, os quatro já estavam dando boas risadas de novo. Dave acabara de repetir uma piada que Bob McKensie, um promotor adjunto, havia contado para ele. As risadas os acompanharam até o saguão, onde Dave contou a piada novamente, dessa vez para Philip, o segurança.

Kevin gostava daquele sentimento de camaradagem, um sentimento que subiu com eles no elevador, enquanto gracejavam acerca de seus tempos de universidade. Ainda estavam fazendo graça quando se separaram e cada um seguiu para seu apartamento.

Ao entrar em casa, Kevin encontrou Norma e Jean postadas em lados opostos da espineta, ouvindo Miriam tocar. Elas ergueram os olhos quando o viram e fizeram gestos para que não interrompesse. Miriam estava tão concentrada que sequer o escutou chegar. Tocava Beethoven, e as meninas pareciam empolgadas. Kevin andou até o sofá na ponta dos pés e se sentou. Quando Miriam terminou, ele se juntou aos aplausos, e ela se virou, radiante.

"Ah, Kev. Nem ouvi você chegar. Há quanto tempo você está aqui?"

"Há duas dúzias de compasso." Ele encolheu os ombros.

"Ela é incrível," disse Norma. "Eu estava contando pra ela que tem um piano de cauda na cobertura do sr. Milton, e assim que ele fizer uma festa..."

"Ele vai fazer no sábado à noite."

"Ah, que maravilha", exclamou Jean. "Você vai tocar pra todo mundo neste fim de semana!"

"Não sou tão boa assim", disse Miriam.

"Sem falsa modéstia. Você é boa e sabe disso", falou Norma, com firmeza. Ela se virou para Kevin. "Nós vamos a um concerto no Lincoln Center amanhã à tarde; Mahler, *Sinfonia nº 2, Ressurreição*."

"Dá pra imaginar, Kev? Finalmente encontrei gente que também gosta de música clássica."

"E de rock também", acrescentou Jean.

"E também de música country", disse Norma. As três começaram a rir. Pelo jeito como se abraçavam e se cutucavam, Kevin pensou que realmente pareciam amigas de infância. Miriam estava tão feliz. Tudo estava indo bem.

"É melhor eu me escafeder", disse Norma. "Se Kevin está aqui, é sinal de que Paul também chegou."

"E Ted."

"Ah", disse Kevin, quando começaram a se retirar. "Ted vai estar de bom humor, Jean. Ele deu um nocaute sem sequer pisar no ringue."

"Perdão?" Jean franziu o cenho como se Kevin estivesse prestes a lhe revelar uma coisa terrível, e não algo bom. Ele olhou rápido para Miriam e pensou tê-la visto balançando a cabeça.

"É sobre o caso dele, mas acho melhor deixar que ele conte tudo primeiro."

"Ah. Ted nunca me conta os detalhes. Ele sabe como odeio saber dessas coisas. Nem sequer leio sobre os casos quando saem nos jornais."

"Eu também não", disse Norma. "É melhor deixar as coisas desagradáveis desse mundo do lado de fora, é como limpar os pés antes de entrar em casa", disse, virando-se para Jean. "Não foi isso que o sr. Milton disse?"

"Uh-hum."

Ambas se voltaram para ele com um sorriso. Kevin arregalou os olhos, surpreso. "Sim, claro", disse rápido.

"Tchau, Miriam. A gente se fala mais tarde", entoou Jean.

"Até mais tarde", disse Norma, fazendo coro, e as duas foram embora.

Por um momento, Kevin ficou apenas olhando a porta fechada. Em seguida, virou-se para Miriam.

"A gente teve um dia tão maravilhoso", começou ela, antes que ele pudesse dizer alguma coisa. "Primeiro, fomos ao Museu de Arte Moderna. Eles estão com uma exposição incrível de pinturas de Moscou, é a primeira vez que elas vêm pro Ocidente. Depois fomos almoçar no Village. Norma conhecia um lugarzinho que tinha uma variedade incrível de quiches. Então voltamos e fomos pra uma matinê, pra ver aquele filme australiano tão bem falado. Tem uma ótima trilha sonora do Beethoven. Quando a gente voltou, resolvi tocar um pouco pra elas.

"Ah", emendou Miriam, quase sem parar para tomar fôlego, "a gente sabia que não ia voltar a tempo de preparar o jantar, daí paramos numa boa lanchonete e eu comprei uma salada de lagosta, algumas baguetes e uma garrafa de Chardonnay. Tem problema?"

"Claro que não." Ele balançou a cabeça.

"Você está chateado?"

"Não." Ele riu. "Eu tô... feliz em ver você feliz."

"Você também teve um dia bom?"

"Sim."

"Ok", disse ela, apressada. "As meninas falaram que isso é tudo o que devo perguntar a você. Que devo tentar fazer com que esqueça os problemas do trabalho e relaxe. Dito isso... vai tomar um banho e trocar de roupa. Vou deixar o jantar pronto e achar uma boa música para acompanhar." Miriam partiu antes que ele pudesse responder, deixando-o com um sorriso confuso no rosto.

Kevin estava feliz por vê-la se adaptando tão depressa, mas havia algo a respeito daquilo tudo que o incomodava, como uma dor aguda e afiada no peito. Podia não ser nada, ou, como às vezes era o caso, podia ser o primeiro aviso de alguma coisa fatal.

Ele deu de ombros e foi tomar banho.

Antes de começar o fim de semana, o escritório John Milton e Associados teve um novo motivo de comemoração. Dave Kotein conseguiu fazer com que o juiz rejeitasse a confissão de Karl Obermeister, sob o argumento de que os policiais que o detiveram e o promotor adjunto não lhe deram a chance de telefonar para um advogado antes de fazê-lo confessar. O juiz também se recusou a permitir que o promotor usasse a prova encontrada no apartamento de Obermeister, já que a busca no local havia sido feita sem um mandado e sem a apresentação de queixas prévias.

Na ausência da confissão e da prova encontrada no apartamento, o promotor pensava seriamente em desistir do caso. O sr. Milton previa que as acusações contra Obermeister seriam retiradas por volta de segunda-feira.

"Quando isso acontecer", disse Dave, "Obermeister vai deixar a cidade."

"Mas, Dave", perguntou Kevin, depois da reunião de equipe. "Você não acha que ele vai cometer o mesmo crime de novo aonde for?"

"Kevin, você sai por aí prendendo todo mundo que você acha que pode cometer um crime? Iria fazer as cadeias explodirem de tão cheias. Aliás, Obermeister não será mais da minha conta. E sobre sentir culpa no futuro, isso é com Bob McKensie, ele é quem estragou tudo, Kevin. Ele que viva com isso", enfatizou Dave.

Kevin assentiu. Não era algo incompreensível para ele, que usou o mesmo argumento quando Miriam questionara sua defesa de Lois Wilson. Essa defesa deixou em sua consciência um peso maior do que gostaria de admitir, e sempre que tais sentimentos vinham à tona, ele rememorava a explicação do sr. Milton sobre a lei e sobre suas responsabilidades perante ela e os clientes. Eram esses os parâmetros para avaliar suas tomadas de decisão. Ter consciência, no que diz respeito ao direito, era tão somente excesso de bagagem. Essa já havia sido sua filosofia antes. E seria sua filosofia agora.

Mas será que Kevin realmente acreditava nisso? Ele tentava evitar essa questão a qualquer custo. Havia muito a perder. Queria vencer naquele lugar e estar à altura das expectativas do sr. Milton. Não era o momento de questionar o modo como eles encaravam o direito, e não era hora de amolecer. Ele tinha um caso importante a caminho do tribunal.

E, além disso, a cada novo dia, Miriam se enamorava mais da vida que eles haviam escolhido. Todo dia, quando voltava do trabalho para casa, Kevin a encontrava tão animada, feliz e cheia de energia quanto no dia anterior. Ela raramente falava de Blithedale, de suas velhas amigas, de sua vida anterior. Não retornava mais ligações nem escrevia mais cartas. Qualquer arrependimento inicial havia desaparecido. Talvez ainda fosse a fase da lua de mel, porém Kevin não conseguia se lembrar de qualquer momento ruim entre eles desde que haviam chegado.

Mesmo assim, admirava-o a maneira como Miriam falava com a mãe ao telefone, defendendo tudo o que haviam feito, taxando de preconceituosos os argumentos dela, chegando até a dizer que tinha a mente fechada. E quando os pais dela vieram jantar na quinta-feira, Miriam os impressionou. Primeiro, preparou uma comida gourmet (Norma havia conseguido a receita com um chef do Four Seasons); em seguida, falou a respeito de todas as peças e concertos aos quais assistiu com as amigas desde que havia se mudado para a cidade. Discorreu sem parar sobre incursões a museus e idas a restaurantes, e sobre as pessoas que havia conhecido. Sua fala estava cheia de menções a Jean e Norma, e o único ponto negativo foi uma breve conversa a respeito de Helen Scholefield.

Kevin ficou surpreso ao ver como Miriam evitou contar aos pais o verdadeiro motivo da depressão de Helen, colocando toda a culpa na descoberta de que a mulher não podia ter filhos.

"É por isso que a gente ainda está com aquele quadro horrível na parede, mãe. Na verdade, Kevin pediu pra mantê-lo ali por um tempo, pra não magoar os sentimentos dela." Ela se virou para o marido. "Ele não é um grande molenga, afinal de contas? Mas eu amo esse jeito cuidadoso dele."

"Bem, é muito gentil de sua parte, Kevin", disse a mãe de Miriam, "mas aquela pintura é tão horripilante que não dá nem pra olhar. Ela me dá arrepios."

"Ah, não vamos ficar pensando nisso. Pronto", disse Miriam, depois de se levantar e retirar o quadro da parede. "Vou deixar isso virado de costas aqui no chão até vocês irem embora. E papai", emendou, "agora vou tocar sua peça favorita."

Ela foi até o piano e começou a tocar com tanta beleza e com ainda mais emoção do que Kevin conseguia se lembrar. Quando olhou para os pais de Miriam, percebeu que também estavam deslumbrados.

No final da noite, a mãe dela o chamou num canto enquanto Miriam se despedia do pai.

"Ela está realmente feliz aqui, Kevin. Não achei que isso fosse acontecer quando soube de tudo pela primeira vez, mas parece que vocês deram um grande passo. Estou feliz pelos dois."

"Obrigado, mãe."

"Vou ligar pros seus pais, pra contar minhas impressões", disse ela, em voz baixa.

"Eles vão estar aqui na semana que vem, mas sei que minha mãe espera que você dê notícias."

"Eu sei. Cinco estrelas", acrescentou ela, e o beijou no rosto.

Depois que seus pais partiram, Miriam foi lavar a louça na cozinha, e Kevin voltou à sala. Seu olhar acabou pousando no quadro de Helen, no chão. Kevin o pegou e o pôs de volta na parede, depois deu um passo atrás. Durante um bom tempo, ficou observando a pintura. Algo no rosto da mulher o atraía. Praticamente podia escutar seus gritos à medida que se derramava no mar vermelho e fervente logo abaixo. Enquanto observava, as feições da mulher ficaram subitamente mais nítidas, e por um instante Kevin viu o rosto de Miriam. Ele se sentiu assaltado por uma onda de calor, e um arrepio percorreu sua espinha a toda a velocidade, obrigando-o a fechar os olhos. Quando os abriu novamente, a pintura se encontrava do mesmo jeito de sempre — abstrata. O rosto de Miriam desaparecera. Mas que ilusão esquisita, embora momentânea, pensou.

Kevin foi ao encontro de Miriam na cozinha e a abraçou por trás. Ele a virou e a beijou como se fosse a última vez.

"Kev", disse ela, recuperando o fôlego. "O que houve?"

"Nada... você fez um jantar maravilhoso. Foi uma grande noite, e queria que você soubesse como eu te amo. Vou fazer de tudo pra te ver feliz, Miriam."

"Ah, Kev, eu sei. Olha só tudo o que você já fez. Não ligo de colocar meu futuro nas suas mãos." Ela o beijou no rosto e se voltou para a louça e a prataria. Ele a observou por um momento e depois caminhou até a varanda. Apesar do ar frio da noite de novembro, foi até o parapeito e se pôs a apreciar a vista. O mundo ali abaixo parecia irreal. Tentou imaginar como seria cair daquela altura. Teria sido apenas a morte trágica da esposa o que havia levado Richard Jaffee a fazer aquilo? Por que ele não teria pensado no filho e em suas obrigações como pai?

De repente, um feixe de luz recaiu sobre Kevin. Ele protegeu os olhos com o braço e olhou para cima. Percebeu que John Milton havia chegado em casa e acendido as luzes de dentro e da varanda. Quase todos os refletores estavam direcionados para baixo, de modo que a luz emitida deixava o prédio encoberto do décimo quinto andar para cima. Era como se os associados e suas esposas estivessem sob a proteção de John Milton.

Ou sob seu feitiço, pensou Kevin. Era a primeira vez que pensava algo desse tipo, mas resolveu culpar o estado melancólico em que se encontrava desde que saíra para a varanda e se pusera a pensar no suicídio de Richard Jaffee. O ar frio da noite o levou de volta para dentro, onde ouviu Miriam cantando na cozinha. Isso e a atmosfera aconchegante do apartamento puseram um fim em seu sentimentalismo.

9

"Charon trouxe a nossa chave particular", disse Miriam, sem tentar disfarçar a surpresa. "Liguei pra Norma, e ela falou que todos os associados têm uma igual. Qualquer outra pessoa, convidados e tal, só entra se o segurança abrir a porta", acrescentou, numa voz claramente arrogante.

E eu crente que era o único arrogante por aqui, pensou Kevin. Ele assentiu e olhou para a chave dourada na mão de Miriam. Parecia ouro maciço. Ela adivinhou seus pensamentos.

"É ouro maciço. Perguntei pro Charon, e ele disse 'é claro'. E quase riu."

Kevin pegou a chave e a revirou nas mãos, depois ficou sentindo seu peso. "Meio exagerado, você não acha?"

Miriam arrancou o objeto da mão dele. "Ah, sei lá", disse, dando de ombros e se olhando mais uma vez no espelho do corredor. Ela havia saído com Norma e Jean para comprar algo especial para a ocasião. Kevin ficou surpreso com a escolha: um vestido preto tão justo que dava para ver a marca de suas costelas no tecido. Os ombros não ficavam à mostra, mas o ousado decote permitia entrever mais da metade de seu colo. E ela não estava usando um sutiã tradicional. Em vez disso, usava um meia-taça, algo que Norma e Jean a convenceram a vestir. A peça se ajustava perfeitamente a seus seios, empinando-os e os modelando. Pequenos toques sedutores de carmesim se espalhavam pela parte superior do decote.

Aquela não era Miriam, pensou Kevin. Ela até se vestia de modo sensual e sedutor, mas jamais de um jeito tão vulgar. Costumava ter mais classe, ser mais reservada e se preocupar mais com o estilo e a elegância do que com seu poder de sedução.

E nunca usava tanta maquiagem. O delineador e a sombra deixaram seu rosto pesado demais. Sem falar no ruge e naquele batom púrpura metálico.

Kevin notou que Miriam havia decidido não usar o colar que acompanhava os brincos de ouro e pérolas, um conjunto que ele lhe dera de presente de aniversário no ano anterior. Não que ela precisasse de um adereço extra. Miriam tinha um colo gracioso, cujos contornos suaves delineavam os ombros pequenos e femininos, que se encaixavam perfeitamente nas mãos de Kevin quando ele a puxava para beijá-la. Era só que a ausência de joias no pescoço a deixava ainda mais nua, ainda mais provocante.

Ela fizera o cabelo de uma forma bem diferente, penteando-o e depois o escovando com secador, o que lhe conferia uma aparência indecente e tempestuosa. Kevin não era contra aquilo especificamente, mas o vestido e a maquiagem, somados ao cabelo, faziam com que parecesse vulgar, quase como uma prostituta de rua. Sim, uma nova sensualidade emanava dela, e isso o atiçava, mas também o deixava incomodado.

"Qual é o problema? Você não gostou da minha aparência?"

"Você está... diferente", disse Kevin, da maneira mais diplomática possível.

Miriam se virou para ver sua imagem no espelho. "Sim, estou, não é mesmo? Achei que devia mudar um pouco a aparência. Norma e Jean estavam me achando muito conservadora." Ela riu. "Você tinha que ter visto as duas imitando uma típica mulher de classe média alta de Long Island, sabe, a boca presa, as vogais duras, os sons nasais. 'Posso ver o casaco de raposa?'", acrescentou, imitando as imitadoras como se estivesse numa loja de casacos de pele.

"Nunca achei que você fosse assim, amor. E nunca te achei muito conservadora. Você sempre foi bastante estilosa. Isso é realmente o que as mulheres da sua idade estão usando hoje em dia?"

"Mulheres da minha idade? Francamente, Kevin." Ela pôs as mãos nos quadris e franziu o cenho.

"É só uma pergunta. Acho que passei muito tempo lendo livros de direito e acabei perdendo a noção das coisas."

"Acho que nós dois perdemos, mais até do que a gente pensava."

"Sério?" Curioso, pensou Kevin. Apenas muito pouco tempo atrás, era ele quem tentara convencê-la disso, e agora ela fazia parecer que quem não queria abandonar a segurança do refúgio deles em Long Island era ele.

"Você não gostou da minha aparência, não é?" Miriam começava a se aborrecer.

"Não é que eu não tenha gostado. Você está muito bonita. Só não sei se vou poder deixar você sair de casa. Terei que passar a noite inteira tirando as pessoas do seu lado."

"Ah, Kevin." Ela olhou o relógio. "É melhor a gente subir logo. Vamos chegar elegantemente atrasados."

"Uh-hum." Ele assentiu, abrindo a porta. Quando Miriam passou à sua frente, Kevin a beijou no pescoço.

"Kevin! Assim você estraga a minha maquiagem."

"Está bem, está bem." Ele levantou as mãos. Em seguida, aproximou-se dela, com um olhar sedutor. "Acho que hoje é a noite em que vamos fazer um bebê."

"Mais tarde."

"Posso esperar... um pouco." Ele ria enquanto se dirigiam ao elevador. Quando entraram, Miriam inseriu a chave de ouro debaixo da letra "C" e a girou, sorrindo para ele enquanto as portas se fechavam. Kevin balançou a cabeça. Ela soltou a chave dentro da pequena bolsa de mão que combinava com o vestido.

"A gente vai sair direto na sala de estar dele", disse ela, em voz baixa.

"Eu sei. Os rapazes me disseram."

Quando as portas se abriram, ambos não se mexeram, perplexos. A sala de estar do sr. Milton era tão ampla e extensa quanto um galpão ou armazém convertido em moradia. Uma fonte despontava no centro, circundada por um sofá curvo de veludo cor de vinho, com assentos enormes e cheio de almofadas. Pequenos refletores esboçavam um arco-íris na água cintilante que jorrava do lírio de mármore gigantesco no interior da fonte.

O chão era revestido de um carpete grosso e felpudo, branco como leite, do tipo que dava vontade de se ajoelhar e ficar passando a mão, pensou Kevin. Cortinas rubi desciam das paredes, intercaladas aqui e ali por pinturas, a maioria moderna e quase todas originais. Algumas até pareciam ter sido pintadas por Helen Scholefield. Ao longo das paredes e entre vários móveis, erguiam-se pedestais com esculturas de pedra e de madeira.

A parede do fundo consistia nas enormes janelas que Dave, Ted e Paul haviam descrito com tanta paixão na limusine. As longas cortinas haviam sido completamente abertas, para providenciar uma vista de tirar o fôlego da paisagem de Nova York. Mais à direita, repousava o piano de cauda, com um candelabro de ouro — ouro maciço, conjecturou Kevin — em cima. No canto esquerdo, embutido na parede, havia um grande aparelho de som, com alto-falantes quadrifônicos também embutidos na parede e até no teto. Um DJ negro e esguio se encarregava da música e emitia comentários atrás do toca-discos. Sua camisa de seda preta estava aberta até o umbigo, e um medalhão de ouro pendurado numa grossa corrente dourada reluzia contra sua pele.

O ambiente estava iluminado por fileiras de luzes embutidas no teto, e luminárias de cristal da Tiffany e da Waterford de diversos formatos e tamanhos foram acesas ao lado dos canapés e das poltronas. Imediatamente à direita, encontrava-se o bar, todo revestido de pedra natural sob o longo e estreito balcão de mármore, diante do qual se alinhavam bancos pretos e estofados. Atrás do balcão, as bebidas eram preparadas por dois bartenders, cujas imagens gêmeas e opostas criavam a ilusão de estarem apenas uma fração de segundo destoantes, conforme agitavam e sacudiam as bebidas. Acima deles, penduradas num suporte, taças de vinho enfileiradas reluziam como diamantes.

Imediatamente à esquerda, o sr. Milton criara uma pequena pista de dança de piso de cerâmica. Acima dela, a luz giratória do estroboscópio fazia chover uma combinação de luzes azuis, verdes e vermelhas sobre os convidados que se remexiam ao som da música. A pista de dança fora posta entre paredes espelhadas, de modo que a luz se refletia por todos os lados e as pessoas podiam ver a si mesmas dançando. Muitos pareciam fascinados por suas próprias imagens cinéticas.

Já havia pelo menos umas quarenta pessoas na festa. Kevin notou que todas as secretárias estavam acompanhadas. Wendy acenava da pista de dança. Diane, sentada no sofá com seu acompanhante, também acenava.

"São as secretárias do escritório", explicou Kevin, rapidamente.

"Secretárias?" Miriam olhou de Wendy para Diane. Wendy trajava um terninho azul brilhante tão decotado que boa parte de seu colo saltava aos olhos. Diane vestia um body preto e calça jeans, e seus seios sem sutiã se espremiam contra o tecido delicado.

"Não é à toa que você está sempre tão a fim de ir pro trabalho", queixou-se Miriam. Kevin respondeu com um sorriso travesso.

A verdade é que havia mulheres bonitas por toda parte, rodeadas de homens em blazers e ternos. Parecia uma festa de gala — garçons de paletó branco e gravata preta, e também garçonetes de saia preta e blusa branca, andando por todos os lados, carregando bandejas de aperitivos deliciosos, drinques, taças de champanhe.

Diane estava recostada no sofá, e dois homens lhe ofereciam uvas de maneira provocadora, seduzindo seus lábios com as frutas, até que ela enfiou a uva e o dedo de um deles dentro da boca ao mesmo tempo. Nesse instante, Kevin escutou um estrépito de risadas femininas à sua esquerda e, ao se virar, observou homens e mulheres dançando tão colados que pareciam experimentar os espasmos de um orgasmo. No centro da enorme sala, uma voluptuosa ruiva, descalça e vestindo algo que mais lembrava uma camisola de seda, parecia deslizar até o bar. Até as mulheres a olhavam com admiração. Sob o brilho das luzes, seus seios se revelavam por completo. Ela poderia muito bem não estar vestindo nada, pensou Kevin. A ruiva se juntou a dois homens no bar, que se aproximaram como se ela fosse um imã e eles fossem feitos de aço.

Kevin começava a pensar que ele e Miriam haviam ingressado numa orgia romana moderna. Sentia-se fascinado, impressionado, excitado. Não era de surpreender que os associados ficassem tão empolgados com a perspectiva de ir a mais uma festa naquela cobertura.

Ao fundo, próximo às janelas, estavam o sr. Milton e os associados, todos com uma taça de champanhe na mão. O sr. Milton trajava o que parecia ser um smoking escarlate e uma calça de tom semelhante. Assim que viu Kevin e Miriam saírem do elevador, disse algo a Paul Scholefield, que acenou para o DJ no toca-discos, e a música foi interrompida.

Todos ficaram quietos. O sr. Milton deu um passo à frente. "Senhoras e senhores, gostaria de apresentar-lhes nosso mais novo associado e sua esposa, Kevin e Miriam Taylor."

Os convidados começaram a aplaudir. Kevin olhou para Miriam e notou quanto ela estava radiante. Seus olhos cintilavam de emoção. Ele não conseguia se lembrar de já tê-la visto mais esplendorosa, o brilho natural de seus olhos ardia sob a maquiagem. Ela segurou a mão dele com firmeza.

"Obrigado", disse Kevin, acenando para todos. O sr. Milton se pôs em direção a eles, e a música recomeçou. Todos retomaram o que estavam fazendo. Miriam olhou ao redor em busca de Norma e Jean, que acenavam para ela do outro lado da pista de dança. Quase a meio caminho de onde estavam, no lado esquerdo, Helen Scholefield estava sentada, complacente, observando as pessoas à sua volta enquanto segurava uma taça de vinho branco na mão. Estava tão imóvel que se assemelhava a uma das esculturas de mármore.

"Sejam bem-vindos", disse o sr. Milton.

"Miriam, deixa eu te apresentar o sr. Milton", disse Kevin. John Milton tomou a mão estendida de Miriam em sua mão direita e então pousou a esquerda em cima dela. Em seguida, sorriu.

"Me disseram que você era uma mulher muito atraente, Miriam. Mas vejo como a subestimaram."

Miriam corou. "Obrigada. Acho que não preciso dizer que sinto como se já o conhecesse. Todos que encontrei até agora falam bastante do senhor."

"Espero que falem bem." Ele fingiu estar zangado com Kevin.

"Nada que não seja verdade", disse Kevin, erguendo a mão direita. John Milton riu.

"Vamos pegar alguma coisa pra vocês beberem, depois gostaria de apresentá-los a alguns de meus convidados. E, não muito depois disso", ele disse, ainda segurando a mão de Miriam, "veremos se conseguimos convencer Miriam a tocar um pouco de piano pra gente."

"Ah, não. Elas contaram." Miriam lançou um olhar fulminante para Norma e Jean, que acompanhavam tudo com um sorriso estampado no rosto.

"Elas não precisaram contar. Eu já sabia. Sua reputação a precede, querida", acrescentou John Milton, e Miriam riu.

"Acho que um drinque vai cair bem", disse ela. Kevin riu, e os três se puseram a andar, aproximando-se de um garçom para pegar bebidas antes de prosseguirem com as apresentações.

Kevin estava impressionado com a variedade de gente na festa do sr. Milton. Havia advogados de outros escritórios, muitos dos quais Kevin conhecia de nome ou se lembrava de seus tempos de universidade, quando conversavam sobre os lugares ideais onde trabalhar. Ele e Miriam foram apresentados a dois médicos, ambos cardiologistas. Ele reconheceu um ator da Broadway, consideravelmente famoso por seus papéis de protagonista. Eles conheceram um colunista do *New York Post* e, num dado momento, foram apresentados a Bob McKensie, o promotor adjunto.

"Bob gosta de visitar o campo adversário de vez em quando", gracejou o sr. Milton. E então acrescentou, num tom ao mesmo tempo sério e lisonjeiro: "sobretudo quando temos uma nova estrela em campo".

"Ainda não cheguei lá", disse Kevin, apertando a mão comprida do promotor. Para Kevin, McKensie tinha um quê de Abraham Lincoln com seus quase dois metros, esguio porém firme, algo que constatou a partir do aperto de mão. Traços bem delineados contornavam o rosto estreito e sombrio, de olhos tristes e profundos.

"O problema", disse McKensie, "é que todos que trabalham pro John Milton acabam virando uma estrela mais cedo ou mais tarde. O que dificulta muito o trabalho da promotoria."

John Milton riu. "Escute, Bob", disse, "não dificultamos seu trabalho; apenas extraímos o melhor de você. Devia nos agradecer."

"Olha só isso", disse McKensie, balançando a cabeça. "Está vendo por que ele e os associados são tão formidáveis no tribunal? Prazer em conhecê-lo, Kevin. Soube que você vai cuidar do caso do Rothberg."

"Sim."

"Como dizem, te vejo no tribunal." McKensie se despediu de Miriam e foi conversar com outras pessoas.

"Mas que sujeito sério", disse Kevin. "Ele nunca sorri?"

"Ele não anda tendo muitos motivos pra sorrir ultimamente", respondeu o sr. Milton, com os olhos brilhando. "Agora venham conhecer o resto do apartamento." John Milton enlaçou o braço de Miriam. Ele os conduziu pela esquerda, onde uma porta se abria para um corredor que dava para três quartos de visitas, um escritório, três banheiros e o quarto de John Milton.

Todos os cômodos eram amplos. Os banheiros tinham azulejos e eram luxuosos, cada um com sua própria banheira de hidromassagem, exatamente como os outros associados haviam descrito.

"Não gosto desse acabamento de vagão de trem", disse John Milton, enquanto percorriam o corredor, "mas também não quis retirar tudo e fazer de novo."

"Ah, está lindo!", exclamou Miriam, sobretudo quando pararam diante de um dos banheiros.

John Milton a fitou por um momento e depois deu uma piscadela para Kevin. "Mais tarde, se vocês quiserem, sintam-se à vontade pra usar qualquer uma das banheiras. É de quem chegar primeiro."

Quando chegaram ao quarto de John Milton, Kevin entendeu por que Paul e os outros haviam comentado sobre o luxo e o hedonismo do apartamento. No centro, a pesada cama de madeira maciça era enorme. A cabeceira, o colchão, o estrado, a roupa de cama, tudo dava a impressão de ter sido feito à mão. Parecia uma cama feita para Henrique VIII. As colunas eram grossas e altas, nas quais um artesão entalhara figuras mitológicas — unicórnios, sátiros, ciclopes. Isso fez com que Kevin se lembrasse de alguns móveis da sala do sr. Milton no escritório. Talvez o mesmo artesão tivesse feito a cama.

A colcha e os travesseiros superdimensionados possuíam um padrão escarlate e branco, que combinava com a decoração do quarto — cortinas escarlates e brancas, abajures de lâmpada rubi e paredes brancas polvilhadas de espirais vermelhas que pareciam explosões estelares. O mesmo carpete branco da sala revestia o piso do quarto.

Um teto espelhado pairava acima da cama. Quando olharam para cima, parecia que eles haviam derretido e escorrido para o centro do quarto. Aquelas distorções dariam boas fotografias sensuais, pensou Kevin.

"Imagino que vermelho seja sua cor preferida", disse, ao ver que John Milton sorria em sua direção.

"Sim. Gosto de cores nítidas e puras — vermelho, branco, preto bem forte. Acho que é a inclinação que eu tenho pra coisas limpas e claras. Odeio quando as pessoas dizem que algo ou alguém não é nem bom, nem ruim. A vida fica muito mais simples quando identificamos as coisas pelo que são, não é verdade?", John Milton perguntou a Miriam.

"Ah, sim, claro", disse ela, ainda intrigada com a decoração, os armários, o papel de parede e a imponente cama, diante da qual havia uma televisão gigantesca embutida na parede.

"Bem, já afastei vocês da festa por tempo demais. Vamos voltar e nos divertir um pouco, que tal?" John Milton apagou as luzes do quarto, e eles retornaram ao evento.

Tanto Kevin quanto Miriam estavam achando a festa extraordinária. As conversas eram estimulantes e interessantes. As pessoas discutiam os novos shows na Broadway e em outros teatros. Kevin se meteu numa discussão política acalorada com alguns advogados e um juiz estadual. Ele e Miriam dançaram juntos e também com outras pessoas, sobretudo com Ted, Dave e suas esposas.

Mas Helen Scholefield não saía do lugar. Sempre que Kevin olhava para ela, via que ela estava olhando para ele. Finalmente, atravessou a sala e se aproximou dela. Notou que Paul estava ao lado do sr. Milton, e os dois o observavam com atenção. Talvez estivessem preocupados com Helen, pensou.

"Você não parece estar se divertindo muito", disse Kevin. "Posso buscar alguma coisa pra você comer ou beber, te chamar pra dançar..."

"Não, estou bem. Você devia se preocupar consigo mesmo... e com sua esposa", respondeu Helen, sem qualquer sarcasmo ou irritação.

"Perdão?"

"Você está se divertindo, Kevin Taylor?"

Ele riu. "Pode me chamar só de Kevin. Pra falar a verdade, estou sim. É uma bela festa."

"Isso é só o começo. A festa de verdade sequer começou."

"Como assim?" Ele olhou ao redor. Helen olhava para ele, encarando-o da mesma forma que o encarou no elevador, no dia em que se conheceram. Isso o deixava nervoso, constrangido. "Então... me diz uma coisa. Alguma dessas pinturas é sua?"

"Sim, algumas das minhas estão aqui. Só que são de quando cheguei. Naquela época, só pintava o que o sr. Milton queria. Pode ter certeza de que ele não queria que eu pintasse o quadro que está no seu apartamento. Ele ainda está lá?"

"Mas é claro. É um quadro muito... interessante."

"Continue olhando pra ele, Kevin Taylor. É sua única esperança", disse ela, logo antes de Paul se aproximar deles.

"Helen, como você está se sentindo, amor?"

"Estou cansada, Paul. Você ficaria muito chateado se eu saísse de fininho?"

Paul instintivamente se virou em direção a John Milton.

"O sr. Milton não se importaria", acrescentou ela, rapidamente. "Ele tem novos entretenimentos." Helen se virou para Kevin e mirou-o com firmeza.

Kevin lançou um olhar confuso para Paul, mas este apenas balançou a cabeça. "Não tem problema, amor. Pode descer pra casa. Não vou ficar até tarde."

"Não até mais tarde do que você já costuma ficar, tenho certeza", respondeu Helen, seca. Ela se levantou. "Boa noite, Kevin Taylor", disse, e se virou para ir embora. Em seguida, estacou e deu meia-volta, inclinando a cabeça antes de falar. "Você realmente gosta disso, não gosta?"

Kevin sorriu e ergueu ligeiramente os braços.

"Como alguém pode não gostar?", respondeu.

Ela assentiu, confirmando um pensamento. "Ele escolhe bem", disse.

"Vai lá, Helen", disparou Paul. Ela se virou, obediente, e seguiu em direção ao elevador. "Me desculpe", disse Paul, em voz baixa, preocupado com ela. "Achei que a festa podia animá-la um pouco, só que ela está muito deprimida. Está usando algo que o médico prescreveu, mas não está dando certo. Vou ter que falar com ele amanhã."

"É muito complicado. Se eu e Miriam pudermos fazer alguma coisa..."

"Obrigado. Vocês apenas se divirtam. Esta noite é pra vocês. Não deixa isso te abalar. Vem cá, vamos até o escritório do sr. Milton. Ted e Dave estão lá." Paul olhou em direção à esposa, franzindo a testa e balançando a cabeça ao vê-la entrar no elevador. Ela parecia uma estátua, com um sorriso enigmático de Mona Lisa no rosto, quando as portas se fecharam.

Kevin procurou Miriam e a viu a caminho da pista de dança com o sr. Milton. Ele esperou que começassem.

"Olha só o nosso chefe. Parece vinte anos mais jovem visto daqui."

"Sim", disse Paul, com o semblante mais relaxado. "Que sujeito. Vamos."

Paul o acompanhou através da sala. Logo antes de entrarem no corredor, Kevin olhou para trás e viu Miriam rebolando e dançando de forma sugestiva, como nunca a vira fazer em público.

"Vamos", repetiu Paul, e Kevin se encaminhou ao escritório, onde os outros associados estavam aguardando.

Pelos sorrisos estampados no rosto de Ted, Dave e Paul, Kevin percebeu que a reunião no escritório não era fruto do acaso. Depois de Ted servir-lhe outra taça de champanhe, dessa vez de uma garrafa de Dom Pérignon, Dave limpou a garganta.

"A gente queria se afastar um pouco do tumulto por alguns instantes com você, Kevin", disse. "Mas vamos começar do início." Dave ergueu a taça. "Nós três gostaríamos de aproveitar a oportunidade pra dar as boas-vindas ao novo membro da nossa família jurídica. Que seu talento, sua habilidade e seu conhecimento possam te ajudar a realizar todo o seu potencial nos julgamentos vindouros."

"Aqui, um brinde", acrescentaram Ted e Paul.

"Ao Kevin", disse Dave.

"Ao Kevin", repetiram eles, e todos beberam.

"Obrigado, pessoal. Queria que vocês soubessem como sou grato pela forma como vocês e suas esposas facilitaram as coisas pra mim e pra Miriam. Realmente quero fazer parte disso. Meu único receio é não estar à altura das expectativas de vocês e do sr. Milton."

"Ah, você vai estar, amigão", disse Paul.

"A gente também se sentia assim no início", disse Ted. "Você vai ver, passa rápido."

Eles se sentaram, porque Dave queria contar uma nova piada. Quando terminou, dava para ouvir as gargalhadas do corredor. Mais champanhe foi servido, mais histórias foram contadas. Kevin não fazia ideia de quanto tempo havia se passado, mas eles subitamente fizeram silêncio ao ouvirem o som de um piano.

"Só pode ser sua esposa", disse Dave. "A gente ouviu falar que ela toca bem."

Eles se ergueram depressa e foram se juntar aos grupos que se encontravam ao redor de Miriam e do piano. O sr. Milton estava à esquerda dela, com a mão apoiada em cima do piano, olhando para a plateia. Seu olhar era de orgulho, como se Miriam fosse sua filha ou até mesmo... sua esposa.

Kevin se aproximou. Os dedos de Miriam deslizavam sobre as teclas com um ímpeto e uma graça que ele nunca havia visto antes. Ela tinha um ar grave e se sentava confiante, com a postura ereta. Não havia qualquer sinal de hesitação ou de incerteza. Parecia uma pianista profissional.

E a música... era maravilhosa. Kevin não reconheceu a composição e imaginou se não era algo que Miriam ensaiara de propósito, para caso fosse convencida a fazer aquilo. Acontece que ela não parecia alguém que precisasse de convencimento. Parecia contratada para tocar. Quando olhou para os rostos à sua volta, Kevin viu expressões de profunda admiração. As pessoas se entreolhavam de olhos arregalados. Era como se Miriam fosse mais uma descoberta do sr. Milton.

Mas não era, pensou Kevin. Aquilo estava estranho. Ele começou a se sentir um pouco tonto e se arrependeu de ter bebido champanhe em excesso. Havia perdido a conta de quantas taças bebera, no entanto, quando olhava para o champanhe que ainda havia em sua taça, sentia um impulso irresistível de bebê-lo. O líquido rosado parecia se transformar em um vermelho sanguíneo bem diante de seus olhos.

Kevin viu Diane olhar em sua direção e sorrir. Ela fez um gesto na direção de Miriam e ergueu as sobrancelhas. De repente, a sala começou a rodar. Ele cambaleou, mas recuperou o equilíbrio, apoiando-se no encosto de uma cadeira à sua direita. Depois fechou os olhos e sacudiu a cabeça. Ao abri-los novamente, sentiu-se como se estivesse um centímetro acima de uma esteira rolante. O chão parecia se mover sob seus pés. Ele sacudiu a cabeça e fechou os olhos de novo. Quando os abriu pela segunda vez, Diane estava ao seu lado.

"Você está bem?", perguntou ela, em voz baixa.

"Só um pouco tonto. Acho que bebi muito champanhe."

"Não se preocupe. Ninguém está prestando muita atenção em você. Todos estão apaixonados por Miriam. Se apoie em mim, vou ajudá-lo a voltar pro escritório, você precisa descansar um pouco. Vou ver se arranjo uma toalha úmida pra você."

"Está bem, acho que você tem razão."

Kevin se deixou conduzir e manteve os olhos fechados na maior parte do tempo, pois toda vez que os abria tudo começava a rodar. Diane o guiou até o sofá de couro do escritório e depois foi atrás de uma toalha úmida. Kevin se recostou, apoiando a cabeça no encosto do sofá, e ensaiou abrir os olhos. O teto parecia um redemoinho, e ele experimentou a terrível sensação de estar sendo atraído na direção dele, de modo que cerrou os olhos novamente e os manteve fechados até sentir a toalha úmida em sua testa.

"Você já vai se sentir melhor", disse Diane.

"Obrigado."

"Quer que eu fique aqui com você?"

"Não, está tudo bem. Só preciso descansar um pouco. Assim que Miriam acabar, fala pra ela onde estou e que está tudo bem."

"Pode deixar."

"Obrigado", disse ele, e depois fechou os olhos. Num segundo, adormeceu. Não fazia ideia de quanto tempo ficou ali. Quando despertou, primeiro se sentiu confuso. Onde estava? Como havia chegado lá? Esfregou o rosto com as mãos ressecadas e olhou em volta do escritório. De repente, recuperou a memória e se deu conta de que tudo estava muito, muito silencioso. Não havia mais música, nenhum sinal de festa.

Ficou em pé, um pouco trôpego no começo, mas logo recuperou o equilíbrio. Em seguida, foi até a porta e saiu. O corredor estava iluminado, mas o ambiente da festa estava imerso em penumbra. Confuso, Kevin atravessou o corredor às pressas em direção à sala. A fonte continuava funcionando, porém, todas as luzes coloridas haviam sido apagadas. As cortinas estavam fechadas. O aparelho de som estava desligado, a pista de dança havia sido retirada. Quase toda a iluminação da sala vinha do elevador parado com as portas abertas.

"Mas que... pra onde diabos foi..."

Ele esfregou o rosto vigorosamente, como se isso fosse capaz de trazer toda a festa de volta, mas nada aconteceu.

"Olá?" Sua voz ecoou na imensidão da sala. "Sr. Milton?"

Kevin se virou e olhou para o fundo do corredor.

"Miriam?"

Não escutou nada, a não ser o suave e monótono ruído da fonte.

Miriam com certeza não iria embora sem mim, pensou. *Que loucura. Onde diabos está todo mundo? O que é isso, alguma brincadeira idiota que estão fazendo comigo porque apaguei de tanto champanhe?* Claro, o que mais poderia ser? Todos, ou pelo menos os associados, provavelmente estavam escondidos em algum quarto. Kevin riu de si mesmo e balançou a cabeça. Que figuras.

Então começou a percorrer o corredor, andando da maneira mais silenciosa possível, esperando que Dave ou Ted irrompessem a qualquer momento de dentro de algum quarto. Mas quando parou na primeira porta e olhou para dentro, não encontrou nada além de escuridão. O mesmo aconteceu na porta do segundo e do terceiro quartos, e também não havia ninguém nos amplos banheiros. Que o escritório estava vazio, isso ele já sabia.

Enfim parou diante do quarto do sr. Milton e se pôs a escutar. Tudo silencioso. Kevin bateu à porta com delicadeza e aguardou.

"Sr. Milton?"

Nenhuma resposta. Será que deveria bater mais forte? *Ele deve ter ido dormir*, pensou Kevin. *A festa acabou, todo mundo foi embora, e ele foi dormir. Miriam realmente me deixou aqui. Talvez tenha ficado irritada e saído às pressas. Diane contou onde eu estava e o que tinha acontecido. Ela veio me buscar, não conseguiu me acordar e ficou sem saber o que fazer. O sr. Milton provavelmente falou pra ela me deixar descansar. Quando eu acordasse, ele falaria pra eu descer. Tinha que ser isso. O que mais podia ser?*, perguntou-se Kevin.

Ele ficou plantado na frente da porta por mais alguns instantes, de ouvidos atentos, e então se virou e atravessou o corredor em direção à sala e ao elevador. "Que noite", murmurou para si mesmo, após apertar o botão do elevador e as portas começarem a se fechar.

Elas se abriram de novo diante de um corredor imerso num silêncio sepulcral. Kevin saiu e rapidamente se dirigiu a seu apartamento, apalpando-se à procura da chave. Ficou surpreso ao constatar que todas as luzes de casa estavam apagadas. Miriam não sabia que ele iria voltar para casa? *Droga, ela deve estar muito irritada*, pensou. Era a primeira vez que se lembrava de ter ficado tão morto de beber.

Kevin conseguiu entrar no apartamento e estacou ao perceber que a porta do quarto estava fechada. Uma fresta de luz escapava por debaixo da porta. Pelo menos, Miriam havia deixado uma lâmpada acesa para ele lá dentro, pensou. E começou a preparar suas desculpas. Mas quando estava prestes a girar a maçaneta, interrompeu o movimento, pois escutou o que pareciam ser gemidos abafados. Pôs-se a escutar por um momento. Os gemidos ficaram mais altos, gemidos de prazer, e o atravessaram como uma espada de gelo. Kevin ensaiou abrir a porta novamente, mas assim que encostou na maçaneta, seus dedos ficaram dormentes, paralisados. A maçaneta lhe queimou a ponta dos dedos como se fosse feita de gelo seco. Ele tentou puxar a mão de volta, mas sua pele estava colada ao metal. Já não controlava seus dedos. Eles giraram a maçaneta, e seu braço empurrou a porta aos poucos, milímetro por milímetro, até abri-la o suficiente para que visse tudo com clareza.

Havia um casal nu em cima da cama. Algo na cabeça do homem lhe pareceu terrivelmente familiar. Kevin entrou no quarto. Aquela era Miriam? Foi até os pés da cama. O corpo do homem parou de se mexer, suas investidas foram interrompidas. A mulher sob ele chegou para o lado, acomodando-se apenas suficientemente para que Kevin a visse com perfeição. Era Miriam!

"Não!", gritou ele.

O homem descolou seus lábios dos de Miriam, mas não mudou de posição e continuou olhando para ela. Miriam o agarrou e o puxou de volta, em busca de sua boca. Num instante, os dois recomeçaram, movendo-se de maneira ritmada, Miriam voltou a gemer, suas mãos apertavam com força as nádegas do homem, puxando-o para si, exigindo investidas cada vez mais fortes e profundas. Ela levantou as pernas e as entrelaçou com firmeza ao redor da cintura dele. A energia e a força com que faziam amor eram tão intensas que a cama balançava e as molas do colchão rangiam.

"Não!", gritou Kevin.

Ele logo deu a volta na cama e se debruçou para pegar o homem pelos ombros, puxando-o para trás, tentando tirá-lo dali. Mas ele parecia colado em Miriam, completamente preso. Kevin golpeou suas costas, investindo todo o peso do corpo em cada golpe, mas o homem parecia não sentir nada. Simplesmente seguia em frente, movendo-se com força. Kevin tentou agarrá-lo pela cintura, só que, em vez de arrancá-lo de Miriam, acabou preso ao movimento do homem e percebeu que, a cada investida, ele o empurrava para a frente e, a cada recuo, puxava-o para trás. Ele lutou para se desvencilhar do corpo do homem, mas suas mãos estavam travadas. Miriam começou a gemer mais alto. Até que atingiu o clímax e soltou um gemido de êxtase.

"Miriam!" As mãos de Kevin se libertaram.

Desesperado agora, Kevin agarrou os cabelos do homem e os puxou com força, quase arrancando-os pela raiz. Finalmente, ele se afastou do corpo de Miriam e começou a se virar lenta e deliberadamente. Kevin soltou seus cabelos e se preparou para socá-lo no rosto. Mas quando ele se virou por inteiro, Kevin descerrou o punho e levou ambas as mãos à cabeça.

"Não!" gritou. "O que..."

Kevin estava olhando para si mesmo. E o impacto da descoberta o lançou de volta à escuridão.

10

"Não!", gritou Kevin. E se sentou na escuridão.

"Kevin?" Miriam se virou para ligar o abajur da mesa de cabeceira. Assim que o quarto se iluminou, Kevin se pôs a andar de um lado a outro, o rosto assustado e confuso.

"O quê? Onde..." Olhou para Miriam, que havia se deitado de volta no travesseiro e o fitava sem entender nada. "Miriam... como vim parar na cama? Onde está..." Kevin andava em círculos, em busca de sinais de... quem? Dele mesmo?

Miriam balançou a cabeça e se sentou na cama.

"Onde está quem?"

Kevin a encarou. Ela parecia verdadeiramente confusa.

"Como vim parar na cama?", resmungou.

"Kevin Taylor, você não se lembra de nada?"

"Eu..." Ele respirou fundo e depois apertou os olhos com as mãos. "A última coisa que lembro, eu estava no escritório, e quando acordei todo mundo tinha ido embora, daí vim pra casa e..."

"Você não veio pra cá. Te trouxeram pra cá."

"Me trouxeram?"

"Os rapazes encontraram você bêbado e babando no chão do escritório do sr. Milton. Uma das secretárias contou pra eles o que tinha acontecido. Eles te tiraram do escritório e te trouxeram até aqui sem que ninguém percebesse nada. Paul Scholefield veio falar comigo quando acabei de tocar mais uma música e me disse onde você estava. Ele contou que você estava completamente apagado, por isso não desci na mesma hora. Fiquei até as pessoas começarem a ir embora. Depois me despedi do sr. Milton e desci. Logo que me deitei na cama, você acordou, e a gente..."

"A gente o quê?"

"Que marido, hein? Eu achando que você estava incrível, que foi uma das nossas melhores vezes, e você estava tão bêbado o tempo todo que sequer sabia o que estava fazendo? Você não se lembra de nada?"

"A gente fez amor?" Kevin refletia sobre o que estava ouvindo e o que havia pensado. "Então foi só um sonho." Ele riu de alívio. "Foi só um sonho", repetiu.

"O que foi só um sonho?"

"Nada. Eu... ah, Miriam, me perdoa. Não tinha noção de quanto tinha bebido. Perdi o resto da festa?"

"Está tudo bem. Ninguém percebeu. Como falei, os rapazes cuidaram muito bem da situação."

"E o sr. Milton?"

"Sem problemas. Ele gosta muito de você. Eu me diverti muito, principalmente depois, quer você se lembre ou não. Acho que você devia ficar bêbado com mais frequência", acrescentou.

Kevin ficou pensando. Não conseguir se lembrar de ter feito amor?

"Me saí bem?"

"Tudo que posso dizer é que você me tocou onde eu nunca tinha sido tocada. Era como se você..."

"O quê?" Ele notou que ela ficou vermelha com seus pensamentos. "Vai, me conta."

"Era como se você estivesse crescendo sem parar dentro de mim, até que fiquei plena de você. Se a gente não tiver feito um bebê esta noite, não sei quando faremos." Miriam se inclinou e deu um beijo suave nos lábios dele. "Me desculpa por ter ficado um pouco agressiva", sussurrou. O cobertor caiu de seus seios.

"Agressiva?"

"E por ter enfiado minhas unhas com força em você. Sei que te arranhei, mas é o preço que se paga por ficar tão excitado." Ela o beijou de novo, enfiando a língua em sua boca, quase o fazendo engasgar. "Nunca vou me esquecer desta noite", sussurrou, depois do beijo. "Mesmo que você já tenha esquecido."

"Olha... Nunca bebi tanto a ponto de esquecer onde estava e o que fiz, muito menos de esquecer que fiz amor. Foi mal. Prometo que vou te recompensar."

"É melhor mesmo", sussurrou Miriam, deitando-se logo em seguida. Ela sorria, e algumas imagens do que Kevin recordava do sonho ressurgiram em sua mente. Ele sacudiu a cabeça, tentando afastá-las.

"Qual é o problema?"

"Nada. Só estou um pouco tonto. Acho melhor jogar um pouco de água fria no rosto. Nossa, que noite." Kevin escorregou da cama e foi até o banheiro. Quando se olhou no espelho, viu que seus olhos estavam raiados de sangue.

Ele jogou um pouco de água fria no rosto e depois foi fazer xixi. Antes de sair do banheiro, virou-se e contemplou suas nádegas nuas no espelho. Não havia nenhuma marca nelas.

Me arranhou? Ele deu de ombros. *Ela deve ter ficado tão excitada que achou que estava me arranhando. Nossa, graças a Deus que o que vi foi só um pesadelo. Uma pena eu não ter aproveitado o sexo. Pelo que ela falou,* pensou, *devo ter sido fantástico.*

Kevin riu sozinho e voltou para a cama. Miriam o abraçou, e eles fizeram amor, mas quando acabou ela parecia desapontada.

"O que houve? Não me saí tão bem quanto antes?"

"Você deve estar cansado", disse ela. "Foi bom", acrescentou, quando viu que Kevin estava decepcionado, "mas não foi como antes. A gente ainda vai repetir aquilo, não tenho dúvida."

"Bem, não vou voltar a ficar bêbado daquele jeito. Pode apostar."

Ela o fitou de maneira suspeita. "Quando você saiu da festa e foi para aquele quarto?"

"Quando você estava tocando piano. Estava tocando tão bem. Nunca tinha visto você tocar daquele jeito, Miriam. E aquela música. Quando você aprendeu a tocá-la?"

"Não era uma música nova, Kevin. Volta e meia eu toco."

"Não brinca? Curioso, também não consigo me lembrar disso", disse ele, balançando a cabeça.

"Acho que o champanhe apagou um pouco sua memória", disse Miriam, com sarcasmo.

"Me desculpa. Eu só... acho que só preciso dormir um pouco."

"Boa ideia, Kev." Ela se virou para o outro lado.

Kevin se deitou e ficou pensando no que acontecera. Como era possível que algo tão dramático e envolvente quanto fazer amor de forma apaixonada não pudesse ser lembrado? Aquilo não fazia sentido.

Meu pesadelo também não fazia, pensou. Naquele momento, uma experiência parecia ter anulado a outra. Kevin fechou os olhos e, minutos depois, adormeceu.

De manhã, Ted e Dave ligaram para saber como ele estava. Paul chegou a visitá-lo.

"Algo me diz que preciso agradecer a vocês", disse Kevin, "mas não consigo me lembrar de porra nenhuma."

"Bem, você estava mais dormindo do que acordado quando a gente desceu com você... ou melhor, quando a gente carregou você." Ele deu uma piscadela para Miriam. "Você esteve incrível no piano, Miriam."

"Obrigada", disse ela, e lançou a Kevin um olhar de autossatisfação que o fez erguer as sobrancelhas.

O resto do fim de semana acabou sendo excelente. Dave e Ted, Norma e Jean, e ele e Miriam foram a uma matinê da Broadway no sábado. Haviam conseguido ingressos incrivelmente disputados na primeira fileira, graças a um contato do sr. Milton no teatro. Paul se desculpou por não os acompanhar, dizendo que desejava levar Helen ao médico. Disse que tentaria reencontrá-los para jantar depois, mas não apareceu. Acabou ligando mais tarde, dizendo que Helen não estava em condições de sair de casa e que não quis deixá-la sozinha.

No domingo, todos foram assistir a uma partida de futebol americano no apartamento do sr. Milton. Paul se juntou a eles, mas Helen ficou em casa, descansando. Ele disse que ela havia começado a usar um medicamento novo e mais forte.

"Tive que contratar uma enfermeira pra ficar com ela", contou. "Pra minha sorte, a enfermeira que trabalhava para Richard Jaffee estava disponível, a sra. Longchamp, por isso, se vocês esbarrarem com ela por aí, não estranhem. Caso Helen não melhore", disse, "vou precisar interná-la num sanatório."

"Você fará o que for melhor pra ela, Paul", disse o sr. Milton, chamando-o à parte para conversar. Norma e Jean apareceram com pipoca amanteigada, que haviam feito na cozinha do sr. Milton, e todos voltaram a atenção para o jogo.

A semana seguinte no escritório foi muito agitada. O caso do Paul foi a julgamento, e Dave e Ted captaram novos clientes. Dave passou a defender o filho de um médico, que supostamente andava furtando drogas do pai para vendê-las na faculdade. Ted assumiu um caso rotineiro de invasão de domicílio; o bandido era alguém que ele já havia defendido e inocentado num momento anterior. Ted disse que sua maior esperança era conseguir um acordo e, é claro, antes do fim da semana já havia negociado a redução da pena de seu cliente a um quarto do período estipulado, caso houvesse julgamento.

O caso de Paul também saiu como previsto. A decisão do promotor de provar que Philip Galan era culpado do assassinato de seu irmão mais novo se revelou um erro estratégico. Apesar da falta de remorso de Philip, Paul conseguiu que psiquiatras de renome testemunhassem que o garoto tinha um histórico de comportamentos impulsivos e era um jovem emocionalmente perturbado. Bem como queria, Paul conseguiu demonstrar que os pais eram os maiores culpados pelo crime. O julgamento terminou com Philip sendo enviado a uma clínica psiquiátrica.

Na quinta-feira, Kevin se encontrou com Beverly Morgan, a enfermeira de Maxine Rothberg. Ela havia deixado o hotel depois da morte de Maxine e estava morando com uma de suas irmãs em Middletown, Nova York, uma cidade pequena a cerca de uma hora e meia de Manhattan. Kevin tomou providências para que Charon o levasse até lá.

A irmã de Beverly Morgan era dona de uma casa no estilo de Cape Cod, que ficava numa rua lateral. Era um bairro de baixa renda; a rua era estreita, as casas eram velhas e decadentes, as varandas da frente estavam caindo aos pedaços, as calçadas eram esburacadas e irregulares. Havia nevado com muito mais frequência e intensidade no interior do estado de Nova York, de modo que a estreita rua estava atolada de lama e neve suja e derretida da última nevasca. Kevin achou o lugar deprimente, tudo cinza, velho e degradado.

Beverly Morgan estava sozinha em casa. A atarracada mulher negra de cinquenta e oito anos tinha cabelos pretos ressecados com fios brancos dispersos pelo centro da cabeça. Seu cabelo havia sido cortado de maneira irregular, provavelmente obra de sua irmã, pensou Kevin, ou de algum cabeleireiro amador.

Beverly lançou um olhar apreensivo e desconfiado com seus grandes olhos pretos. Ela vestia um suéter verde-abacate por cima de um macacão verde-claro que parecia um uniforme de enfermagem desbotado. Antes de cumprimentá-lo, olhou de relance para a limusine. Charon a observava de trás da porta do motorista.

"Você é o advogado?", perguntou, ainda olhando na direção de Charon.

"Sim, senhora. Kevin Taylor."

Ela assentiu e abriu espaço para ele entrar, parando para dar mais uma olhada em Charon antes de fechar a porta. A entrada apertada estava coberta por um tapete manchado e desbotado. Havia um porta-chapéus de madeira à direita e um espelho alto e retangular, com moldura de madeira, pendurado na parede ao lado.

"Pode pendurar o casaco ali", disse Beverly, indicando o cabideiro.

"Obrigado." Kevin se livrou do sobretudo de camurça e o pendurou apressadamente. Um aroma delicioso tomava conta da casa, era o cheiro de frango frito. Ele ficou com água na boca. "Estou sentindo um cheiro gostoso."

"Hum", disse Beverly, virando-se para conduzi-lo até a sala de estar, um pequeno ambiente superaquecido por um aquecedor a lenha. Kevin afrouxou a gravata e olhou em torno. Os móveis eram de lojas de departamento baratas, o estofado do sofá e as almofadas estavam gastos. A única peça de destaque era um relógio de pêndulo antigo, que mostrava a hora certa.

"Belo relógio", observou.

"Era de meu pai. Não me desfaço dele por nada. Sente-se. Quer um pouco de chá?"

"Não, obrigado."

"Bem, vamos direto ao assunto. Conheço os advogados", disse Beverly, sentando-se numa poltrona marrom-clara, em frente ao sofá, que parecia envolvê-la perfeitamente. Ela cruzou as pernas e franziu o cenho.

"Bem, este é um caso muito importante."

"Como todo caso de gente rica."

Kevin esboçou um sorriso. Ele viu uma garrafa de bourbon na parte de baixo da estante, com um copo de uísque ao lado. Havia um resto da bebida no copo. Ele abriu a maleta e extraiu um longo bloco de notas. Em seguida, recostou-se.

"O que a senhora pode me dizer sobre a forma como a sra. Rothberg morreu?"

"O mesmo que contei ao promotor", começou Beverly, com uma rapidez mecânica. "Entrei no quarto e vi a mulher estatelada na cama. Primeiro, achei que fosse um ataque cardíaco. Liguei na mesma hora pro médico, tentei ressuscitá-la e liguei pro hotel pra chamarem o sr. Rothberg."

"Quando foi a última vez que a senhora a viu com consciência?"

"Logo depois do jantar. Fiquei um tempo com ela, depois ela falou que estava cansada, mas que queria que eu deixasse a televisão ligada. Aí fui ver televisão no meu quarto. Quando voltei, ela estava morta."

"E nesse dia a senhora tinha aplicado nela uma dose normal de insulina?"

"Uh-hum."

"A senhora tem certeza de que aplicou a dose correta?"

"Sim, senhor", disse Beverly, com firmeza.

"Está bem." Kevin fingiu tomar notas. O que escreveu foi: "Parece estar na defensiva", embora soubesse que qualquer um naquela situação tinha o direito de estar.

"Deixe-me ir direto ao ponto, Beverly. Posso chamar a senhora de Beverly?"

"É o meu nome."

"Sim. Vamos pro âmago da questão, assim não desperdiço o tempo da senhora." Beverly assentiu, apertando os olhos com desconfiança. "A senhora sabe de alguma coisa que possa incriminar o sr. Rothberg? Chegou a vê-lo entrar no quarto da esposa depois que você saiu, por exemplo?"

"Não. Fui direto pro meu quarto. Já falei isso."

"Uh-hum. A senhora sabe da caixa de insulina que foi encontrada no quarto do sr. Rothberg. Saberia explicar por que ela estava lá?"

Beverly balançou a cabeça.

"Beverly, você com certeza sabe que o sr. Rothberg estava saindo com outra pessoa."

"Claro que sei."

"A sra. Rothberg também sabia?"

"Uh-hum."

"Vocês nunca conversaram sobre isso?"

"Não. Ela sempre foi uma mulher de classe, até o fim."

"Então como você sabe que ela sabia?", perguntou Kevin, rapidamente, assumindo voz e postura de interrogatório.

"Não tinha como não saber. Ela recebia visitas."

"Então a senhora ouviu alguém contar pra ela, alguém conversar com ela sobre o assunto?"

Beverly hesitou.

"Não que a senhora estivesse espiando, mas quem sabe quando estava trabalhando por perto..."

"Sim, eu escutava algumas conversas de vez em quando."

"Entendi. A senhora, por acaso, claro, chegou a escutar alguma conversa entre o sr. e a sra. Rothberg em relação ao assunto?"

"Você quer saber se eles brigaram por causa disso? Não que eu tenha escutado, mas, olha, várias vezes entrei no quarto dela depois de ele ter saído e achei que ela parecia chateada."

"Uh-hum." Kevin se sentou um pouco e ficou olhando para ela. "A senhora diria, então, que a sra. Rothberg estava bastante deprimida?"

"Olha, ela não tinha muito motivo pra ser feliz, não. Era uma inválida, e o marido vivia trepando por aí. Só que, ainda assim, ela conseguia passar a maior parte do tempo de bom humor. Era uma mulher impressionante. Eu a achava uma verdadeira dama, entende?", enfatizou.

"Sim, entendo." Kevin se recostou, assumindo uma postura confortável. "A senhora também passou por maus bocados, não é mesmo, Beverly?", perguntou, no tom mais simpático possível.

"Maus bocados?"

"Na sua própria vida, com a sua família."

"Sim, passei."

Kevin desviou o olhar para a garrafa de bourbon, sem disfarçar. "A senhora costuma beber, Beverly?" Ela se empertigou. "Mesmo no hotel?"

"Bebo um pouco de vez em quando, sim. É bom pra enfrentar o dia."

"Mais do que de vez em quando, talvez? As pessoas também sabem disso, Beverly", disse Kevin, rapidamente, inclinando-se para a frente.

"Nunca cheguei a ponto de não conseguir fazer o meu trabalho, sr. Taylor."

"Como enfermeira, a senhora sabe que as pessoas que têm o hábito de beber não admitem quanto bebem ou como a bebida as afeta."

"Eu não sou nenhuma alcóolatra. E nem vai servir de nada o senhor insinuar que eu sou e que matei a sra. Rothberg por acidente."

"Eu li os relatórios do médico do sr. e da sra. Rothberg. Ele era muito crítico à senhora, Beverly."

"Aquele homem nunca gostou de mim. Ele era o médico do sr. Rothberg", acrescentou ela. "Não era o médico que cuidou da mãe da sra. Rothberg."

"A senhora era responsável pela insulina da sra. Rothberg, mas a senhora bebia, e o médico sabia e não gostava nem um pouco disso", disse Kevin, ignorando as insinuações de Beverly.

"Eu não matei a sra. Rothberg por acidente."

"Entendo. O sr. Rothberg me disse que ele e a esposa de fato brigaram sobre a traição, e que ela ameaçou cometer suicídio e fazer parecer que ele é quem a teria matado. Ele acha que foi por isso que a insulina foi colocada no armário dele. Há fortes indícios de que a dose fatal tenha vindo daquela caixa. A senhora conseguiria encontrar na sua memória alguma recordação possível de como a insulina foi parar no armário do sr. Rothberg?"

Beverly o encarou.

"A senhora colocou a insulina lá?"

"Não."

"Acharam suas impressões digitais nela."

"E daí? Minhas impressões digitais estão em todas as coisas do quarto da sra. Rothberg. Olha, por que diabos ia colocar aquilo lá?", perguntou Beverly, erguendo o tom de voz.

"Talvez a sra. Rothberg tenha pedido pra senhora fazer isso."

"Ela não pediu, nem eu fiz nada disso."

"Viu a sra. Rothberg indo de cadeira de rodas até o quarto do sr. Rothberg?"

"Quando?"

"Alguma vez?"

"Talvez... acho que sim."

"Com a caixa de insulina no colo, talvez?"

"Não, nunca. E se ela fez isso, por que as digitais dela não estão na caixa?"

"Ela pode ter usado luvas."

"Ora essa, quanta besteira. E o sr. Rothberg não podia usar luvas também, não?"

Kevin sorriu para si mesmo. Beverly não era burra. Ela bebia e podia até ter sido menos eficiente do que o médico gostaria, pensou, mas não era estúpida. Ele decidiu tentar uma nova estratégia.

"A senhora gostava da sra. Rothberg, não gostava, Beverly?"

"É claro. Não falei que ela era uma verdadeira mulher de classe?"

"E a senhora não gostava do que o sr. Rothberg andava fazendo, não é? Sair com outra mulher enquanto a esposa devota estava doente?"

"Ele é um homem egoísta. Mal visitava ela. E ela sempre me pedia pra ligar ou pra chamar ele."

"Então a senhora talvez entendesse por que ela queria culpá-lo pela própria morte."

"Ela não se mataria. Não consigo acreditar nisso."

"A senhora sempre sentiu pena dela... A senhora bebeu um copo ou outro de antemão, ela pediu pra senhora colocar a insulina no quarto dele..."

"Não. Veja bem, não gosto do que o senhor está insinuando, sr. Taylor, e sinto que não devo continuar falando com o senhor." Beverly cruzou os braços e o encarou.

"Está bem, vou guardar minhas outras perguntas pro tribunal, onde você vai ter que responder sob juramento", disse Kevin. Ele se ressentia de ter que pegar pesado com ela, porém achava que era o único jeito de ela abrir o jogo. Mas e se não houvesse nada a ser revelado?, perguntou a si mesmo. Acabou não se apegando muito à questão. Então guardou o bloco de notas na maleta.

"Se a senhora tiver feito isso e tudo vier à tona no tribunal, será considerada cúmplice de um crime, de um crime bem sério."

"Eu não fiz nada."

"Mas, claro", disse Kevin, ficando de pé, "se a senhora agiu sem saber das intenções dela, ninguém pode culpá-la por isso."

"Eu não coloquei nenhuma insulina no quarto do sr. Rothberg", repetiu ela.

Kevin assentiu. "Está bem. Ainda preciso falar com outras pessoas e checar outros fatos." Ele se pôs a partir. Beverly se levantou, acompanhou-o até a porta e o observou vestir o sobretudo. Ele olhou de volta para ela.

Lá estava Beverly, uma mulher negra prestes a chegar ao outono de sua existência. Tinha pouco do que se lembrar com felicidade. Havia assumido uma profissão e tentado criar os filhos sem um marido. Quase tudo resultara em desastre. Ela bebia, mas seguia firme no trabalho. E agora tudo havia acabado, e acabado de maneira terrível. Certamente olhava para o mundo com olhos amargurados e, a cada dia que passava, via menos a luz do sol. Era como se tivesse nascido num dia ensolarado e gradualmente o mundo tivesse se fechado sobre ela, até que lhe restasse apenas um túnel por onde olhar. Kevin se arrependeu do tom severo que adotara. Rothberg com certeza não valia isso.

"Devo dizer, isso que a senhora está cozinhando está com um cheiro gostoso."

O semblante de Beverly não se descontraiu. Ela olhava para Kevin com receio, os olhos cheios de desconfiança. Não tinha como culpá-la por isso. Ultimamente, tudo que ele dizia ou fazia era planejado com um propósito. Por que ela deveria achar que estava sendo sincero? Apesar disso, o seu estômago ardia de cobiça.

"Até mais e obrigado", disse Kevin, abrindo a porta. Beverly foi até a entrada e ficou parada, absorta, enquanto ele descia o pequeno caminho em direção à limusine. Charon abriu a porta para ele, e depois se virou e a fitou. Kevin viu a expressão de Beverly mudar, passando de raiva e desconfiança para terror e medo. Ela fechou a porta de casa com rapidez, e instantes depois ele estava no caminho de volta.

Assim que obteve sinal telefônico, Kevin ligou para o escritório para ver se havia alguma mensagem. Tinha se dado conta de que todas as secretárias iriam embora antes de ele chegar.

"O senhor tem um compromisso com Tracey Casewell, o 'amigo' do sr. Rothberg, amanhã às duas", avisou-lhe Wendy. "No mais, as coisas estão devagar."

"Ok, vou direto pra casa então."

"Ah, sr. Taylor, o sr. Milton deseja falar com o senhor. Só um momento."

Kevin estava torcendo para não precisar falar com John Milton até o dia seguinte. Sentia-se entristecido pela conversa com Beverly Morgan e não conseguia deixar de achar que decepcionara o sr. Milton. Não era uma reação racional. Não havia motivo para se culpar, mas alguma coisa sobre trabalhar com o sr. Milton o fazia querer ser bem-sucedido.

"Kevin?"

"Sim, senhor."

"Como foi?"

"Não foi nada bem", disse. Embora soubesse que Charon não conseguia ouvir a conversa, Kevin o viu olhar pelo retrovisor ao ouvir essas palavras.

"Ah é?"

"Beverly não gosta do Rothberg, ela fala que ele é autocentrado e não sabe dizer como a insulina foi parar no armário dele. Perguntei se ela por acaso tinha entreouvido uma discussão entre ele e a esposa, da forma como Rothberg descreveu, mas ela disse que não. Foi um não categórico."

"Entendo. Bem, não desanime. Nos falaremos amanhã e veremos o que podemos fazer. Aproveite para descansar. Tire isso da cabeça. Aproveite sua incrível esposa."

"Obrigado. E me desculpe."

"Não precisa pedir desculpas, Kevin. Vai dar tudo certo. Tenho certeza."

"Certo. Até mais."

Kevin apertou o botão de comunicação interna do telefone e pediu que Charon o levasse direto para casa. O motorista acatou a ordem com um aceno quase imperceptível. Kevin se lembrou de como Miriam havia achado engraçado o fato de Charon quase sorrir quando lhe perguntou sobre a chave dourada do elevador. Kevin compreendia a reação dela. O homem praticamente não abria a boca. Nunca fazia perguntas e, sempre que lhe diziam o destino das viagens, parecia já saber de antemão. O vidro entre o banco da frente e o de trás estava sempre levantado. Se fosse necessário lhe dirigir a palavra, isso acontecia através do interfone.

Kevin não parava de pensar na vida de Charon. De onde era? Onde morava? Havia quanto tempo trabalhava como chofer de John Milton? Estava convencido de que Charon não tinha passado a vida inteira trabalhando como motorista. O homem tinha um rosto interessante. Devia ter viajado bastante e ter feito coisas interessantes. Por que nenhum dos outros associados falava dele? Na maior parte do tempo, agiam como se ele sequer existisse. Era só "Charon, vamos para tal lugar", ou "Charon, agora vamos para outro". Nem mesmo jogavam conversa fora. Será que ele tinha família? Era casado?

Dessa vez, quando pararam na frente do prédio e Charon abriu a porta, Kevin saiu bem devagar do veículo.

"Então, Charon", disse, "seu dia também está perto do fim, né?"

"Sim, senhor."

"Você ainda precisa voltar e ficar esperando, pra depois trazer o sr. Milton pra casa, não é mesmo?"

"Não tem problema."

"Ah. Você também mora na cidade?"

"Eu moro aqui, sr. Taylor", disse ele.

"Jura? Num desses apartamentos?"

"Sim. Num apartamento próximo à garagem."

"Nunca soube disso. Você é casado, Charon?"

"Não, senhor."

"Bem, mas tenho certeza de que você não é de Nova York. Você é de onde? Tem uma voz tão boa e sonora que é difícil identificar algum sotaque nela."

"Sou daqui, sr. Taylor."

"Você é nova-iorquino?" Kevin sorriu, mas Charon não se permitiu descontrair nem sorriu de volta.

"Posso ajudar com mais alguma coisa, sr. Taylor?"

O homem não demonstra nenhuma emoção. Parece um ciborgue, pensou Kevin.

"Ah não, Charon. Tenha uma boa noite."

"O senhor também, sr. Taylor."

Kevin o aguardou entrar na limusine e dar a partida. Em seguida, entrou no prédio.

"Teve um bom dia, sr. Taylor?", perguntou Philip, levantando os olhos da pequena televisão que ficava debaixo do balcão. Depois, ficou de pé e deu a volta na mesa.

"Hoje foi difícil, Philip. Ainda vou descobrir se foi ou não um dia bom."

"Sei o que isso significa, senhor." Philip apertou o botão do elevador para Kevin.

"Você trabalha aqui há muito tempo, Philip?"

"Cheguei assim que o sr. Milton comprou o prédio, sr. Taylor."

"Acabei de descobrir que Charon mora num apartamento lá embaixo. Nunca soube disso. Ele não é de falar muito", disse Kevin em voz baixa, e sorriu.

"Não, senhor, mas Charon tem devoção pelo sr. Milton. Ele deve a vida ao homem, pode-se dizer."

"Ah é?" A porta do elevador se abriu. "Por que motivo?"

"O sr. Milton o defendeu num caso, e ele foi absolvido."

"Sério? Não sabia disso. De que ele tinha sido acusado?"

"De assassinar a própria família, sr. Taylor. Claro, ele estava tão acabado por causa da morte dos entes queridos que não se preocupava muito consigo mesmo, mas o sr. Milton deu uma injeção de vida nele."

"Entendo."

"Ousaria dizer que ele fez o mesmo por mim."

"Oh?"

"Fui acusado de ser traficante de drogas. Tentaram armar uma cilada pra mim. O sr. Milton me libertou depois de provar que era uma armação. Sim, o senhor está trabalhando pra um grande homem", disse Philip. "Tenha uma boa noite, sr. Taylor."

"Você também, Philip", disse Kevin ao entrar no elevador. Philip sorria quando as portas se fecharam.

Kevin estava tão imerso em pensamentos quando entrou no apartamento que não percebeu que Miriam não estava em casa. Ele guardou a maleta, pendurou o sobretudo, foi até a sala e preparou um copo de uísque com soda.

"Miriam?"

Pôs-se a procurá-la. Não havia bilhete. Ela já deveria ter chegado em casa havia muito tempo, pensou. Então retornou à sala e ficou esperando. Quase vinte minutos haviam se passado quando a porta da frente se abriu e Miriam entrou em casa, metida no roupão de banho azul dele, com uma toalha em volta do pescoço.

"Onde diabos você estava?"

"Ah, Kev. Achei que você só fosse chegar em casa daqui a uma hora pelo menos."

"Cancelaram um depoimento, senão teria levado mais ou menos isso. Mas aonde você foi vestida desse jeito?"

"Pra cobertura... pra hidromassagem", entoou Miriam, atravessando o corredor em direção ao quarto.

"O quê?" Kevin foi atrás, com o copo na mão. "Você foi pra casa do sr. Milton e usou a hidromassagem dele?"

"Não foi a primeira vez, Kev", disse ela, tirando o roupão e deixando-o cair a seus pés. Estava completamente nua por baixo, a pele ainda vermelha por causa da água quente. Ela deu meia-volta e ficou se olhando no espelho. Em seguida, puxou os ombros para trás, a fim de empinar os seios. "Você acha que as aulas de ginástica estão dando resultado? A parte de trás da minha coxa parece mais em forma?"

"Como assim não foi a primeira vez que você foi lá em cima, Miriam? Você nunca me falou sobre isso."

"Nunca?" Ela se virou para ele. "Já falei sim." Ela sorriu. "Anteontem de manhã, mas pelo visto você estava muito impressionado consigo mesmo pra lembrar." Ela se preparou para entrar no banho.

"O quê? Espera um pouco." Kevin se aproximou e a segurou pelo braço. Não chegou a ser bruto, mas Miriam soltou um grito como se ele tivesse fechado uma prensa em seu braço. "Me desculpa."

"Qual é o seu problema?", perguntou ela, com lágrimas nos olhos, enquanto esfregava o braço. "Agora com certeza vou ficar com outro roxo."

"Não apertei tão forte assim, Miriam."

"Bem, não sou um dos seus amigos, Kevin. Como você consegue ser tão romântico e carinhoso às vezes e depois agir assim? Você é o quê, o Médico e o Monstro?" Ela entrou no banheiro, e ele foi atrás.

"Miriam, o que você quer dizer com anteontem de manhã?"

"Anteontem de manhã significa dois dias atrás, Kevin", respondeu ela, ligando o chuveiro.

"Eu sei disso. Pare de ser arrogante. Você não é assim. Você disse que me falou da sua ida à cobertura."

"Todos nós temos chaves de ouro, e o sr. Milton disse que a gente pode usá-las quando quiser. Aproveitem a cobertura, foi o que ele falou. Usem as hidromassagens, usem o aparelho de som. A gente vai lá com frequência."

"A gente quem?"

"Eu, Norma e Jean. Agora já posso tomar uma ducha pra depois preparar o jantar? Também estou com fome, tá?"

"Mas eu não estou com fome. Estou confuso. Você tinha dado a entender que nós fizemos amor anteontem de manhã."

Ela o encarou e depois balançou a cabeça. Em seguida, entrou debaixo do chuveiro, e ele a seguiu.

"Miriam?" Kevin abriu a porta do boxe.

"O quê?"

"A gente fez ou não fez?"

"Fez o quê?"

"Amor?"

"Não sabia que você fazia amor com tanta frequência a ponto de esquecer com quem e quando fez", disparou ela, fechando a porta do boxe de novo. Ele ficou parado, olhando-a através do vidro. Então olhou para o copo de uísque na mão e bebeu de um só gole.

Que diabos ela estava falando?

Francamente, que diabos ela estava falando?

11

Miriam realmente ficou com um roxo no braço, um roxo grande e vívido que fez Kevin se sentir culpado. Ele havia retornado à sala para preparar outro drinque, para se sentar e pensar, quando a escutou na cozinha. Miriam estava usando de novo seu roupão, e ao se esticar para pegar um prato num armário, a manga desceu, e Kevin viu o machucado.

"Caramba, não sabia que tinha te apertado com tanta força, Miriam."

"Bem, parece que sim, né", respondeu ela, sem olhar para ele, começando a pôr a mesa.

"Talvez você esteja com falta de vitamina c ou coisa do tipo. Aí sua pele fica menos resistente."

Ela não respondeu.

"Perdão, Miriam. Foi mal mesmo."

"Está tudo bem." Ela fez uma pausa e olhou para ele. "Esqueci de perguntar, como foi seu dia?"

Kevin não respondeu imediatamente. Desde que começara a trabalhar no John Milton e Associados, Miriam o recebia em casa com aquela pergunta, e então, antes que ele pudesse terminar de responder, ela o cortava e lhe dizia que não precisava ficar relembrando cada mínimo detalhe. Porém, em Blithedale, ela adorava ouvi-lo falar do trabalho. Agora parecia ter adotado de corpo e alma a postura de Norma e Jean em relação ao assunto, e Kevin não gostava nem um pouco disso. Era como se não interagissem mais, como se estivessem seguindo dois caminhos diferentes, encontrando-se tão somente para os pequenos prazeres da vida.

"Você realmente quer saber? Posso contar sem que você mude logo de assunto?"

"Kevin, só estou tentando..."

"Eu sei, tentando me fazer relaxar. Mas você não é uma gueixa nem nada do tipo, Miriam. Você é minha esposa. Quero poder compartilhar tanto as minhas frustrações como os meus sucessos com você. Quero que você faça parte do que eu faço e do que sou, assim como quero fazer parte do que você faz e do que você é."

"Não quero ficar sabendo de coisas desagradáveis, Kevin", disse ela, com firmeza. "Não quero mesmo. O sr. Milton tem razão. Você precisa tirar os sapatos antes de entrar em casa e deixar a sujeira do lado de fora. O lar deve ser o paraíso particular do homem."

"Ai, meu Deus!"

"Bem, tem funcionado pra Norma e pra Jean. Olha como elas são felizes e como o casamento delas é maravilhoso. Você não quer o mesmo pra gente? Não foi por isso que você me trouxe pra cá — pra ter uma vida melhor e mais feliz?"

"Está bem, Miriam, está bem. É só que às vezes também gosto de poder ser franco com você, de poder contar com seu apoio, de saber sua opinião sobre várias coisas."

"Que nem aconteceu no caso da Lois Wilson?", disparou ela.

Kevin a encarou por um momento. "Agi errado naquela época. Admito. Devia ter levado sua opinião em consideração e ter me dedicado mais ao expor meu ponto de vista em vez de ser cabeça-dura, mas..."

"Deixa pra lá, Kevin. Por favor. Você está indo bem. Todo mundo gosta de você. Você tem um caso importante nas mãos. A gente está ganhando muito dinheiro, nossa vida está confortável. Fizemos bons novos amigos. Não quero ficar deprimida por causa do azar de alguém ou dos crimes horrendos que acontecem todo dia lá fora." Ela franziu o cenho.

"Agora", prosseguiu, sorrindo tão apressada e mecanicamente que parecia ter virado um robô. "Comprei esse frango à Kiev preparado pelo chef do Russian Tea Room. Tem uma loja na Sexta Avenida que vende na seção de congelados. Foi Norma quem descobriu. Vou colocar no micro-ondas e já vai ficar pronto", entoou. "Pode se preparar pra jantar." Kevin comprimiu os lábios e assentiu. "Tá", disse em voz baixa. "Tá bom."

Ele fez o que ela pediu, mas não conseguia deixar de se sentir frustrado, embora a comida estivesse deliciosa e o vinho, muito saboroso. Miriam não parava de falar de seu dia, das compras, das aulas de ginástica, de coisas que Norma e Jean haviam dito, dos rumores sobre Helen Scholefield estar piorando, da cobertura incrível do sr. Milton. Ela tagarelava sem parar, frustrando qualquer tentativa dele de entrar em detalhes do caso.

Talvez porque estivesse frustrado e confuso, ou porque estivesse mais cansado do que imaginava, independentemente do motivo, o uísque e o vinho o atingiram em cheio, e Kevin dormiu vendo televisão no sofá da sala. Despertou de súbito quando Miriam desligou o aparelho.

"Estou cansada, Kev."

"Ahn? Ah, claro." Kevin se pôs de pé e a acompanhou até o quarto. Instantes depois de se juntar a ela na cama, adormeceu e novamente foi assombrado por um sonho erótico. No sonho, acordava na cama e virava a cabeça devagar ao sentir um movimento ao seu lado.

Miriam estava em cima de um homem, que estava de pernas dobradas para facilitar o encaixe. O homem a segurava um pouco acima dos joelhos. Os seios dela balançavam freneticamente à medida que ela se movimentava com um vigor quase cômico de tão intenso. Ela gemia e jogava a cabeça para trás. Depois se lançava para a frente, a fim de que o homem a alcançasse, apalpasse seus seios e acariciasse seus mamilos, apertando-os delicadamente com a ponta dos dedos.

Kevin não conseguia se mexer. A visão o excitava, mas ele era incapaz de se virar ou de se levantar da cama. Todos seus esforços eram em vão. Era como se estivesse colado aos lençóis, com os braços presos na cama.

Eles não paravam, e Miriam atingia clímax atrás de clímax, gemendo de prazer, gritando em êxtase e, finalmente, desabando em cima do homem nu sob seu corpo para recuperar o fôlego. As mãos do homem deslizaram pelos ombros de Miriam, e Kevin pôde ver seus dedos. No dedo mínimo, havia um anel de ouro com a letra "K". Kevin lutava para virar a cabeça, até que por fim conseguiu e pôde olhar direto nos olhos do amante de Miriam.

De novo, estava olhando para os seus próprios olhos, só que dessa vez seu rosto duplicado sorria com arrogância. Kevin fechou os olhos e desejou com todas as forças que o sonho terminasse. Isso finalmente aconteceu, e ele caiu num sono inquieto. Ao despertar de manhã e se virar para Miriam, ela estava deitada de bruços, descoberta e completamente nua, do jeito que havia se deitado sobre seu duplo no sonho.

Kevin ficou olhando para a esposa, até que ela também despertou.

"Bom dia", disse Miriam, abrindo um sorriso. Ele não disse nada. Depois, ela virou para cima e esfregou os olhos. "Dormi tão bem depois", disse, virando-se para ele e o beijando no rosto.

Kevin quis perguntar: "Depois?". Mas se segurou.

Miriam se sentou e soltou um gemido.

"O que houve?"

"Você é um animal", disse ela.

"O quê?"

"Olha."

Ele se sentou ao lado dela e olhou para suas pernas. Logo acima dos joelhos havia dois roxos, deixados por dedos excessivamente fortes.

"E não vem com essa história de falta de vitamina c, Kevin Taylor. Seu demônio."

Kevin não disse nada. Apenas olhava, incrédulo. Miriam se levantou e foi ao banheiro, e ele se deixou cair no travesseiro, sentindo-se tão exausto quanto estaria se tivesse passado a noite fazendo amor com paixão. Mas por que tudo parecia um pesadelo? Por que observava tudo de fora de seu próprio corpo? Aquilo era uma espécie de experiência paranormal? Se a coisa continuasse, teria de falar com alguém, talvez com um psiquiatra.

Kevin se levantou, tomou banho, vestiu-se e tomou o café da manhã, ouvindo Miriam descrever as atividades previstas para o dia. Não se lembrava de já tê-la visto tão imersa em si mesma. Como todo mundo, Miriam tinha sua porção de vaidade, mas sempre fora modesta, sempre cuidadosa para não deixar a conversa girar apenas em torno de si.

Porém, quando saiu do apartamento naquela manhã, Kevin percebeu que sua esposa não havia mencionado uma coisa sequer que não tivesse a ver consigo mesma, com a maneira como iria ampliar seus conhecimentos de arte, engrossar as coxas na aula de ginástica ou comprar uma roupa nova. Ele poderia muito bem ter sido substituído por um espelho na mesa do café da manhã.

Naquela tarde, ele colheu o depoimento de Tracey Casewell. Rothberg a enviara à cidade para ir a seu escritório. Tracey não era uma mulher particularmente bonita, mas tinha um corpo atraente e apenas vinte e quatro anos de idade. Trabalhava no hotel havia menos de três anos. Ela confirmou a história de Rothberg e descreveu como ele fora direto até ela depois da briga com a esposa, para contar os detalhes. Sua versão da história era precisa demais para não parecer ensaiada, pensou Kevin, e, de todo modo, o promotor conseguiria facilmente convencer o júri de que ela fazia parte da conspiração de um assassinato.

Kevin a interrogou da maneira mais rápida e direta possível, assumindo o papel do promotor e tentando demonstrar que ela estava mentindo para proteger o amante. Ele a flagrou em duas pequenas contradições, uma delas relativa à hora em que Rothberg supostamente lhe havia contado da briga. Ela imediatamente se corrigiu quando ele apontou a incoerência.

Tracey parecia cheia de remorsos sinceros pela situação e confessou sentir-se desconfortável por ter tido um caso com Rothberg enquanto sua esposa estava inválida. Ela conhecera Maxine Rothberg antes do caso com Stanley, e até gostava dela. Se ele conseguisse fazer com que o júri acreditasse nessa parte do depoimento, ela poderia ajudar, pensou Kevin, mas sem se sentir muito confiante.

Na verdade, à medida que a data do julgamento se aproximava, Kevin se sentia cada vez mais pessimista. Ele sempre sorria para os fotógrafos e prometia provar a inocência de Rothberg acima de qualquer suspeita, mas, em seu íntimo, achava que o melhor que poderia fazer era confundir os jurados, de modo a evitar que chegassem a uma certeza e julgassem o réu culpado. Rothberg sempre seria suspeito de matar a esposa aos olhos do público, só que pelo menos ele ganharia o caso.

Embora estivesse surpreso com o desinteresse de Miriam perante o andamento do caso, Kevin aos poucos se convenceu de que seria melhor seguir o conselho do sr. Milton. Os associados já falavam sem parar de seus casos na limusine, na ida e na volta do trabalho. Era *bom* atravessar a porta de casa sabendo que podia deixar seus problemas e suas preocupações do lado de fora.

Eles saíram para jantar com Dave, Norma, Ted e Jean ao menos duas vezes durante aquela semana. Paul se juntou a eles no fim de semana e contou que Helen estava praticamente catatônica. Ele vinha resistindo à ideia de interná-la num sanatório, mas, mesmo com uma enfermeira em tempo integral, não sabia por quanto tempo mais aguentaria a situação.

"Ela nem encosta mais num pincel", revelou a eles.

Miriam levantou a possibilidade de visitá-la com as meninas, mas Paul achava que isso seria infrutífero e bastante deprimente para elas. Kevin notou como a mera menção à palavra *deprimente* pôs um ponto final na ideia. A tolerância de Miriam a qualquer coisa sombria ou triste diminuíra consideravelmente desde que haviam se mudado para a cidade. Ela não parecia querer se envolver com nada que exigisse o menor esforço ou um mínimo de compromisso. Encontrar os pais para jantar, por exemplo, de súbito se transformara num suplício.

"Quem aguenta enfrentar o trânsito pra ir e voltar de Long Island?", dizia. "Eles que venham até aqui. É muito mais fácil."

"Pra gente, talvez. Mas não pra eles", argumentava Kevin, mas ela não se importava.

Kevin constatou que agora, sempre que faziam as refeições em casa, normalmente comiam alimentos congelados e esquentados no micro-ondas. Na maior parte do tempo, Miriam comprava comidas prontas e apenas as servia. Sua própria comida, algo de que costumava se orgulhar bastante, desaparecera. Ela estava sempre muito ocupada para esse tipo de coisa. Quando Kevin perguntava sobre o que a deixava tão ocupada, ela logo lhe apresentava uma lista: aulas de ginástica, compras, shows e museus, almoço todo dia num bistrô diferente e, agora, aulas de canto. Todas as meninas estavam fazendo, exceto Helen, é claro.

Miriam raramente estava em casa quando ele ligava do escritório. A chamada sempre caía na caixa postal. Por que ela precisava de uma caixa postal?, perguntava-se Kevin. Ela nunca retornava nenhuma das ligações das amigas de Long Island e, muitas vezes, sequer retornava as de seus pais ou dos pais de Kevin. Eles ligavam tarde da noite para reclamar, e quando ele a questionava sobre isso, Miriam ria e dizia algo como: "Nossa, tenho andado tão distraída ultimamente. Mas vou me organizar melhor em breve".

Sempre que ele reclamava, ela respondia: "Mas essa não é a vida que você queria pra gente, Kevin? Agora que ando ocupada e que a gente tem feito um monte de coisas, você reclama. Será que você sabe o que quer?".

Kevin começou a se questionar. Às vezes, quando chegava em casa e ela ainda não havia retornado de alguma atividade, servia-se de um uísque com soda e ficava olhando o rio Hudson, pensando. Será que ele realmente era mais feliz em Long Island? Como seria quando tivessem filhos? Miriam já andava falando sobre se mudarem para um apartamento maior no prédio e contratarem uma babá em tempo integral para o primeiro filho deles.

"Norma e Jean vão fazer isso", disse ela. "Hoje em dia, ter filhos não significa estragar sua vida."

"Mas você sempre odiou essa ideia", relembrou Kevin. "Lembra como você reclamava dos Rosenblatt e da forma como eles criavam os filhos? As crianças praticamente precisavam marcar um horário pra ver os próprios pais."

"Eles são diferentes. Phyllis Rosenblatt é... é uma pessoa insossa. Ela mal sabe a diferença entre um Pollock e um papel de parede."

Kevin não concordava com ela, mas, se insistisse no assunto, Miriam se afastaria. Ele estava ficando cada vez mais chateado com o comportamento dela, mas na véspera do julgamento de Rothberg ela subitamente operou uma reviravolta.

Quando voltou do trabalho naquela noite, Kevin descobriu que ela havia preparado uma comida caseira. Alisara o cabelo e o penteara para trás do jeito que ele gostava, em vez de usá-lo naquele novo estilo frisado. Usava pouca maquiagem e vestia um de seus vestidos mais antigos. A mesa estava posta; seria um jantar à luz de velas.

"Achei que você podia estar um pouco nervoso e que ia relaxar", disse Miriam.

"Ótimo. Que cheiro gostoso é esse?"

"Frango ao molho de vinho, do jeito que você gosta."

"Do jeito que você sempre faz?"

"Uh-hum. Eu mesma que fiz. E também fiz uma torta de maçã, totalmente feita em casa", acrescentou. "Não fui a lugar nenhum hoje com as meninas. Resolvi ficar em casa e trabalhar duro pra você, como uma típica dona de casa."

Ele riu, apesar de ter detectado um ligeiro tom de sarcasmo. Havia mais de Norma e Jean naquele sarcasmo do que da própria Miriam, pensou.

"Eu te amo por isso, amor", disse, beijando-a em seguida.

"Depois do jantar", disse ela, afastando-o com delicadeza. "Uma coisa de cada vez. Vai se arrumar."

Depois de tomar banho e se arrumar, Kevin notou que ela havia acendido a lareira e preparado bebidas e aperitivos. O calor do fogo, o sabor da comida, o uísque e o vinho o fizeram relaxar. Ele disse a ela que se sentia como se tivesse voltado para dentro de um útero.

Depois do jantar, tomaram conhaque, e Miriam tocou a música do casamento deles no piano. Era uma música antiga, que os pais dele amavam e pela qual ela havia se apaixonado desde a primeira vez que a escutou.

"Vou te mostrar o resultado das minhas aulas de canto também", disse ela, e começou. "Estou presa ao meu amor por você. Não vai dizer que também me ama? Estou presa e preciso de você... Sinceramente estou..."

Os olhos de Kevin se encheram de lágrimas.

"Ah, Miriam, tenho trabalhado tanto, já tinha me esquecido da razão disso tudo. Você é a razão de tudo. Nada disso valeria a pena sem você."

Ele a beijou e a pegou no colo, depois a levou até o quarto. Tudo estava tão maravilhoso. Todas as dúvidas, todos os questionamentos haviam se extinguido. Eles iriam ficar bem. As coisas seriam tão incríveis quanto ele esperava e sonhava que fossem. Miriam ainda era a mesma, e eles ainda estavam apaixonados. Ele começou a se despir.

"Não, espera", disse ela, sentando-se e inclinando-se em direção a ele. "Vamos fazer do mesmo jeito que a gente fez na quarta à noite."

"Quarta à noite?"

"Depois que a gente voltou do jantar com Ted e Jean. Não vai me dizer que não lembra de novo?"

Kevin continuou sorrindo. Ela começou a desabotoar a camisa dele.

"Eu tirei a sua roupa e depois você tirou a minha", sussurrou ela, e continuou a reencenar uma ocasião que ele não conseguia, por nada no mundo, recordar.

Todos do escritório compareceram ao julgamento de Rothberg em algum momento durante o processo. Até as secretárias ganharam algumas horas de folga para assistir ao desenrolar da batalha no tribunal. Estranhamente, contudo, o sr. Milton não apareceu. Ele parecia satisfeito com os relatórios que chegavam a suas mãos. O que mais incomodava Kevin era a recusa de Miriam de ir vê-lo em ação. Ela o pegou de surpresa na manhã do primeiro dia, após o café da manhã, quando anunciou que não iria ao tribunal. Ele torceu para que ela mudasse de ideia antes do fim do julgamento.

Bob McKensie deu início à acusação de maneira lenta e metódica, estruturando seus argumentos, fatos e teorias a respeito do que entendia ser uma base sólida de culpa. Kevin achou que ele havia sido esperto ao organizar o caso com um início, meio e fim conclusivos, guardando as evidências clínicas e forenses para o último capítulo. Bob era meticuloso e confiante, e se portava como um advogado maduro e experiente, o que deixava Kevin mais consciente de sua pouca idade e relativa inexperiência.

Por que, perguntou-se, antes mesmo de iniciar seu discurso, John Milton estava tão confiante a respeito de suas habilidades e queria tanto que fosse o responsável pela defesa de Rothberg? Ele estava começando a ficar paranoico quanto aos verdadeiros motivos do sr. Milton ao designá-lo para o caso. Talvez ele soubesse que não teriam como vencer e, por isso, quisesse que Kevin fosse o responsável pela derrota, colocando a culpa em sua juventude e inexperiência.

"As senhoras e senhores do júri verão", começou McKensie, "como as sementes desse assassinato ardiloso foram plantadas anos antes de ele acontecer; como o réu acumulou motivos, teve oportunidade e cometeu o ato inquestionável de maneira fria e premeditada, confiante de que sua culpa seria turvada por possíveis dúvidas ou por suposta negligência." Ele se virou e apontou para Rothberg.

"Este homem está contando com uma palavra, *dúvida*, e torcendo pra que o seu advogado mantenha viva essa dúvida, com o objetivo de evitar que vocês, em sã consciência, o condenem pelo crime hediondo."

A fala premeditada e os gestos lentos de McKensie acrescentavam um tom sombrio a um caso carregado de eletricidade. Repórteres e jornalistas rabiscavam anotações às pressas. Artistas começavam a retratar as expressões faciais dos jurados, assim como o ar de tédio de Rothberg. Ele chegou a bocejar num dado momento das observações iniciais da promotoria.

Durante os primeiros dois dias, McKensie apresentou testemunhas para retratar o caráter desprezível de Rothberg. Elas revelaram que ele era um apostador, que havia perdido grande parte da fortuna da família Shapiro e que, inclusive, havia feito uma segunda hipoteca para o hotel, não obstante a reputação nacional do estabelecimento e o sucesso do negócio de pães. Muito disso aconteceu depois que Maxine ficou doente demais para participar de forma ativa na administração do hotel e do negócio.

McKensie retrocedeu até a época em que Rothberg trabalhava no salão de jantar, quando à noite costumava jogar cartas e apostar as gorjetas do dia. Ele desenvolveu meticulosamente a história de Rothberg, retratando-o como um pé-rapado, mas também como um sujeito ardiloso, que fez de tudo para conquistar o coração de Maxine. Não passou de um casamento por interesse, concluiu. Obviamente, ele se casou pelo dinheiro dela. Quando Kevin fez uma objeção e afirmou que a caracterização era infundada, McKensie convocou uma testemunha para embasar a acusação: um chef aposentado que jurou que Rothberg lhe dissera que seduziria Maxine para um dia ser dono do hotel Shapiro Lake House.

Em seguida, depois de uma transição exemplar demonstrando que Rothberg tinha um histórico de relações extraconjugais, McKensie introduziu o nome de Tracey Casewell. Ele a chamou para testemunhar e rapidamente fez com que admitisse que teve um caso com Stanley Rothberg durante o período em que sua esposa esteve doente.

No dia seguinte, McKensie passou para a doença de Maxine Rothberg. Ele fez o médico testemunhar e conseguiu uma descrição clara dos problemas e dos perigos que ela enfrentava. McKensie não o levou a apresentar suas críticas a Beverly Morgan. Claramente não queria plantar na cabeça dos jurados a possibilidade de Morgan ter matado Maxine Rothberg por acidente, porque era alcóolatra. A principal conquista de Kevin durante o interrogatório foi fazer com que o médico admitisse que Maxine era capaz de aplicar a insulina em si mesma.

Nesse momento, McKensie apresentou a evidência policial, exibindo a caixa de insulina escondida no armário de Stanley. O médico-legista trouxe o relatório da autópsia, e conclusões foram tiradas de forma clara. Para dar suporte ao argumento, Beverly Morgan foi finalmente chamada a depor. McKensie pediu para que descrevesse a relação de Rothberg com a esposa e falasse de como ele a visitava e perguntava por ela de maneira infrequente. Beverly relatou os eventos do dia da morte de Maxine Rothberg praticamente da mesma forma como relatara anteriormente para Kevin. E então chegou a vez dele.

Antes de se levantar para interrogar Beverly Morgan, Kevin sentiu alguém tocar em seu ombro e, ao se virar, viu-se diante de Ted. "O sr. Milton mandou te entregar", disse Ted, em voz baixa, e apontou com a cabeça para a seção onde ele, Dave e Paul costumavam se sentar quando iam ao julgamento. Dave e Paul estavam sentados, só que dessa vez o sr. Milton também estava lá, entre eles. Ele sorria e assentia.

"O quê?" Kevin abriu o bilhete e leu a mensagem. Depois, olhou para trás de novo. O sr. Milton acenou novamente, mas agora com mais firmeza. Ted deu um tapinha no ombro de Kevin e retornou a seu assento. Kevin se levantou e encarou Beverly Morgan. Ele leu o bilhete mais uma vez, para ter certeza de que havia lido certo. E então deu início, ficando tão surpreso com as respostas de Beverly Morgan quanto a promotoria.

"Sra. Morgan, a senhora acaba de atestar que, naquela ocasião, depois que o sr. Rothberg visitou a esposa, ela ficou muito triste. Tem algum momento que se destaque na sua memória, talvez um mais recente?"

"Tem sim", disse Beverly, pondo-se a narrar os eventos e a discussão que Stanley Rothberg afirmou ter tido com a esposa. Sem um piscar de olhos ou qualquer mudança de expressão, Beverly relatou ter visto Maxine Rothberg indo de cadeira de rodas ao quarto de Stanley.

"A insulina estava no colo dela." Beverly se calou e olhou para o público. "E ela estava usando as minhas luvas", concluiu.

Por um momento, fez-se um grave silêncio, como aquele que antecede uma tempestade, e então o tribunal virou um pandemônio, com repórteres correndo para dar telefonemas e pessoas expressando espanto. O juiz bateu o martelo para acalmar os ânimos e ameaçou retirar todos dali, exceto os envolvidos no caso. Kevin olhou para trás e notou que, embora os outros associados estivessem lá, John Milton havia ido embora. Quando a ordem foi restabelecida, Kevin disse ao juiz que não tinha mais nenhuma pergunta a fazer.

McKensie voltou a interrogar Beverly Morgan, exigindo saber por que ela não havia contado aquela história antes. Ela respondeu com a maior calma do mundo que ninguém lhe havia perguntado nada. Kevin se perguntou se McKensie iria então mencionar as críticas que o médico fazia de Beverly e de seu alcoolismo, de modo a refutar o que ela havia relatado. Se ele fizesse isso, Kevin estaria pronto para ilustrar como ela poderia ter agido com negligência e causado a morte de Maxine Rothberg. Em ambos os casos, conseguiria confundir os jurados e deixá-los com sérias dúvidas a respeito da culpa de Rothberg.

McKensie decidiu, ao contrário, encerrar o caso da acusação. O juiz convocou um recesso, e Kevin perguntou a Paul onde estava o sr. Milton, pois queria lhe perguntar como sabia que Beverly Morgan mudaria a sua versão da história.

"Ele precisou sair correndo pra encontrar um novo cliente", disse Paul. "Disse que falaria com você mais tarde, mas queria que eu te dissesse que está fazendo um ótimo trabalho."

"Até agora, eu achava que estava perdendo."

Paul sorriu e olhou para Ted e Dave. Eles portavam a mesma expressão de arrogância.

"A gente não perde", disse Paul.

Kevin assentiu. "Estou começando a acreditar nisso", respondeu, olhando de um para o outro. Quando Kevin entrou no tribunal após o recesso, havia uma atmosfera de expectativa. Olhando em volta do público, dos repórteres e dos demais membros da imprensa, subitamente experimentou a mesma sensação de poder e júbilo que sentira quando defendeu Lois Wilson. Tudo estava em suas mãos. Como queria que Miriam tivesse decidido aparecer, pelo menos naquele dia.

Kevin começou com a convocação de Stanley Rothberg. Após o juramento do réu, Kevin se sentou sobre a mesa e cruzou os braços.

"Sr. Rothberg, o senhor ouviu o depoimento de uma série de testemunhas a respeito do seu caráter. Primeiro, foi descrito como um viciado em jogo, como alguém que com frequência perdia grandes quantias e contraía dívidas. Existe alguma verdade nisso?"

"Sim, existe", disse Rothberg. "Fui um jogador durante toda a minha vida adulta. É uma doença, e não nego sofrer dela." Ele se virou diretamente para o público ao mencionar a palavra "doença", exatamente como Kevin o aconselhara.

"O senhor também foi acusado de ser adúltero, e essa acusação foi corroborada pela mulher que afirma ser sua amante, Tracey Casewell. O senhor nega a acusação?"

"Não. Estou apaixonado por Tracey e saio com ela há quase três anos."

"Por que o senhor não se divorciou?"

"Eu queria, mas não consegui me convencer a fazer isso enquanto Maxine estava doente, e Tracey também não ia me deixar fazer isso. Tentei ser o mais discreto possível."

"Ao que tudo indica, o senhor não conseguiu", disparou Kevin. Era uma estratégia brilhante. Ele estava tratando seu cliente como se fosse o promotor, e não o advogado de defesa. Isso conferia à sua linha de raciocínio uma certa credibilidade aos olhos do júri e do público. Ele não parecia gostar de Rothberg, e isso passava a impressão de que não o ajudaria a mentir.

"Não, creio que não."

"E é verdade, conforme disseram, que notícias do seu envolvimento com Tracey acabaram chegando aos ouvidos de sua esposa?"

"Sim."

"O senhor escutou o depoimento de Beverly Morgan a respeito de uma conversa entre o senhor e a sua esposa. Ela descreveu a conversa com precisão?"

"Sim."

"E, na época, o senhor não levou a sério a ameaça de sua esposa?"

"Não."

"Por que não?"

"Ela estava doente. Eu não achava que ela seria capaz de fazer aquilo."

"Sr. Rothberg, o senhor aplicou uma superdosagem de insulina na sua esposa?"

"Não, senhor. Eu odiava vê-la aplicando em si mesma ou ver a enfermeira fazendo isso. Normalmente eu saía do quarto."

"Sem mais perguntas, meritíssimo."

McKensie se levantou devagar, mas não se afastou de sua mesa. "Sr. Rothberg, o senhor não viu a insulina no seu armário?"

"Sim, naquela manhã, mas depois esqueci. Acabei me envolvendo em alguns problemas no hotel e me esqueci de perguntar à enfermeira sobre a caixa."

"Mesmo depois de sua esposa ter ameaçado incriminar o senhor pela morte dela?"

"É que eu não pensava nisso. Parecia..." Ele se virou para o júri. "Parecia tão inconcebível."

McKensie apenas o encarou por um instante, e depois balançou a cabeça. A maioria das pessoas interpretou sua reação como descrença, mas Kevin achou que era frustração. "Sem mais perguntas, meritíssimo", disse McKensie, antes de se sentar.

Kevin seguiu o plano. Convocou Tracey para testemunhar e colheu seu depoimento, exatamente da maneira como haviam feito no escritório. Ela contou que Stanley Rothberg foi vê-la após a briga com a esposa e descreveu os mesmos detalhes, acrescentando apenas que Stanley estava muito perturbado. Tracey pareceu bastante sincera quando expressou seu ressentimento em relação ao curso que os eventos haviam tomado. Kevin até se pegou acreditando nela enquanto falava sobre como gostava de Maxine Rothberg.

McKensie nem se deu ao trabalho de interrogá-la.

Durante as alegações finais, Kevin desenvolveu o raciocínio sugerido pelo sr. Milton. Sim, Stanley Rothberg era culpado de adultério, Stanley Rothberg não tinha o melhor caráter do mundo, mas não era por isso que estava sendo julgado. Ele estava sendo julgado por assassinato e, quanto a isso, era claramente inocente.

Ficou claro para todos que as revelações de Beverly Morgan haviam caído como uma ducha de água fria em McKensie quando chegou a vez de suas alegações finais. Kevin ficou surpreso ao ver como ele se saiu mal, gaguejando e fazendo pausas, parecendo confuso. Depois que o promotor retornou a seu assento, parecia não haver mais nenhuma dúvida na cabeça de ninguém a respeito de qual seria o resultado do julgamento.

E o júri reagiu conforme esperado, apresentando um veredicto de inocência em menos de três horas.

Quando Kevin chegou ao escritório, já havia uma comemoração em pleno vapor. Sua vitória, sem dúvida, seria a principal manchete dos noticiários televisivos locais, mas ele ainda não se sentia tão bem quanto achou que se sentiria. Havia se sentido melhor quando absolveu Lois Wilson. Ao examinar seus sentimentos e as razões que os suscitavam, percebeu que isso se devia ao fato de que ganhara o caso de Lois com seu próprio suor, pesquisando, investigando, insistindo até encontrar maneiras de refutar o caso da acusação.

Mas dessa vez havia sido diferente. Ele não podia enganar a si mesmo. O que ganhou o caso foi o testemunho de Beverly Morgan, corroborando o depoimento de Stanley. Apesar dos cumprimentos e elogios que recebeu, Kevin não estava muito orgulhoso de si. Era como vencer um importante jogo de beisebol porque começou a chover depois da quinta entrada. Nem tudo foi fruto de seu esforço.

"Foi apenas sorte", disse a Ted.

"Isso não teve nada a ver com sorte. Você estruturou a defesa de maneira brilhante."

"Obrigado." Ele se dirigiu à sala do sr. Milton e bateu na porta. Foi chamado a entrar, mas não encontrou ninguém.

"Por aqui", disse John Milton, aparecendo subitamente diante das amplas janelas. "Meus parabéns."

"Obrigado, mas esperava encontrar o senhor durante o recesso. Queria saber mais sobre Beverly Morgan."

"É claro."

Quando Kevin se juntou a ele perto da janela, o sr. Milton passou um braço em volta de seus ombros e o virou para que ficassem de frente para a cidade. A noite já recobria o horizonte. Um mar de luzes despontava diante deles.

"É deslumbrante, não é?"

"Sim."

"Tanto poder, tanta energia concentrada numa área tão pequena. Milhões de pessoas a nossos pés, tanta riqueza, tanta energia, decisões que afetam a vida de uma infinidade de gente." Ele ergueu a mão livre. "Todos os dramas da humanidade, cada conflito e cada emoção conhecida, nascimento, morte, amor e ódio. Estar acima de tudo isso é de tirar o fôlego."

"Sim", disse Kevin, sentindo-se de repente impressionado. A voz do sr. Milton tinha um quê de suave e encantadora. Ouvi-lo falar e, ao mesmo tempo, contemplar as luzes que cintilavam como estrelas era fascinante.

"Mas você não está apenas plantado acima disso tudo, Kevin", prosseguiu ele, falando em um tom ondulante que, para Kevin, parecia vir de dentro de sua própria cabeça. Era como se John Milton houvesse penetrado sua alma, se acomodado em algum canto vazio de seu coração, e agora o possuísse por inteiro. "Você está acima de tudo, e agora sabemos: tudo será seu."

Fez-se um longo silêncio entre eles. Kevin ficou apenas contemplando a cidade. John Milton continuou abraçando-o, de modo a mantê-lo firme a seu lado.

"Você devia ir pra casa agora, Kevin", disse, enfim, à meia-voz. "Volte pra sua esposa e faça sua comemoração particular com ela."

Kevin assentiu. John Milton o liberou e deslizou como uma sombra até sua cadeira. Kevin permaneceu imóvel por um momento e depois se virou, lembrando-se do motivo de ter ido até ali.

"Sr. Milton, aquele bilhete que o senhor me enviou... Como o senhor sabia que Beverly Morgan tinha mudado a versão dela da história?"

John Milton sorriu. Por trás da luz tênue da luminária em sua mesa, ele parecia vestir uma máscara. "Ora, Kevin, você não quer que eu entregue todos os meus segredos, quer? Assim vocês, jovens novatos, vão começar a achar que podem tomar o meu lugar."

"Sim, mas..."

"Eu falei com ela", disse ele, interrompendo-o. "Apontei uma coisa ou outra, e ela cedeu."

"O que o senhor disse pra ela mudar de ideia?"

"No fim, Kevin, as pessoas decidem fazer o que é melhor pra elas. Os ideais, princípios, chame-os do que quiser, em última análise, pouco importam. Só há uma lição a aprender: todos têm um preço. Os idealistas acham que não passa de cinismo. Mas pessoas práticas como eu e você e os outros associados sabem que isso é a chave do poder e do sucesso. Aproveite sua vitória." Ele se virou para examinar alguns papéis na mesa. "Dentro de alguns dias, já terei outro caso pra você."

Kevin o observou por um instante enquanto decidia se insistia ou não na conversa. Era óbvio que Milton queria encerrá-la. "Ok", disse. "Boa noite."

"Boa noite. Parabéns. Você é um verdadeiro associado do escritório agora", acrescentou Milton.

Kevin estacou na soleira da porta. Por que aquelas palavras não o faziam se sentir incrível?, indagou-se. Depois saiu. Conforme percorria o corredor, pôs-se a pensar nas luzes da cidade e em si mesmo lado a lado com John Milton na janela. As palavras de Milton lhe retornaram. Estranho, pensou, pareciam tão familiares. Onde...

E então recordou. Aquelas haviam sido as mesmas palavras utilizadas por Ted ao descrever uma experiência semelhante em frente às janelas, na cobertura de John Milton. Em seu íntimo, Kevin sabia não ser uma mera coincidência.

Quem era John Milton? Quem eram os associados? Que tipo de pessoa ele estava se tornando?

12

Uma chuva fria e desoladora começara a cair sobre a cidade. Embora estivesse bem aquecido dentro da limusine, Kevin estremeceu quando pararam num sinal vermelho. Ele ficou observando as pessoas correrem pra lá e pra cá, a maioria desprevenida, sem guarda-chuva. Apesar de ter todos os motivos para se sentir feliz, só pensava em lágrimas quando fitava as gotas que escorriam pelas vitrines das lojas e pelos vidros dos carros. Ele se recostou e ficou de olhos fechados até chegar em casa.

"Sr. Taylor", exclamou Philip, abrindo a porta da recepção assim que ele saiu da limusine. "Meus parabéns! Acabei de ouvir o noticiário."

"Obrigado, Philip." Ele sacudiu os pingos gélidos do cabelo.

"Aposto que é bom ganhar um caso tão importante assim. Todo mundo vai saber seu nome, sr. Taylor. O senhor deve estar muito orgulhoso."

"A ficha ainda não caiu direito", disse Kevin. "Ainda estou um pouco atordoado." Ele seguiu a caminho do elevador.

"De todo modo, parece que o sr. Milton arrumou mais um motivo pra dar uma festa, hein?"

"Eu não ficaria surpreso. Obrigado, Philip." Kevin entrou no elevador e apertou o botão do décimo quinto andar. Quando começou a subir, acomodou-se, ainda sentindo um estranho torvelinho de emoções, um misto de euforia e ansiedade subjacente. Algo não estava certo, algo realmente não estava certo. Kevin se viu revirando sem parar o anel de ouro no dedo mínimo.

Ele saiu quando as portas se abriram, mas estacou imediatamente porque pensou ter ouvido alguém murmurar seu nome. Virando-se depressa para a esquerda, surpreendeu-se ao encontrar Helen Scholefield de camisola, encostada na parede, os olhos arregalados de desespero.

"Helen!"

"Vi você e Charon chegando", murmurou Helen, antes de olhar de volta para a porta de casa. "Não tenho muito tempo. Ela já, já vai perceber que saí."

"O que houve?"

"A mesma coisa que aconteceu com Gloria Jaffee vai acontecer com Miriam. Me recusei a fazer parte disso desta vez e tentei alertar vocês com a minha pintura, mas, se ele a engravidou, então é tarde demais. Ele vai se alimentar da bondade dela, vai sugar a vida dela como um vampiro. Você precisa dar um jeito de matá-lo. Mate-o", exigiu Helen, os dentes cerrados, os punhos fechados. "Caso contrário, só vão te restar as mesmas duas escolhas que restaram a Richard Jaffee. Graças a Deus ele era uma pessoa muito consciente pra fazer qualquer outra coisa... Só Richard tinha consciência." Seus lábios estremeceram. "Todos pertencem a ele. Paul virou o pior. Ele é o Belzebu", acrescentou, aproximando-se de Kevin, a loucura em seus olhos acelerando o coração dele.

"Helen, deixa eu te ajudar a voltar..."

"Não!" Ela recuou. "É tarde demais pra você, não é mesmo? Você ganhou um dos casos dele. Também pertence a ele agora... Você que se dane. Danem-se todos vocês!"

"Sra. Scholefield!", exclamou a sra. Longchamp da porta do apartamento. "Ó céus!" Ela correu para o corredor. "A senhora trate de voltar, por favor."

"Sai de perto de mim." Helen ergueu os braços para o alto, ameaçando bater na enfermeira.

"Vamos nos acalmar, sra. Scholefield. Vai ficar tudo bem."

"Devo pedir ajuda?", perguntou Kevin. "Talvez ligar pro médico dela?"

"Não, não. Vai ficar tudo bem, tudo bem", disse a sra. Longchamp, com um sorriso contido. "Não vai, sra. Scholefield? A senhora sabe que vai", acrescentou, numa voz suave.

Os braços de Helen começaram a tremer. Ela os abaixou devagar e irrompeu em lágrimas.

"Ei, ei, olha aqui. Vai ficar tudo bem", disse a sra. Longchamp. "Vamos entrar, pra senhora descansar." Ela a abraçou com firmeza pela cintura e a virou. Em seguida, olhou para Kevin. "Está tudo bem", murmurou, assentindo e conduzindo Helen pelo corredor até a entrada do apartamento. Kevin esperou que entrassem e fechassem a porta. Depois sacou um lenço do bolso da calça e secou o rosto antes de entrar em casa.

No instante em que fechou a porta, Miriam veio correndo a seu encontro. Ela jogou os braços em volta de seu pescoço e o beijou.

"Oh, Kevin, estou tão feliz. Acabou de passar na televisão. Vi que eles falaram com você enquanto saía do tribunal! Seus pais acabaram de ligar. Eles também viram! E meus pais também. Vamos sair, vamos comemorar. Já fiz uma reserva pra gente no Renzo. Você vai amar. Norma e Jean falaram que é onde costumam levar os maridos pra comemorar."

Ele permaneceu imóvel, olhando para ela.

"O que houve? Você está... pálido."

"Uma coisa terrível acabou de acontecer no corredor. Helen Scholefield estava lá fora só de camisola. Ela tinha fugido da enfermeira."

"Ah não. O que aconteceu?"

"Ela disse umas tolices, mas..."

"Que tolices?"

"Sobre a gente, sobre o escritório."

"Ah, Kevin, não deixa isso te afetar. Não agora. Não quando a gente tem tanto motivo pra ser feliz", suplicou Miriam. "Você sabe que ela tem andado muito mal e doente da cabeça."

"Sei lá, eu... de onde surgiu esse roxo no seu pescoço?"

"Não é um roxo, Kevin." Miriam se virou e se olhou no espelho do corredor. "Acho que vou precisar passar um pouco mais de pó."

"Como assim não é um roxo?"

"É um chupão, Kevin." Ela corou. "Seu vampiro. Não se preocupa, não é nada. Vamos, banho e depois trocar de roupa. Estou incrivelmente faminta."

Ele não saiu do lugar.

"Kevin? Você vai ficar plantado aí no corredor a noite inteira?"

"A gente precisa conversar, Miriam. Não sei o que está acontecendo, mas juro que não me lembro desse chupão."

"Não tem nada acontecendo, seu bobinho. Você anda distraído e preocupado, é muita pressão. É compreensível. As meninas falaram que é normal isso acontecer no início. Você fica meio atordoado, esquece isso, esquece aquilo. Elas também passaram por isso com Dave e Ted. Vai passar assim que você evoluir como advogado e ganhar mais confiança em si mesmo. E que estreia, hein? Meu grande advogado de Nova York", acrescentou e o abraçou. "Agora, anda. Vamos terminar esse espetáculo." Ela se afastou. "Vou retocar a maquiagem."

Kevin esperou que ela se afastasse e depois foi em frente. Parou de súbito na entrada da sala, pensando mais uma vez na cena com Helen no corredor. Enfim entrou na sala de estar para dar uma olhada na pintura.

Mas o quadro não estava nem na parede nem no chão.

"Miriam." Ela não respondeu. Ele correu até o quarto e a encontrou na penteadeira. "Miriam, o que aconteceu com a pintura da Helen?"

"O que aconteceu?" Ela se virou e deu as costas ao espelho. "Não conseguia mais ver aquilo, Kevin. Era a única coisa deprimente da casa. As meninas também acharam que a gente já tinha sido gentil demais de ficar com ela por tanto tempo."

"Onde foi parar então? Num armário?"

"Não, o quadro foi embora", disse Miriam, voltando a se olhar no espelho.

"Foi embora? Como assim? Embora pra onde? Você jogou fora?"

"Não. Não faria isso. Ainda é uma obra de arte, e, acredite se quiser, tem gente que gosta desse tipo de coisa. Norma conhecia uma galeria no Village que ficaria com o quadro. A gente achou melhor deixar lá. Se for vendido, ainda será uma boa notícia pra Helen. Ela vai ficar animada."

"Que galeria?"

"Não sei o nome, Kevin. Norma sabe", disse Miriam, deixando transparecer a irritação. "Por que você está tão preocupado? Tanto a minha mãe quanto a sua acharam horrível manter aquilo na sala de estar."

"Quando ela levou o quadro?", perguntou ele, insistente.

Miriam se virou de novo. "Isso só mostra como você tem andado desatento ultimamente. Já tem dois dias, Kevin. A pintura foi embora há dois dias."

"Há dois dias?"

Ela comprimiu os lábios e balançou a cabeça. "Agora você já pode ir tomar banho e se arrumar?"

"O quê? Ah, está bem... está bem." Ele começou a se despir.

"É muito incrível, não é? Você vai aparecer em todos os jornais e noticiários do país. Aposto que o sr. Rothberg ficou muito grato, não?"

"Rothberg?"

"Rothberg, Kevin, o homem que você defendeu?" Ela riu. "Meu Deus, e você ainda ficava falando dos seus professores distraídos."

"Não, Miriam. Você não entende", disse ele, aproximando-se. "Só venci porque uma testemunha mudou completamente sua versão da história. E não sei por que ela fez isso. Eu não sabia até acontecer, bem ali no tribunal. O sr. Milton me enviou um bilhete pedindo que eu fizesse as perguntas certas. Ele sabia que ela ia mudar a versão. Ele sabia!"

"E daí?" Ela sorriu. "É por isso que ele é o sr. Milton."

"O quê?"

"É por isso que ele é o chefe e você, Ted e Paul são apenas associados."

Kevin ficou incrédulo. Miriam parecia uma criança.

"Não se preocupa", disse ela, virando-se para o espelho. "Um dia você vai ser igual a ele. Não vai ser o máximo?" Ela fez uma pausa, os olhos cada vez mais apertados, como se estivesse olhando dentro de uma bola de cristal, e não de um espelho. "Ter seu próprio escritório... Kevin Taylor e Associados. Você vai enviar um associado em busca de novos e promissores talentos, que nem o sr. Milton fez pra te encontrar, porque até lá você já vai saber em quem ficar de olho."

"Em quem ficar de olho? Quem meteu uma ideia dessas na sua cabeça?"

"Ninguém, bobinho. Bem, Jean e Norma disseram algo parecido no almoço, outro dia. Elas falaram que é o que o sr. Milton quer que aconteça." Miriam jogou a cabeça para trás e pôs-se a falar: "Dave Kotein e Associados, Ted McCarthy e Associados, Paul Scholefield e Associados, Kevin Taylor e Associados. Vocês quatro vão cobrir toda a cidade. O sr. Milton vai seguir com novos associados, é claro, e antes que se perceba, não vai ter um advogado na cidade que não queira trabalhar nos escritórios de vocês".

Ela riu de novo, então se levantou e se virou para ele. "Kevin, você já pode ir tomar seu banho agora?"

Ele refletiu e depois se aproximou. "Me escuta, Miriam. Tem alguma coisa estranha acontecendo. Ainda não sei direito o que é, mas talvez Helen Scholefield não esteja tão fora de órbita quanto a gente pensa."

"O quê?" Ela se afastou rápido. "Kevin Wingate Taylor, pode ir parando com isso e vai tomar seu banho. Eu já falei, estou morrendo de fome. Vou te esperar na sala. Vou tocar piano, mas espero que você fique pronto antes que eu termine um concerto inteiro." Ela o deixou plantado ali, pelado, em frente à penteadeira.

Kevin se virou e se olhou no espelho. A imagem refletida o fez rememorar seus estranhos sonhos eróticos. Haviam sido sonhos? Não para Miriam. Para ela, tudo havia sido muito real. E aqueles roxos nas pernas dela também eram reais.

O que dizer das vezes que, segundo ela, eles fizeram amor e ele não conseguia se lembrar? Ninguém podia ser tão distraído. Alguém estava enlouquecendo: ele ou ela.

"Mas se ele a engravidou", dissera Helen Scholefield, "então é tarde demais." Ele? De quem ela estava falando?

Kevin se virou de costas. Será que alguma parte daquilo seria possível?

"A gente não perde", dissera Paul Scholefield. Os três com o mesmo olhar arrogante.

"Você venceu um dos casos dele. Também pertence a ele agora", dissera Helen Scholefield. "Você que se dane. Danem-se todos vocês!"

Kevin se lembrou de como havia se sentido estranho quando John Milton disse: "Você é um verdadeiro associado do escritório agora".

Ele se olhou de novo no espelho.

Sobre o que Helen estava falando? Com ele seria diferente?

Sua imagem refletida não respondeu, mas havia algo assustador em apenas levantar tais questões.

Ele se decidiu. No dia seguinte, iria falar com Beverly Morgan e descobrir como o sr. Milton a convencera a mudar sua versão da história.

Kevin ligou para seus pais e depois para os de Miriam antes de saírem para comemorar. Em ambas as ligações, esforçou-se para que nenhum dos lados da família suspeitasse de que estava em apuros. A única nota negativa foi entoada por sua mãe, que disse: "Agora que você encerrou esse caso importante, Kevin, veja se consegue dedicar mais tempo à sua esposa. Tenho achado ela muito temperamental".

"O que você quer dizer com isso, mãe?"

"Ninguém consegue ficar tão animado o tempo inteiro. É só um instinto materno, Kevin. Ela tem andado numa frequência muito acima do normal. Talvez esteja se esforçando demais pra lhe agradar, meu filho. Arlene acha a mesma coisa, só que ela não queria dizer nada, pra não ficar parecendo uma sogra intrometida."

"Mas ela me disse que achava que Miriam andava muito feliz."

"Eu sei. Não estou dizendo que ela não está feliz. É só que... Dê mais atenção a ela, está bem?"

"Tá, mãe."

"E parabéns, filho. Sei que isso é algo que você sempre quis."

"Pois é. Obrigado."

Kevin sabia que sua mãe tinha razão. Miriam andava tão diferente e havia mudado tão depressa, ele deveria ter prestado mais atenção. Ele havia ignorado o que estava acontecendo porque desejava demais aquela vida — a riqueza, o luxo, o prestígio. Quem não desejaria? Ele a trouxera até ali; ele a expusera a tudo aquilo. Em larga medida, o que estava acontecendo, o que já havia acontecido, era tudo culpa sua.

Kevin se virou para trás como se alguém tivesse batido em seu ombro. "Uh-hum." Seu olhar se dirigiu à varanda. Mais uma vez se perguntou por que Richard Jaffee havia tirado a própria vida. O que Helen queria dizer com "só Richard tinha consciência"?

"Amor, estou esperando", clamou Miriam.

"Estou indo."

Eles saíram de casa e desceram para pegar o táxi que os levaria até o Renzo, um restaurante italiano cinco estrelas, enquanto Kevin tentava deixar seus problemas de lado.

Mas ele passou o tempo todo reparando em como Miriam estava diferente desta vez, em comparação a quando comemoraram a vitória no caso de Lois Wilson no Bramble Inn, em Blithedale. A preocupação sobre se o cliente havia ou não sido culpado havia desaparecido. Claro, ela não sabia praticamente nada a respeito do caso atual, por isso não tinha como questionar ou comentar os acontecimentos do tribunal.

Kevin não podia negar que ela ficava bem naquela roupa nova, de calça vermelha justa e blusa da mesma cor. O decote era atravessado por uma tira de pérolas. Miriam ainda usava mais maquiagem do que o normal, e ele notou que sem o ruge e o batom ela realmente parecia pálida.

Kevin não achava que ela poderia gostar tanto de um restaurante como o Renzo, nem que o escolheria para aquela ocasião. Era um local extravagante, excessivamente iluminado e com paredes espelhadas. Apesar do mau tempo, estava bastante cheio, e as mesas praticamente haviam sido empilhadas umas em cima das outras.

Miriam estava bem mais extrovertida do que quando foram ao Bramble Inn, e, para falar a verdade, mais do que costumava ser na época em que moravam em Blithedale. Como ele poderia não ter percebido uma mudança tão drástica? Kevin se puniu por estar sempre tão ocupado com o trabalho, e ficou surpreso ao ver quantas pessoas ela conhecia e que também a conheciam, desde o maître até os garçons. Alguns outros clientes também acenavam e sorriam. Ela e as meninas, disse Miriam, costumavam almoçar e jantar lá quando ele ficava preso no escritório.

Ainda assim, Kevin achou que ela estava muito distraída com tudo aquilo, dividindo a atenção entre conversar com ele e olhar quem estava chegando, quem estava sentado com quem, o que as pessoas estavam comendo. Como aquilo era diferente do jantar intimista e à luz de velas que tiveram no Bramble Inn, pensou. Só que ela não parecia se importar ou se preocupar com isso.

Até o amor que fizeram depois do jantar estava diferente. Miriam se demonstrou impaciente, exigente e assertiva. Ela se virava e revirava debaixo dele e de repente assumia o controle, levando suas mãos aos locais em que desejava ser tocada com mais agressividade. Ele quase perdeu todo o interesse, pois se sentia mais como um garoto de programa, como alguém acostumado a ser usado para dar prazer. Não havia a sensação usual de respeito, a troca, a tentativa de união.

E, ao fim, ela ainda parecia insatisfeita, frustrada.

"Qual é o seu problema?", perguntou Kevin.

"Estou cansada. Muito vinho, acho", disse ela, virando-se para o outro lado. Ele ficou deitado, pensativo, com medo de fechar os olhos, com medo de que, se os fechasse, alguma coisa... alguém pudesse aparecer. Finalmente adormeceu, mas acordou às quatro da manhã e descobriu que Miriam não estava ao seu lado.

Kevin se pôs a escutar e ouviu alguns ruídos vindos da entrada do apartamento. Levantou-se depressa e vestiu o robe. As luzes da sala e do hall de entrada estavam acesas. Seria mais um episódio erótico? Estava sonhando ou estava realmente acordado? Ele andava devagar, o coração acelerado e ansioso, quando viu Miriam postada na entrada de casa, segurando a porta aberta e olhando para fora. Havia outras vozes.

"Miriam. O que está acontecendo?"

"É a Helen", disse ela, olhando para trás.

"O que houve?"

Ele correu para o lado dela e olhou para fora. Norma e Jean também estavam de camisola.

"O que aconteceu?"

"Ela enlouqueceu", disse Norma. "Enfiou uma tesoura no braço da sra. Longchamp."

"O quê?"

Nesse instante, a porta do apartamento dos Scholefield foi aberta, e dois assistentes de ambulância do Hospital Bellevue empurraram Helen para fora numa maca. Ela estava bem amarrada. Paul, Dave e Ted vinham logo atrás. Helen revirava a cabeça sem parar, como se tentasse negar a realidade do que estava acontecendo. Kevin passou por Miriam e se aproximou de Paul.

"Foi muito ruim", disse ele. "Ela simplesmente saiu da cama e atacou a enfermeira. A sorte é que a ferida não foi profunda, mas não devia tê-la mantido em casa. Ela recebeu um sedativo, só que ainda não começou a fazer efeito."

As portas do elevador se abriram, e os assistentes empurraram a maca para dentro. Paul se virou para Dave e Ted.

"Vocês não precisam vir. Está tarde. Deixem comigo."

"Tem certeza?", perguntou Ted.

"Sem problemas. Voltem a dormir. Falo com todos vocês de manhã."

Paul se dirigiu a um lado da maca. Os assistentes a manobraram para que sobrasse espaço para ele, e Kevin conseguiu ver o rosto de Helen Scholefield. Os olhos dela se arregalaram quando o viram. De repente, Helen começou a gritar. Era um grito agudo e penetrante, que o fez estremecer. Mesmo depois que as portas se fecharam e o elevador começou a descer, ainda era possível escutar o pranto, que então se perdeu nos andares de baixo.

"Sabia que isso ia acontecer", disse Dave, virando-se para trás.

"Uma pena", disse Ted, balançando a cabeça. "Jean?"

"Estou indo."

As três mulheres se abraçaram na soleira da porta de Kevin e Miriam, e depois Norma e Jean se juntaram a Dave e Ted para retornar a seus apartamentos. Kevin os observou partir.

Ele olhou para Miriam e depois para a porta dos Scholefield. Onde estava a enfermeira?, indagou-se. Se ela havia levado uma facada no ombro, por que ninguém estava preocupado com ela? Ele foi em direção ao apartamento.

"Kevin, o que você está fazendo? Aonde você vai? Kevin?"

Ele bateu na porta e ficou prestando atenção. Não se ouvia nada, nenhum ruído, nenhuma voz. Então apertou a campainha.

"Kevin?" Miriam saiu para o corredor. Ele ainda não ouvia nada.

Ele se virou para ela. "Eles estão mentindo", disse.

"O quê?"

Ele passou por ela e entrou em casa.

"Kevin?" Miriam o seguiu até o quarto. Ele estava sentado na cama, os olhos vidrados nas próprias mãos. Tentava arrancar o anel de ouro do dedo mínimo, mas o dedo estava tão inchado que percebeu que teria de cortar o anel.

"Kevin, o que você está falando? Você viu como ela estava."

"Todos eles estão mentindo. Eles sabem que ela me contou alguma coisa. A enfermeira falou pra eles."

Miriam apenas balançou a cabeça. "Você está agindo de forma estranha, Kevin. Isso já está me assustando."

"É pra assustar mesmo." Ele se ergueu e tirou o robe. "Não espero que você entenda o que estou dizendo agora, Miriam. Tenho algumas coisas em mente, vou verificar tudo amanhã. Por ora não há nada a fazer, a não ser ir dormir."

"Essa é uma ótima ideia", disse ela, retirando-se para apagar todas as luzes.

De manhã, Kevin ligou para o escritório e disse a Diane que não iria trabalhar.

"Preciso tirar um dia de folga", disse.

"É compreensível. O sr. Milton também não vem hoje. Não é terrível o que aconteceu com a esposa do sr. Scholefield?"

"Ah, você já está sabendo de tudo?"

"Sim. O sr. McCarthy ligou no primeiro horário. Talvez tenha sido melhor assim, talvez consigam ajudá-la."

"Ah, não tenho dúvidas", disse. E concluiu que ela não entendeu o sarcasmo.

Kevin vestiu o sobretudo, mas Miriam não perguntou aonde estava indo, e ele tampouco se dispôs a dar explicações. Ela não parecia tão interessada em saber, de qualquer forma. Norma e Jean ligaram na hora em que ele estava saindo, e as três começaram a fazer planos para se reanimar.

"Afinal de contas, foi tudo muito deprimente ontem à noite."

"Dá pra ver que vocês estão morrendo de pena", comentou Kevin, assim que Miriam pôs o fone no gancho.

"Bem, não há nada que a gente possa fazer, Kev. O Bellevue não é o tipo de lugar para se fazer uma visitinha, e acho que enviar flores ou doces não faz muito sentido."

"Não faz nenhum sentido." Ele identificou mais um daqueles roxos, dessa vez na parte de trás da panturrilha esquerda dela. "Você está com outro roxo." Ele apontou para a marca.

"O quê?" Ela olhou para a própria panturrilha. "Ah, sim", disse, emendando uma risada breve.

"Você não está preocupada? Já falei, pode ser um problema de alimentação ou algo do tipo."

Ela o encarou por um instante e depois sorriu. "Kevin, para de ser tão preocupado. Não é nada. Isso já aconteceu antes, principalmente antes da menstruação."

"Já chegou sua menstruação?", perguntou ele, depressa.

"Está atrasada." Os olhos de Miriam brilharam travessos, mas Kevin não sorriu de volta.

"Te ligo mais tarde", disse, saindo às pressas. Ele desceu de elevador até a garagem, entrou no carro e partiu para ver Beverly Morgan.

Era um dia seco e frio de inverno, com um céu azul-escuro encoberto de nuvens tão estáticas que pareciam congeladas nas alturas. Durante a ida até o interior do estado, Kevin reviu em sua mente os últimos meses e as coisas que o haviam incomodado, coisas que decidira ignorar e só então o admitia, agora que estava sendo honesto consigo mesmo.

Como o escritório poderia saber tanto sobre ele e Miriam antes mesmo de sua chegada? Como John Milton sabia tanto a respeito do caso de Lois Wilson? E o que dizer da perfeição de tudo aquilo, como um apartamento isento de aluguel que, por acaso, vinha com uma espineta e inúmeras outras coisas com as quais Miriam sempre havia sonhado? Haveria alguma coisa de sobrenatural nas coincidências e em sua boa sorte, ou ele apenas estava sendo paranoico agora? Será que Miriam estava certa? Ele estaria reagindo às baboseiras de uma pessoa doente da cabeça e deprimida? Talvez estivesse trabalhando em excesso.

Certamente deveria existir uma explicação lógica para a reviravolta de Beverly Morgan. Quem sabe ela não havia deixado de confiar nele simplesmente porque ele era jovem demais. Se esse fosse o caso, era provável que também não falasse com ele agora, pensou Kevin.

Ele estacionou em frente à pequena casa em Middletown. As janelas estavam escuras e as cortinas, fechadas. Um menino negro magricela de dez anos o fitou com desconfiança do santuário de sua varanda quando Kevin saiu do carro e se encaminhou até a entrada da casa da irmã de Beverly. Ele bateu na porta e aguardou. A batida ecoou e morreu sem receber resposta. Ele bateu de novo e depois espiou por uma janela.

"Tem ninguém em casa", disse o menino. "Eles saíram de ambulância."

"Ambulância?" Kevin foi depressa até o lado da varanda. O menino recuou um pouco, assustado com aquele movimento brusco. "O que aconteceu com a sra. Morgan?"

"Ela ficou bêbada e caiu da escada", disse o menino, empurrando um caminhãozinho de bombeiros de metal em cima da grade quebrada da varanda.

"Oh, entendi. Então a levaram pro hospital, né?"

"Isso. E minha mãe foi junto. Ela levou Cheryl."

"Oh. Elas foram pra qual hospital?"

O menino deu de ombros.

"Provavelmente só tem um hospital por aqui, de qualquer modo", ponderou Kevin. Ele voltou correndo para o carro e partiu. No primeiro cruzamento, conseguiu obter as direções para o hospital Horton Memorial e chegou lá o mais rápido possível.

A idosa gentil e vestida de rosa na recepção não tinha nenhuma informação sobre a entrada de Beverly Morgan. "Ela ainda pode estar na emergência", ofereceu como única explicação possível. Ela indicou o caminho, e Kevin desceu às pressas o amplo e extenso corredor.

Ficou surpreso ao ver tanto movimento. Seja em cidade pequena ou não, os prontos-socorros são sempre iguais, pensou. Enfermeiras transitavam frenéticas de uma sala de exames a outra. Um médico sobrecarregado examinava sua prancheta, enquanto uma enfermeira recitava os sintomas de um paciente que estava na sala logo atrás. Ninguém parecia notar a presença de Kevin. Ele avistou duas mulheres negras conversando em voz baixa diante da porta de uma sala de exames do outro lado da área de emergência, e foi em direção a elas.

"Com licença."

Elas se viraram, curiosas.

"Beverly Morgan está lá dentro?"

"Com certeza. Quem é você?"

"Meu nome é Kevin Taylor, sou advogado. Fui o advogado de defesa de Stanley Rothberg."

"Oh, bem, e o que você quer com a minha irmã agora? Ela contou tudo no tribunal, não é mesmo?"

"Ela está bem?", perguntou Kevin, sorrindo.

"Ela vai sobreviver", disse a irmã, franzindo o cenho. "Mas pode apostar que as coisas vão mudar lá em casa, se ela quiser morar lá."

"Aposto que sim." Ele assentiu e olhou para a outra mulher, que o fitava como se fosse um louco. "Você acha que eu conseguiria falar com ela por alguns minutinhos?"

"Bem, já que pelo visto a gente vai demorar uma eternidade pra conseguir um quarto, acho que sim. Só que ela ainda não está totalmente sóbria", disse a irmã de Beverly. Kevin não hesitou e entrou na sala de exames.

Beverly Morgan estava deitada numa maca, com um cobertor branco e fino na altura do pescoço. Uma atadura de gaze envolvia sua cabeça; havia uma mancha de sangue no lado direito da testa. Ela estava olhando para o teto. Sua irmã e a vizinha entraram atrás de Kevin e ficaram paradas na porta. Ele se aproximou lentamente.

"Beverly?", disse. "Como a senhora está?" Ela piscou, mas não olhou para ele. "Sou Kevin Taylor. Se a senhora me permitir, gostaria de falar com você, apesar de o julgamento já ter acabado. Beverly?"

Ela virou um pouco a cabeça.

"Ela está bêbada demais pra ouvir o senhor. Nem sequer sabe onde diabos está. Desceu rolando a escada. Não encontrei ela logo de cara. É uma sorte ela estar viva."

"Beverly", disse Kevin, ignorando a irmã. "A senhora sabe que estou aqui e quem sou. Você precisa falar comigo, Beverly. A senhora sabe que é importante."

Ela virou um pouco mais a cabeça até encará-lo. "Ele te enviou aqui?", perguntou, com rouquidão.

"Quem? O sr. Milton?"

"Ele te enviou aqui?", perguntou, mais uma vez. "Por quê? O que ele quer agora?"

"Ele não me mandou vir aqui, Beverly. Vim por conta própria. Por que a senhora mudou sua versão da história? A senhora disse a verdade no tribunal? Ou a senhora estava dizendo a verdade quando fui vê-la na casa da sua irmã?"

Ela o fitava, e Kevin achou que aquilo seria inútil. "Ele não enviou você?", perguntou Beverly, subitamente.

"Não. Vim por conta própria", repetiu Kevin. "Não sabia que a senhora mudaria sua versão da história até eu fazer aquelas perguntas no tribunal, e não acreditei em você, Beverly. Apesar da senhora ter me ajudado a ganhar o caso, não acreditei em nada. A senhora mentiu, não é mesmo?"

Lágrimas irromperam dos olhos vermelhos de Beverly.

"Ei, moço, o que o senhor acha que está fazendo com a minha irmã?"

"Nada", disse Kevin, praticamente aos berros. Ele se virou para as duas. "Só preciso que ela responda a algumas perguntas. Isso é muito, muito importante. Beverly, a senhora mentiu, não é mesmo? Não é mesmo?", insistiu.

"Moço, é melhor o senhor ir embora", exigiu a irmã.

Beverly fez que sim.

"Eu sabia. Mas por quê? Por que a senhora mentiu? Como ele te convenceu a mentir?"

"Ele sabe", sussurrou Beverly.

"Sabe o quê?"

"Moço, é melhor o senhor deixar ela em paz agora mesmo."

"Sabe o quê?", insistiu Kevin.

Os lábios de Beverly começaram a se mexer. Kevin abaixou a cabeça. Ela sussurrou a confissão em seu ouvido, como se ele fosse um padre. Depois, virou a cabeça para o outro lado.

"Mas como ele sabia disso?", indagou-se Kevin. Beverly não ensaiou nenhuma resposta, mas ele não precisava de uma. Já estava inscrita em seu coração.

Foi um estranho retorno à cidade. Kevin estava tão imerso em pensamentos que não conseguia se lembrar da volta. De repente, viu-se próximo à ponte George Washington, quase como se tivesse sido transportado até ali. Estremeceu. Talvez fosse o caso. O que separava a ilusão da realidade? O que era mágica e o que não era? O sr. Milton não passava de um homem perspicaz, ardiloso e inescrupuloso ou... seria algo mais?

Como era possível que John Milton soubesse dos pecados que Beverly trancafiara no coração: que ela havia roubado da mãe de Maxine quando cuidou dela após o derrame e que havia feito o mesmo com Maxine

— furtava joias e dinheiro espalhado, roubava dos mortos, era o que dizia para si mesma, já que as duas estavam à beira da morte. Ao saber de tais coisas, para ele ficou fácil chantageá-la, afirmando que se tornaria a principal suspeita agora, alguém que não havia matado Maxine por acidente, por negligência em virtude do alcoolismo, e sim deliberadamente, com planejamento prévio. Maxine havia descoberto o que ela fazia e o que havia feito, assim como, Deus a perdoe, a mãe de Maxine também descobrira.

Excesso de digitálicos, indetectáveis, a não ser que o patologista tivesse um motivo para procurá-los. Beverly havia enviado a velha senhora para o céu e conseguiu evitar ser exposta.

Kevin a escutara do início ao fim, mas, ao contrário de um confessor, não lhe deu nenhuma esperança de redenção, já que no momento ainda se perguntava se ele próprio teria alguma chance de se redimir.

Acontece que agora ele não tinha mais tempo para pensar em si mesmo. O alerta de Helen Scholefield era direcionado a Miriam, e não a ele. Helen dissera que a mesma coisa que havia acontecido à esposa de Richard Jaffee ocorreria com Miriam. Será que Richard também chegou a saber tudo o que Kevin sentia e sabia nesse momento?

Agora que sua curiosidade em relação ao escritório e aos outros associados chegava ao ápice, Kevin decidiu ir até lá e fazer umas pesquisas por conta própria. Ele tinha certa intuição sobre onde procurar e sabia que precisava de algo mais concreto para seguir em frente, algo a mais que pudesse contar a Miriam ou a qualquer outra pessoa, na realidade.

Diane ficou surpresa ao vê-lo. "Oh, todos já foram embora, sr. Taylor", disse. "A bem da verdade, o sr. McCarthy acabou de sair." Kevin sabia disso. Havia visto Ted sair do prédio e procurou ficar distante, para não ser visto.

"Não tem problema. Só queria me livrar de uns assuntos pendentes e dar uma olhada em algumas coisas."

Diane sorriu e depois balançou a cabeça com pesar. "O senhor soube das últimas notícias da sra. Scholefield?"

"Não. Passei a maior parte do dia fora da cidade. O que aconteceu?"

"Ela entrou em coma. Não responde a nenhum tratamento. Eles devem iniciar com o eletrochoque em algum momento", disse a secretária, em voz baixa.

"Uh-hum. É uma pena. O sr. Scholefield ainda está no hospital?"

"Sim. O senhor vai precisar de alguma coisa, sr. Taylor? Wendy saiu mais cedo hoje."

"Não, estou bem", disse Kevin, pondo-se a caminho de sua sala, onde se deparou com um novo arquivo sobre a mesa e com um bilhete em cima, que dizia: "Kevin, um novo caso para você. Falaremos mais sobre isso hoje. J. M.". Claro, o sr. Milton não havia planejado conversar sobre aquilo até o dia seguinte. Ele abriu a capa e examinou a primeira página.

Elizabeth Porter, uma mulher de quarenta e oito anos, proprietária e gerente de uma pensão voltada para idosos, e Barry Martin, seu faz-tudo e amante, de quarenta e cinco anos, haviam sido presos e acusados do assassinato de quatro idosos, os quais teriam matado para se apossar de suas previdências sociais. Todos os quatro foram encontrados enterrados nos fundos da pensão. Kevin representaria e defenderia o faz-tudo, que agora parecia estar disposto a entregar provas contra sua amante para salvar o próprio pescoço.

O material na pasta detalhava cada assassinato, quem eram as vítimas, a duração do esquema, o passado da proprietária, assim como o do faz-tudo. Mais uma vez, Kevin se deparou com relatórios completos e minuciosos, que haviam sido organizados e preparados num instante. Isso atiçou o fogo de suas suspeitas, então se dirigiu até a biblioteca jurídica computadorizada. Apertou o interruptor. As luzes neon piscaram e em seguida iluminaram a sala estreita e comprida, emparedada de estantes de livros. A estação de computador ficava logo à direita dele. Puxou a cadeira em frente ao computador e o ligou. A tela piscou e, após um bipe, iluminou-se à sua frente.

As secretárias deixavam uma espécie de guia ao lado do teclado para facilitar e agilizar as consultas. Após estudá-lo rapidamente, Kevin conseguiu apertar as teclas corretas e abrir o menu de arquivos no disco rígido do computador. Queria averiguar os casos passados, o histórico do escritório, por assim dizer. Percebeu que os casos estavam organizados pelo nome do associado a que pertenciam. Como Paul havia sido o primeiro a entrar no escritório, começou pelos casos dele.

Kevin passou depressa por cada caso, de olho nos clientes e nos resultados. Depois examinou os casos de Ted e, enfim, os de Dave. Foi incessante na busca, lendo e confirmando a premissa que em seu coração já sabia ser verdadeira. Todo cliente que o escritório havia defendido era culpado com atenuantes ou sentença reduzida, ou então aparentemente culpado e absolvido por meio de manobras jurídicas. Ninguém poderia dizer que o escritório John Milton e Associados alguma vez perdera um de seus casos ou fizera algum trabalho malfeito.

Não era de surpreender que os outros três parecessem tão arrogantes quando diziam "a gente não perde", pensou Kevin. Eles sabiam. Eles não perdiam.

Kevin notou que seu nome já estava na lista e, ao abrir seu arquivo, ficou perplexo com a descoberta de um relato do caso de Lois Wilson. Mas o que aquilo estava fazendo ali? Ele não trabalhava no escritório na época. Claro, o caso de Rothberg estava lá, e agora também já havia entrado o da pensão.

Mas o que fez seu rosto pegar fogo foi a descoberta de que o resultado já estava digitado. Isso era excesso de confiança ou o quê? Ele poderia fazer alguma besteira, não poderia? Ou a promotoria poderia apresentar algo que eles desconhecessem, não é verdade? Ainda levaria um tempo para o caso ir a julgamento. Como era possível o resultado já estar digitado ali?

Ele se recostou e começou a pensar. Então se inclinou para a frente e abriu o menu de arquivos de novo. Um deles, em particular, chamou sua atenção. Tudo o que dizia era "Futuros".

Ele solicitou a abertura do arquivo e aguardou, tenso. Começou a ler devagar, prestando atenção nas datas. Seu coração se agitou antes mesmo de terminar a primeira página. Não dava para acreditar no que estava vendo.

O escritório mantinha uma lista com mais de dois anos de trabalhos jurídicos futuros baseados em crimes que ainda seriam cometidos!

13

"Estou indo embora, sr. Taylor", disse Diane. Ela surgiu de repente, plantada na porta da biblioteca. Kevin não escutou seus passos no corredor, de tão impressionado que estava com o que descobrira no computador. Embora Diane tivesse falado com delicadeza, Kevin se virou de modo tão brusco que teve a sensação de estar saindo da própria pele. A bela secretária sorria com inocência em sua direção, aparentemente alheia ao que ele estava fazendo ou procurando. Talvez ela não soubesse. Talvez nenhum deles soubesse de verdade, pensou Kevin.

"Ah, sim, Diane. Eu também vou dentro de alguns minutos."

"Não precisa correr, sr. Taylor. A porta vai se fechar automaticamente quando o senhor sair."

"Obrigado. A propósito, onde o sr. Milton passou o dia hoje?"

"Ele teve vários compromissos pela cidade, mas foi devidamente informado de tudo, inclusive do estado da esposa do sr. Scholefield. Ele com certeza virá amanhã. Vejo o senhor de manhã, então", acrescentou ela.

"Sim. Boa noite." Kevin esperou que ela se retirasse antes de se voltar para o computador mais uma vez. Ninguém acreditaria nele se não visse tudo com os próprios olhos, percebeu, e então decidiu imprimir a pasta "Futuros", mas, ao tentar efetuar a impressão, recebeu a seguinte mensagem na tela: "Arquivo não formatado para impressão". Quando ele começou a converter o arquivo, a tela de súbito ficou em branco. Ele abriu novamente a lista de arquivos e tentou reabrir a pasta "Futuros", mas dessa vez o computador exigiu uma senha.

Como era possível?, indagou-se. Por que antes havia conseguido abrir a pasta sem saber a senha e agora não conseguia? Era como se o computador quisesse atormentá-lo, como se também fizesse parte daquele... mal.

Kevin tirou os dedos das teclas, receoso de que, de alguma forma, o computador pudesse lhe fazer algum mal, mas a tela permaneceu ligada e com aspecto inofensivo. Ele balançou a cabeça. Loucura, pensou. Sua paranoia estava cada vez maior. Ele desligou o computador às pressas, deixou a biblioteca e foi até a sua sala para ligar para casa.

Após quatro chamadas, a ligação caiu na secretária eletrônica de Miriam, que, com uma voz doce, porém não familiar, pedia ao autor da chamada que deixasse um nome, número e recado. Em seguida, após uma breve risada, dizia "obrigada", e entrava o bipe. Ele manteve o fone na mão e ficou ouvindo o zumbido suave da fita cassete do aparelho. Por que não havia identificado aquilo na voz dela antes — aquele tom tênue e distante, o tom de uma pessoa bastante distraída, com atenção fugidia? Será que ele havia estado sob algum feitiço, um feitiço que havia se dissipado assim que começou a se sentir culpado das coisas que vinha fazendo?

Um suor frio irrompeu da testa e da nuca de Kevin. Ele pôs lentamente o fone no gancho, sem deixar nenhuma mensagem. Onde ela estava? Estaria lá em cima, na cobertura, de novo? Talvez com ele? Que tipo de atração ele exercia nas mulheres, e por que os outros associados não percebiam isso, ou, se percebiam, por que não se importavam? Os três eram tão competentes e brilhantes, certamente estavam tão cientes de tudo quanto ele estava agora. Kevin não podia confiar neles. Não podia confiar em nenhum deles; sobretudo não podia confiar em Paul, por ter sido quem o trouxe até ali e por ter permitido que a própria esposa fosse encarcerada no Hospital Bellevue.

E, no entanto, o que deveria fazer com o que descobrira? Kevin refletiu por alguns instantes, olhou para o relógio e então percorreu sua agenda telefônica em busca do número do escritório da promotoria. Assim que a recepcionista atendeu, pediu para falar com Bob McKensie. Acabou sendo transferido para a secretária do promotor.

"Ele está saindo agora", informou ela. "Posso pedir pra ele ligar pro senhor amanhã cedo."

"Não", exclamou Kevin, quase gritando ao telefone. "Eu preciso falar com ele agora mesmo. É uma emergência. Por favor..."

"Só um momento." Pelo que escutou, deduziu que a secretária havia tapado a boca do telefone com a mão e que Bob McKensie estava de pé bem ao seu lado. "Está bem", disse ela. "O sr. McKensie já vai atender." Ele atendeu logo depois.

"Kevin, o que houve?"

"Eu sei que você já está indo embora, mas, pode acreditar, Bob, eu não te ligaria assim se não fosse muito importante."

"Bem, eu estava indo pra casa. Do que se trata?"

"É sobre todos os casos de que você participou contra algum suspeito representado por um associado do John Milton. Não só você, mas cada membro da promotoria", respondeu Kevin, num sussurro grave. Sobreveio um longo silêncio. "Eu juro, você não vai se arrepender de me encontrar."

"Em quanto tempo você consegue chegar aqui? Eu realmente preciso ir pra casa."

"Me dá vinte minutos."

Após outra pausa, McKensie disse: "Está bem, Kevin. Todo mundo já deve ter ido embora até lá, então é só entrar. Minha sala é a terceira porta à esquerda".

"Certo. Obrigado."

Kevin desligou o telefone e saiu às pressas, apagando as luzes no caminho. Logo antes de fechar a porta do escritório, virou-se para trás e fitou o corredor escuro. Talvez fosse apenas sua imaginação sobrecarregada, mas julgou ver um brilho saindo da biblioteca jurídica, um brilho que poderia estar vindo da tela do computador. Só que tinha certeza de tê-lo desligado, por isso atribuiu tudo à sua imaginação instigada e não hesitou nem um segundo a mais.

Quando avisou que levaria vinte minutos, Kevin se esquecera de levar em conta o trânsito do fim do expediente. Quase quarenta minutos haviam se passado quando finalmente entrou na garagem que dava acesso ao escritório da promotoria. Estacionou e foi correndo para a portaria e o elevador. Estava tão determinado a encontrar Bob McKensie o mais rápido possível que não havia pensado muito a respeito de como revelaria sua descoberta e o que achava de tudo aquilo. Agora que estava na porta do escritório da promotoria, o impacto do que estava prestes a fazer o acertou em cheio, e sua mão travou na maçaneta.

Ele vai achar que enlouqueci, pensou. *Não vai acreditar numa palavra sequer. Mas preciso contar pra alguém, pra alguém que se importa e que vai querer investigar mais a fundo.* Quem melhor que o homem que John Milton e Associados havia derrotado e constrangido inúmeras vezes? Kevin abriu a porta e entrou. Todas as luzes ainda estavam acessas na recepção, mas a recepcionista já havia ido embora. Ele se dirigiu depressa à terceira porta à esquerda e a abriu.

McKensie estava em frente à janela, olhando a cidade anoitecida, as mãos nas costas. O alto e esguio promotor se virou imediatamente quando a porta se abriu, e ergueu as sobrancelhas. Kevin achou que o rosto de McKensie parecia mais comprido e sombrio, os olhos mais profundos e tristes que o normal.

"Me desculpe. Fiquei preso no trânsito."

"Sabia que isso ia acontecer." McKensie olhou para o relógio. "Está certo, vamos ser rápidos, por favor. Eu liguei pra minha esposa, mas esqueci que teríamos companhia hoje à noite."

"Perdão, Bob. Eu não faria isso se..."

"Sente-se, Kevin. Vamos lá. O que está te deixando tão preocupado?" McKensie foi até sua cadeira. Kevin se sentou e se recostou por um instante para recuperar o fôlego.

"Não sei por onde começar. Ainda não tinha pensado em como te contar isso até agora."

"Apenas vá direto ao assunto, Kevin. A gente pode deixar os detalhes pra depois."

Kevin assentiu, engoliu em seco e depois se inclinou para a frente.

"Tudo que peço é que você me dê uma chance", disse, erguendo a mão esquerda como um guarda de trânsito, "e não refute de cara o que tenho a dizer, está bem?"

"Você tem toda a minha atenção", disse McKensie, seco, olhando para o relógio de novo.

"Bob, cheguei à conclusão de que John Milton é um homem mau e dotado de poderes sobrenaturais. É provável que ele não seja nem um homem, ou, melhor dizendo, ele é mais que um homem. É muito provável que seja o próprio Satã em pessoa."

McKensie apenas o olhava, erguendo ligeiramente as sobrancelhas no rosto imperturbado. A ausência de desdém ou de riso encorajou Kevin.

"Visitei Beverly Morgan hoje. Olha, fiquei tão surpreso quanto você com o testemunho dela. Quando a interroguei antes do julgamento, ela negou a história do Rothberg e até a ridicularizou. Ela demonstrou um profundo desgosto pelo homem e não queria fazer parte de nada que pudesse ajudá-lo."

"Sim, mas e daí? Ela pode ter ficado com a consciência pesada. Você sabe tão bem quanto eu que há testemunhas de crimes que se recusam a depor. A maioria acaba racionalizando a culpa", disse McKensie, dando de ombros. "Quando chegou a hora, ela não conseguiu fazer isso."

"O sr. Milton me enviou um bilhete logo antes de eu começar a interrogá-la no tribunal. Ele sabia que ela ia mudar de ideia."

"E você acha que isso exigia poderes sobrenaturais?"

"Não, isso não. Eu te falei. Visitei Beverly Morgan hoje. Ela tinha sofrido um acidente... bebendo. Caiu de uma escada e já estava na emergência do hospital quando cheguei na casa dela. Fui até o hospital e perguntei por que ela tinha mudado sua versão da história. Talvez por achar que estava à beira da morte ou porque finalmente tenha sentido peso na consciência, ela me confessou algumas coisas, coisas que fez no passado. Bob", disse Kevin, inclinando-se sobre a mesa, "ela me disse que matou a mãe inválida da Maxine Shapiro depois que a mulher descobriu que estava sendo roubada por ela. Beverly entupiu a mulher de digitálicos. Ninguém ficou sabendo; ninguém suspeitou de nada. Ela também andava roubando Maxine, uma joia aqui, um dinheiro ali, e por aí vai."

"Então ela também matou Maxine?"

"Não, Maxine não sabia de nada, ou, se sabia, não se importava. Foi Stanley Rothberg quem matou a esposa. Estou convencido disso, e estou convencido de que o sr. Milton sabia. Na verdade, sei que ele sabia antes que Stanley o fizesse."

"Ahn? O que você está falando?" McKensie se recostou. "John Milton esteve envolvido?"

"De certa forma, suponho que sim. Ele conhece o potencial maligno que carregamos em nossos corações", disse Kevin, refletindo um instante. Então levantou rápido a cabeça. "Achei que não se passava de um erro de escrita quando recebi o arquivo do caso, mas John Milton já vinha levantando informações antes de Maxine ser assassinada. Ele sabia que ela seria morta e que Stanley seria indiciado."

"Ou talvez você estivesse certo quando achou que era só um erro de escrita, Kevin", disse McKensie, numa voz suave.

"Não, vou te dizer por que tenho certeza de que não era. Ele não apenas sabe o mal que as pessoas vão fazer; ele conhece o mal que a gente já fez e que ficou guardado no coração. John Milton foi até Beverly Morgan e a chantageou. Sabia o que ela tinha feito, e ela sabia que estava enfrentando uma terrível força do mal. Daí ela cedeu e fez o que ele queria."

"E ela te contou isso hoje no hospital?"

"Sim."

"Kevin, você mesmo falou que ela bebeu e sofreu um acidente. Eu estava prestes a colocar em dúvida o depoimento dela, revelando que era uma alcóolatra incompetente, mas eu sabia que você usaria isso pra sugerir que ela poderia ter matado Maxine acidentalmente, então resolvi deixar pra lá. Mas o que ela podia fazer como testemunha contra alguém como John Milton?"

"Bob, o escritório dele ganhou ou fez um bom trabalho em todos os casos criminais em que se envolveu", respondeu Kevin. "Se você examinar os registros judiciais com atenção, vai ver que isso é verdade. E observe a clientela... muitos são culpados acima de qualquer suspeita, mas suas sentenças são reduzidas, ou..."

"Qualquer advogado de defesa tentaria a mesma coisa, Kevin. Você sabe disso."

"Ou eles dão um jeito de conseguir descartar provas."

"Eles são bons advogados de defesa, Kevin. Esse é o trabalho deles. A gente entende isso. Por que você acha que fico na cola da polícia o tempo inteiro? Os policiais estão sempre exaustos e impacientes, aí acabam cometendo erros. Não é à toa que me odeiam e odeiam os outros promotores, porque a gente fica mostrando o que eles podem ou não fazer."

"Eu sei disso tudo. Eu sei", disse Kevin, impaciente. "Mas ainda tem mais, Bob. Eles — principalmente ele — gostam de libertar pessoas culpadas. Ele é o verdadeiro defensor do mal, o advogado do diabo, se não o próprio diabo, em pessoa."

McKensie assentiu e se endireitou na cadeira. "O que mais você tem pra corroborar uma história tão maluca, Kevin?"

"Acabei de vir do escritório. Fui até lá e usei o computador pra rever todos os casos deles. Como disse, eles nunca perderam um caso. Eu também apareço nos arquivos, mas não apenas como o responsável pelo caso de Rothberg. Eles têm o registro do meu primeiro caso criminal de verdade, que foi a julgamento em Long Island."

"Defendendo uma professora primária acusada de abuso sexual de crianças." Kevin olhou firme para ele. "Pedi pra minha equipe fazer uma pesquisa sobre você, Kevin. Eu precisava saber que tipo de advogado iria enfrentar."

"Foi estranho encontrar o caso nos arquivos do computador do escritório de John Milton. Era quase como se ele achasse que eu estava trabalhando pra ele quando defendi Lois Wilson. Então pensei comigo mesmo: talvez estivesse."

"Não entendi."

"Acho que no fundo do meu coração eu sabia que ela era culpada de assediar a menina, mas acabei decidindo ignorar meus instintos pra atacar os argumentos da promotoria nos pontos que pareciam mais vulneráveis."

"Você foi pago pra fazer exatamente isso", disse McKensie, seco.

"Sim, mas eu não percebia na época que estava fazendo um teste pra um cargo no escritório de John Milton, um escritório que procura advogados capazes de ultrapassar qualquer limite pra absolver seus clientes, até mesmo os culpados. De toda forma, o que mais me impressionou e me assustou no computador foi uma pasta chamada 'Futuros'. Ela continha uma lista de crimes que seriam cometidos nos próximos dois anos e os nossos futuros clientes."

"Previsões?"

"Não apenas previsões, mas previsões certeiras — roubos, estupros, assassinatos, extorsões, fraudes —, vi todo o esquema. Parecia uma descrição dos formandos da Universidade do Inferno."

"Você viu o nome de pessoas de verdade e o tipo de crime do qual seriam acusadas?"

"Sim."

"Você fez alguma cópia?"

"Tentei fazer, mas o computador não quis imprimir, depois o arquivo sumiu, e não consegui abri-lo de novo, mas se você for até lá..."

"Calma, Kevin. Não consigo me imaginar indo até o escritório de John Milton com um mandado pra olhar um arquivo de computador que lista crimes que ainda vão ser cometidos. De todo modo, se ele tem todo esse poder que você acha que tem, ele deletaria o arquivo antes que eu chegasse, não?"

Kevin assentiu, sentindo-se frustrado. "A esposa de Paul Scholefield está no Bellevue", disse. "Ela me contou umas coisas ontem à noite, disse que John Milton era maligno e deixava todo mundo enfeitiçado, até mesmo nossas esposas. Ela falou que ele foi o responsável pela morte de Richard Jaffee."

"Ela disse que ele empurrou Richard Jaffee da varanda?"

"Não literalmente, mas Jaffee se sentiu responsável pela morte da esposa e culpado pelas coisas que vinha fazendo como advogado no escritório de John Milton. Pelo que Helen falou, Richard era o único que tinha consciência."

"Helen Scholefield te disse essas coisas?"

"Sim."

McKensie assentiu e se endireitou de novo, apoiando sua comprida mão direita sobre a esquerda. "Milt Krammer me contou sobre ela hoje. As notícias correm depressa na comunidade jurídica. Colapso nervoso, certo?"

"É só um disfarce."

"Então você está dizendo que eles estão todos envolvidos — Dave Kotein, Ted McCarthy e Paul Scholefield?"

Kevin assentiu. "Agora realmente acho que sim."

"E as esposas também?"

"Não tenho certeza sobre as esposas."

"Mas sem dúvida não a do Paul?"

"Veja bem, ela tinha feito uma pintura, uma obra abstrata, mas assustadora..."

Ele se calou. McKensie balançava sutilmente a cabeça, e Kevin percebeu que aquilo não estava dando certo.

"Vamos nos acalmar um pouco, Kevin, e rever o que você me disse até agora. Ok?"

"Bob, você precisa me escutar."

"Estou escutando. E até agora não ri nem chamei os enfermeiros, não é mesmo?"

"Sim."

"Ok. Você está nervoso. Beverly Morgan aparentemente mentiu pra proteger o próprio rabo. John Milton sabia dos crimes que ela tinha cometido. Se ele sabia ou não graças a poderes sobrenaturais, isso permanece em aberto. Ele pode ter investigado por conta própria. Milton tem bons detetives particulares por aí. Eu sei bem disso.

"Você investigou o histórico do escritório e descobriu que eles são muito bem-sucedidos. Mas nenhum dos casos foi vencido graças a poderes sobrenaturais. Eles se aproveitaram de erros policiais sempre que puderam, negociaram acordos quando possível e conseguiram vitórias absolutas quando as provas circunstanciais foram colocadas em dúvida.

"Me interrompa quando achar que estou errado."

"Não, sei o que isso parece, mas..."

"Mas você viu um arquivo no computador que você não consegue copiar ou abrir de novo. Um arquivo de crimes possíveis."

"Possíveis não, incontestáveis."

"Você diz que são incontestáveis porque acha que John Milton começou a investigar o caso de Rothberg antes de Maxine ser morta, mas você também admite que tinha achado ter sido um erro de escrita. Você recorre ao depoimento de uma mulher que está no Bellevue e que foi diagnosticada com colapso nervoso, e também ao de uma alcóolatra que pode ou não ser uma assassina e uma ladra.

"Kevin", disse McKensie, inclinando-se para a frente. "Por que você simplesmente não pede demissão? E volta a advogar em Long Island?"

"Em quantos casos você já foi a julgamento contra clientes representados por John Milton?", perguntou Kevin, com a maior calma possível.

"Pessoalmente? Cinco, incluindo o seu."

"E você perdeu todos eles, certo?"

"Não há por que questionar as derrotas. As razões foram todas lógicas. Não teve nada de sobrenatural. Olha, conheço John Milton há um tempo. Você já me encontrou numa festa dele. Outros promotores também já foram a festas dele. Meu chefe já foi. Ninguém nunca se sentiu na presença do diabo ou do advogado do diabo, pode acreditar em mim, apesar de algumas das festas terem sido um pouco ousadas, pode-se dizer."

Kevin assentiu, e uma tremenda sensação de derrota se abateu sobre ele. De repente, sentiu-se muito cansado, muito velho. "Me desculpe, Bob. Queria que houvesse alguma forma de fazer você acreditar em mim."

"Se realmente acha que você e sua esposa estão na presença do mal, Kevin, você devia sair fora."

"É o que pretendo fazer, mas queria fazer mais. Queria pôr um fim a tudo isso, porque também sou responsável pelo que está acontecendo."

McKensie sorriu pela primeira vez. "Queria que todo advogado de defesa tivesse uma crise de consciência como essa. Facilitaria o nosso trabalho." Eles se entreolharam por um momento. "Eu não devia fazer isso", acrescentou McKensie. "Mas posso ver que você está levando a sério tudo que me disse. Conheço uma pessoa que talvez possa ajudar, que possa esclarecer as coisas pra você e explicar um pouco do que você acha que viu ou vivenciou."

"Sério? Quem?"

"Um amigo meu, quer dizer, está mais pra um amigo do meu pai. O padre Vincent, um padre que já se aposentou e que tem pesquisado e escrito sobre o oculto, mais especificamente sobre o diabo, acredito. Ele não é um desses excêntricos. Muitos especialistas reconhecem o que ele faz como trabalho acadêmico, porque ele também foi psiquiatra. Volta e meia ele ainda aceita novos pacientes, apesar de já estar com quase oitenta anos."

"Você acha que preciso de um psiquiatra, é isso?", perguntou Kevin, balançando a cabeça. "Acho que não posso te culpar."

"Não estou dizendo que você está louco, Kevin. Mas o padre Vincent pode ser uma boa ajuda. Talvez ele possa te auxiliar a confirmar ou a negar suas hipóteses, e assim consiga acalmar sua mente", disse McKensie. "Isso seria tão ruim assim?"

"Não, acho que não."

"Agora você está sendo sensato", disse McKensie, olhando mais uma vez para o relógio. "É melhor eu me apressar."

"Certo. Obrigado por me escutar." Kevin estendeu a mão.

McKensie se levantou, e eles se cumprimentaram. "Kevin, não me leve a mal. Eu adoraria acabar com o escritório de John Milton. Eles são bons no que fazem, e, concordo, inúmeros clientes se safaram de atividades criminosas, mas isso faz parte do sistema, que no momento é o melhor que a gente tem. Você provavelmente descobriu que não tem estômago pra esse tipo de coisa. Acontece", disse McKensie, dando de ombros. "Talvez você deva pensar em vir pro nosso lado. Não paga tão bem, mas você vai dormir melhor à noite."

"Quem sabe", disse Kevin, saindo da sala de McKensie.

"Espera. Vou sair com você."

McKensie vestiu o sobretudo e pegou sua maleta. Ele apagou as luzes da sala, e, mais uma vez, Kevin foi o último a deixar o escritório. As luzes se apagaram atrás dele, e as portas se trancaram.

"Esse padre Vincent mora onde?", perguntou Kevin, quando entraram no elevador.

"Ele mora no Village", disse McKensie, sorrindo. "Apartamento 5, na rua One Christopher. O primeiro nome dele é Reuben. Menciona o meu nome se você ligar pra ele."

"Talvez eu faça isso mesmo", disse Kevin, embora estivesse pouco entusiasmado para fazer qualquer coisa.

Mas, no momento em que voltou para casa e abriu a porta da frente, tudo mudou.

Miriam estava na entrada esperando por ele.

"Ouvi você enfiando a chave na porta", explicou, "e vim correndo."

Ela estava radiante, o rosto corado, os olhos brilhando.

"Por quê?"

"Não queria dizer nada até ter certeza, mas confirmei tudo hoje. Estou grávida", disse, lançando os braços em volta do pescoço de Kevin antes que ele pudesse dizer alguma coisa.

"O que você está falando?" Miriam se levantou antes que ele pudesse prosseguir. Depois de se recompor, Kevin a levou até a sala para conversar, porém, mal havia começado a falar, ela cerrou os punhos e os levou as têmporas. "Um aborto!"

"Acho que o bebê não é meu", disse Kevin, o mais calmo possível. "E se Helen tiver razão, e acho que ela tem, isso vai te matar."

"Helen? Helen Scholefield? Meu Deus, você está louco. Você enlouqueceu. Deixou Helen Scholefield te enlouquecer, não foi?", disse ela. "O que ela te disse ontem à noite? Como é possível o bebê não ser seu? Com quem você acha que ando dormindo? Helen falou que eu dormi com outro homem? E você acreditou nela, numa louca? Uma mulher que agora está numa camisa de força, babando em Bellevue!" Seu rosto ficou vermelho de raiva.

"Apenas senta e escuta o que eu tenho a dizer. Isso é pedir demais?"

"Sim, se tiver alguma coisa a ver com aborto, é pedir demais, sim. A gente queria esse filho; a gente queria começar uma família. Já planejei todo o quarto do bebê." Ela balançou a cabeça energicamente. "Não vou escutar. Não. Não vou", repetiu, e subitamente fugiu da sala. Ele ficou um instante sentado, depois se levantou e foi atrás da esposa no quarto. Ela estava jogada na cama, de bruços, soluçando.

"Miriam." Ele se sentou ao lado dela e acariciou seu cabelo com carinho. "Não é culpa sua. Não quis dizer que você dormiu com alguém por vontade própria. Não é que você tenha sido infiel. Não é nada disso. Ele te enfeitiçou e fez amor com você se passando por mim. Eu vi... duas vezes, mas em ambas não consegui fazer nada."

Ela se virou devagar e examinou o semblante de Kevin. "Quem me enfeitiçou e fez amor comigo enquanto você assistia?"

"O sr. Milton."

"O sr. Milton?" Ele fez que sim. "O sr. Milton?" O sorriso de descrença virou uma gargalhada. "O sr. Milton?", disse Miriam mais uma vez, enquanto se sentava. "Você sabe quantos anos o sr. Milton tem? Eu descobri a verdadeira idade dele hoje. Ele tem setenta e quatro anos. Isso mesmo, setenta e quatro anos. Eu sei que ele parece ótimo pra idade que tem, mas se você quer me imaginar sendo infiel com alguém, por que você não escolhe um dos associados?"

"Quem te contou a idade verdadeira dele?"

"O dr. Stern."

"Quem é o dr. Stern?"

"O médico usado pelo escritório", disse ela, limpando lágrimas que eram ao mesmo tempo de choro e de riso. "Norma e Jean me levaram pra vê-lo, primeiro porque eu queria dar uma olhada nesses roxos que tanto te preocupam, e depois pra fazer um teste de gravidez. Você vai gostar de saber que ele concordou com seu diagnóstico e me colocou numa espécie de terapia de vitaminas. A razão de eu estar com deficiência de vitaminas talvez esteja relacionada com a minha gravidez. Vou ter que comer por duas pessoas a partir de agora", acrescentou, sorrindo.

"Ah, Miriam..."

"Ele foi muito gentil, e a gente conversou sobre o escritório, sobre você, sobre o sr. Milton. Foi aí que descobri quantos anos ele tem de fato."

"É o mesmo médico de Gloria Jaffee?" Kevin assentia como se ela já tivesse respondido que sim.

"É claro. E já sei o que você vai dizer agora", acrescentou ela, depressa. "Mas a morte de Gloria não foi culpa dele. Eu conversei com as meninas sobre isso, e ele mesmo levantou o assunto. Isso ainda o incomoda. Foi o coração dela. Uma coisa anormal, totalmente inesperada."

"Uma coisa anormal, tudo bem, mas não inesperada. Ainda não sei exatamente por que isso aconteceu, mas o bebê a matou, e Richard sabia disso e sabia o porquê."

"Como é que ninguém mais pensa coisas tão horríveis, nem Norma, nem Jean, nem os maridos delas? Eles trabalham o dia inteiro com John Milton, e já trabalham com ele há muito mais tempo que você. Me explica por que eles nunca voltam pra casa e falam pra elas sobre como ele é mau? Ou será que é porque eles apenas não sabem tanto quanto você, Kevin?", perguntou Miriam, desdenhosamente.

"Eles sabem", disse Kevin, balançando a cabeça. Ele teve uma ideia. "Norma e Jean costumam falar dos maridos?"

"Claro."

"Quer dizer, do passado, da família deles?"

"Um pouco. E?"

"Alguma coisa diferente sobre Ted ou Dave que eu não saiba?"

Ela encolheu os ombros. "Você sabia que Ted foi adotado, não sabia?"

"Não, não sabia. Ele nunca me disse nada que pudesse dar a entender isso. Do jeito que ele fala do escritório do pai, eu achava que era o pai biológico dele, e achava o mesmo da mãe." Kevin olhava para ela. "Dave não fala muito dos pais, pensando bem. Quando fala, é sempre sobre o pai." Ele assentiu. "A mãe do Dave morreu quando ele nasceu, não foi?"

"Então você sabia."

"E eu aposto que a do Paul..." Kevin arregalou os olhos diante da descoberta. "Você não está vendo?" Ele se levantou. O impacto da descoberta percorreu seu corpo a toda a velocidade.

"Vendo o quê, Kevin? Você está realmente me assustando."

"Eles estão falando sério quando dizem que o escritório é uma família. É mesmo. Ele é o pai deles, ele é realmente o pai deles!"

"O quê?" Ela franziu o cenho.

"Eu devia ter desconfiado... O jeito como falam sobre ele. 'Ele é como um pai pra mim', Paul disse uma vez. Acho que todos disseram o mesmo em algum momento."

"Francamente, Kevin. Eles estão falando de forma figurada."

"Não, não, tudo está fazendo sentido agora. Um dia, o filho de Gloria Jaffee também vai trabalhar no escritório. E o mesmo..." Ele olhou para ela. "O mesmo vai acontecer com o seu filho, se você o tiver."

"O filho dos Jaffee... daqui a vinte e cinco ou vinte e seis anos? Vai entrar no escritório do sr. Milton? Ora, deixa eu pensar", disse ela, fechando os olhos e calculando. "O sr. Milton vai estar com incríveis cento e nove, cento e dez anos a essa altura."

"Ele vai estar muito mais velho que isso, Miriam. Ele é pelo menos tão velho quanto a criação."

"Ah, Kevin, francamente", disse ela, balançando a cabeça. "De onde você anda tirando essas ideias malucas? Da Helen Scholefield?"

"Não."

"De onde então?"

"Primeiro, dos meus próprios e bons instintos, ou do que sobrou deles." Ele se calou por um instante e, em seguida, depois de uma respiração profunda, disse: "Miriam, você tinha razão sobre Lois Wilson".

"Como assim?"

"No fundo do meu coração, eu sabia que ela era culpada de assediar Barbara Stanley. Barbara estava envergonhada e assustada porque no início permitiu que Lois fizesse aquilo, daí ela envolveu as outras meninas, fez com que concordassem em mentir, pra poder ter aliadas e levar tudo adiante. Eu descobri a mentira e a usei contra a promotoria. Foi uma atitude deplorável, mas eu queria vencer. Isso era tudo que importava, vencer."

"Você fez apenas o que foi treinado e pago pra fazer", declamou Miriam.

"O quê? Desde quando você acredita nisso? Onde foi parar sua repulsa contra a minha ideia inicial de defender Lois?"

"Eu, Norma e Jean conversamos sobre isso. Foi bom pra mim poder compartilhar minhas ideias e sentimentos com outras esposas de advogados. Elas me ajudaram muito, Kevin. Estou feliz de ter vindo pra cá e de poder andar com gente mais inteligente e sofisticada."

"Não! Elas não são mais inteligentes e sofisticadas; elas são mais malvadas, isso sim."

"Sério, Kevin, não sei por que você está falando essas coisas e por que você sugeriu uma coisa tão cruel quanto abortar o nosso primeiro filho."

"Vou te contar tudo, e no final você vai concordar comigo sobre o aborto. Mas primeiro quero ver uma pessoa, preciso descobrir mais, descobrir o que fazer, descobrir como confirmar tudo pra que outras pessoas, principalmente você, acreditem em mim."

Kevin se levantou, foi até o telefone e discou o número do serviço de informações. Quando a operadora atendeu, solicitou o número de Reuben Vincent. Miriam o observava com atenção quando ele anotou o número às pressas e depois desligou o telefone.

"Quem é esse?", perguntou ela. Ele fez um gesto para que esperasse.

"Padre Vincent? Boa noite. Meu nome é Taylor, Kevin Taylor. Bob McKensie me falou sobre o senhor. Está podendo falar? Está bem. Tenho muito interesse no seu trabalho e acho que preciso da sua ajuda. A gente poderia se encontrar hoje? Sim, esta noite. Posso estar aí em meia hora, mais ou menos. Sim. Muito obrigado. Até logo." Kevin pôs o fone no gancho e se virou para Miriam.

"Quem era essa pessoa?"

"Um homem que talvez possa ajudar."

"Ajudar a fazer o quê?"

"A derrotar o diabo", disse ele, deixando-a sentada na cama, com cara de espanto.

14

Houve momentos na vida em que Kevin acreditou estar dentro de um sonho. Apanhado num momento intenso ou na realização de algo que antes não passava de um sonho, ele se observava do lado de fora dos acontecimentos, um espectador de si mesmo, quase da mesma maneira como assistira ao que imaginou ser ele mesmo naquelas cenas eróticas com Miriam. Ele se sentia da mesma forma agora.

Parado num semáforo vermelho na Sétima Avenida, avistou alguém plantado numa esquina, olhando em sua direção. Com a gola do sobretudo levantada, as mãos no bolso, o rosto metade ensombrado e metade parcamente iluminado, o homem fez com que ele se lembrasse de si mesmo, e por um instante Kevin se viu a partir do ângulo daquele homem — encolhido sobre o volante, o cabelo desgrenhado, uma expressão de desespero e desvario no rosto.

O semáforo abriu, e o motorista no carro de trás buzinou irritado. Kevin pisou com vontade no acelerador, mas, quando seu carro avançou sobre a noite, ergueu o olhar para o retrovisor e viu a figura sombria atravessando a rua depressa, parecendo alguém em fuga. Seguiu em frente com aquela imagem de si mesmo ainda em suas retinas, assim como a luz perdura por um milésimo de segundo depois de ser apagada.

Kevin conhecia bem aquela parte do Village. Tinha o hábito de almoçar num empório das redondezas. Foi direto para o estacionamento ao lado do prédio do padre Vincent, e, cerca de meia hora depois de sua ligação, interfonou para o apartamento e entrou no prédio após sua entrada ser liberada.

Padre Vincent abriu a porta de sua casa assim que Kevin saiu do elevador. "Por aqui", disse, numa voz profunda e ressoante. Kevin foi direto em sua direção.

O homem baixo, robusto e careca, de camisa branca e calça preta deu um passo atrás para ele entrar.

Padre Vincent tinha dois tufos de cabelos brancos sobre as orelhas. Eles se encontravam na parte de trás da cabeça, o que destacava o formato oval da careca reluzente, tomada de manchas da idade. Suas sobrancelhas eram grisalhas e espessas, mas seus olhos, de um azul suave e jovial, revelavam a força de seu espírito e de seu intelecto. Suas bochechas estavam inchadas. Na verdade, todo o rosto de traços volumosos parecia intumescido. O queixo ligeiramente caído e arredondado completava as feições elípticas.

Ele mal ultrapassava um metro e meio de altura, e Kevin achou que havia algo de anão em suas mãos. Ele estendeu rápido a esquerda, e os dedos rechonchudos apertaram a mão direita de Kevin com uma força surpreendente.

Quando sorriu, seu rosto flácido se dobrou na altura dos cantos da boca e formou duas covinhas. Aos olhos de Kevin, padre Vincent era um homem fofo e adorável, uma versão sem barba, embora um pouco diminuta, do Papai Noel.

"Um frio dos infernos lá fora, aposto", disse padre Vincent, esfregando as mãos de maneira acolhedora.

"Sim. Está ventando demais esta noite", disse Kevin, e por um segundo reviu a imagem do homem sombrio na esquina, de gola levantada contra o ar glacial.

"Vá direto para a sala. Fique à vontade", disse padre Vincent, ao fechar a porta. "Que tal alguma coisa quente, ou forte, pra beber?"

"Hum... Algo forte."

"Conhaque?"

"Está bem. Obrigado."

Kevin o acompanhou até a pequena e aconchegante sala de estar, decorada com um sofá de canto branco, duas mesinhas de madeira com superfície de vidro e uma mesa de centro semelhante em frente ao sofá. Havia uma cadeira de balanço de vime no canto esquerdo ao fundo, com uma luminária de chão ao lado. À direita e seguindo imediatamente à esquerda, estantes e mais estantes de livros. A parede do fundo era ocupada por uma falsa lareira de mármore, na qual havia uma tora falsa iluminada por uma luz vermelha. O tapete de nylon azul-claro parecia velho, mas não desgastado.

Padre Vincent abriu um pequeno armário de bebidas à esquerda e encheu duas taças de conhaque.

"Obrigado", disse Kevin, ao receber uma taça.

"Sente-se. Por favor." Padre Vincent apontou para o sofá, e Kevin se sentou, desabotoando os dois primeiros botões de seu sobretudo.

"Vai ajudar a se aquecer um pouco antes de tirar o casaco, caso queira."

"Sim, obrigado", disse Kevin. "Isso vai ajudar", acrescentou, indicando o conhaque. A bebida, de fato, caiu bem ao descer queimando suavemente sua garganta rumo ao estômago. Ele fechou os olhos e relaxou.

"Você parece um jovem muito perturbado", disse o padre Vincent. Ele se sentou de frente para Kevin e o observava enquanto também bebia seu conhaque.

"Padre, isso é uma meia-verdade."

"Infelizmente, pra mim, geralmente é." Ele abriu um sorriso. "As pessoas normalmente procuram padres ou psiquiatras apenas como último recurso. Então", disse ele, relaxando, "você é amigo do Bob McKensie, não é?"

"Não exatamente um amigo. Sou um advogado de defesa. Advoguei contra ele num caso recente."

"Oh?"

"Padre Vincent", disse Kevin, pensando que era melhor ir direto ao assunto, "Bob me explicou que o senhor tem pesquisado bastante sobre o que se costuma chamar de ocultismo."

"Sim, isso é uma de minhas paixões."

"E ele falou que o senhor, além de padre, também é psiquiatra."

"Pra ser franco, nunca trabalhei muito como psiquiatra. Era algo que volta e meia eu fazia em regime de tempo parcial. E imagino que ele tenha dito que me aposentei de minhas funções clericais."

"Sim. Bem, pra falar a verdade, acho que Bob queria que o senhor me atendesse tanto como padre quanto como psiquiatra."

"Entendi. Bem, por que você não começa do começo então? Qual seria o problema?"

"Padre Vincent", disse Kevin, cravando os olhos no pequeno homem, "tenho motivos de sobra pra acreditar que trabalho pro diabo ou pro advogado do diabo. Seja qual for o nome, ele é alguém ou alguma coisa com poderes sobrenaturais, e usa esses poderes pra ajudar as forças do mal em ação no nosso mundo." Ele fez uma pausa e respirou fundo. "Bob McKensie me falou do seu trabalho com as ciências ocultas e me garantiu que o senhor não ia rir quando lhe dissesse isso. Ele estava enganado?" Kevin se calou e esperou a reação do padre idoso.

Reuben Vincent permaneceu calmo e pensativo por um instante, depois assentiu. "Você está falando de forma literal, imagino?"

"Sem dúvida."

"Não, não vou rir, nem tomarei suas palavras como muitos, como posso chamá-los, fanáticos religiosos a tomariam, sem satisfazer meus próprios critérios. Realmente acredito na existência literal do diabo, embora não tenha certeza de que tenha aparecido em forma humana de maneira contínua desde a queda do Paraíso. Acho que ele teve seus momentos, como Deus teve os Seus."

Padre Vincent apertou piamente as próprias mãos e se balançou na cadeira, os olhos fixos em Kevin. Era um homem tão pequeno; para Kevin era difícil imaginar que ele pudesse oferecer alguma coisa para combater os poderes de John Milton.

"Apesar disso", continuou, inclinando-se para a frente, os olhos apertados, inquisitivos, "não há dúvidas de que o diabo está sempre conosco. Uma parte de sua essência existe dentro de todos nós, assim como uma parte da essência de Deus também existe em cada um. Alguns acham que isso é o resultado da asneira de Adão e Eva. Não sei se estou de acordo com essa teoria, na medida em que acredito que temos potencial tanto pro bem quanto pro mal.

"Então, pra te dar uma resposta completa, acredito no diabo e acredito que ele vive dentro nós, à espera de uma oportunidade. Às vezes, pra nos tentar, ele assume forma humana e arruma um jeito de conquistar nossa confiança."

Padre Vincent se recostou, sorrindo. "O que te leva a crer que está trabalhando pro diabo em pessoa?"

Kevin começou pelo caso de Lois Wilson, por sua decisão de aceitá-lo, e pela ida de Paul Scholefield ao julgamento. Ele traçou o histórico dos acontecimentos, a mudança de personalidade de Miriam, os alertas enigmáticos de Helen Scholefield, o julgamento de Rothberg, e fez a narrativa culminar em suas descobertas no computador do escritório.

Durante todo esse tempo, o padre Vincent ouviu com atenção, assentindo ocasionalmente, às vezes fechando os olhos como se tivesse escutado algo que lhe fosse familiar. Quando Kevin terminou, o homem permaneceu em silêncio por alguns instantes. Depois se levantou, foi até a janela e pôs-se a contemplar a rua. Ficou ali, pensando. Kevin esperava pacientemente. Enfim, padre Vincent se virou para ele e assentiu.

"O que você está falando faz bastante sentido pra mim. Histórias, anedotas, contos e filosofias que li no passado me convenceram já há um bom tempo de que o diabo possui um senso de lealdade a seus seguidores. Talvez você se lembre de uma grande obra literária sobre o bem e o mal, *Paraíso Perdido*, do poeta inglês John Milton?"

"John Milton! John Milton!" Kevin endireitou a coluna. Um sorriso cortante e profundo se abriu em seu rosto. Depois se recostou e começou a rir.

"Qual é a piada?"

"É a piada dele, a piada interna dele, seu próprio senso de humor doentio. Padre Vincent, John Milton é o nome do homem pra quem trabalho."

"Verdade?" Os olhos do padre Vincent brilharam. "Isso está ficando interessante. Certamente, você não tinha se lembrado do poema narrativo até agora."

"Deve ter sido uma das coisas que fiz de qualquer jeito na faculdade, devo ter comprado uma versão resumida do livro, em vez de encarar o original."

"Não é uma obra fácil de ler... Sintaxe latinizada, um monte de referências clássicas, metáforas nascidas de outras metáforas", disse o padre, desenhando alguns "S" no ar com a mão direita, como um maestro. "De toda forma, segundo o poeta John Milton, depois que o diabo, Lúcifer, é expulso do Céu por liderar uma rebelião contra Deus, ele se vê no inferno ao lado de seus seguidores e lamenta por eles. Milton o descreveu como um líder clássico, está vendo? Ele tinha visão, carisma, se via como um líder predestinado e se preocupava com seus seguidores."

"John Milton se preocupa com os associados, providencia tudo pra eles: casa, dinheiro, assistência médica..."

"Sim, sim. O que você está me contando é muito, muito interessante. Ele conhece o mal que espreita o coração das pessoas, prevê e talvez até encoraje esse mal, e então, como um verdadeiro líder, apoia e defende suas tropas."

"Não importa quão hediondo o crime ou quão culpados eles sejam", acrescentou Kevin, como se ele e o padre Vincent estivessem solucionando um grande mistério juntos.

O pequeno e paternal padre comprimiu os lábios e juntou as mãos nas costas. "Intrigante. Assumindo a forma de um advogado. É claro. Todas as oportunidades..." Ele balançou a cabeça, o semblante iluminado de emoção. "Eu vou precisar que você faça algumas observações. Com o tempo..."

"Ah não, padre. O senhor não está me entendendo. Vim aqui hoje porque estou desesperado. Tem uma coisa que ainda não te contei. Tem a ver com a minha esposa. Acho que ela está correndo um grande perigo e precisa fazer um aborto, só que não sei como fazê-la acreditar no que estamos falando."

"Um aborto!"

Kevin relatou o que sabia sobre a morte de Gloria e o suicídio de Richard Jaffee, e depois começou a descrever o que inicialmente havia achado serem estranhos sonhos eróticos. Ele reiterou os avisos de Helen Scholefield a respeito de Miriam e encerrou com a revelação de que sua esposa estava grávida.

"Assim que ela me contou, percebi que precisava ver o senhor imediatamente."

"Filhos do diabo", disse o padre Vincent, sentando-se de novo, como se essa informação fosse pesada demais. "Inteiramente seus, direto de seu âmago. Crianças sem consciência, capazes de imaginar coisas mais malignas do que as pessoas comuns... Como Hitler; Stalin; Jack, o Estripador; e sabe-se lá mais o quê!"

"Crianças inteligentes", disse Kevin, sentindo a necessidade de ajudar a construir o cenário que o padre Vincent estava imaginando. "Pessoas espertas e ardilosas, que trabalham dentro do sistema pra levar a cabo as ordens do diabo."

"Sim." Os olhos do padre Vincent se acenderam com as descobertas. "Não apenas advogados, mas políticos, médicos, professores, exatamente como você sugeriu: todos trabalhando dentro do sistema pra corromper a alma da humanidade e derrotar Deus."

Kevin respirou fundo e se recostou. Seria possível que havia descoberto a maior conspiração de todos os tempos? Quem era ele para ter sido escolhido para vencer o diabo e ser o defensor de Deus? Mas ainda precisava pensar em Miriam. Enfrentaria diabos e demônios para protegê-la, pensou Kevin, sobretudo porque havia sido ele quem a trouxe àquele... inferno na Terra, da mesma forma como Richard Jaffee trouxera a própria esposa. Só que ele não escolheria o suicídio. Helen Scholefield lhe dissera que Jaffee teve duas opções. Ora, havia três: juntar-se a Milton, cometer suicídio ou destruí-lo. O perigo imediato que Miriam corria tornava isso tudo imprescindível.

"A analogia que o senhor fez entre as fraquezas do corpo humano e as fraquezas da alma talvez seja mais propícia do que o senhor imagina", disse Kevin. Ele descreveu a tendência de Miriam de desenvolver roxos pelo corpo. "Tenho falado pra ela que isso pode ser uma deficiência nutritiva."

"O mal surge do bem, se alimenta do bem. É por esse motivo que a criança do mal vai acabar tirando a vida da mãe no fim."

"Foi isso o que eu pensei", disse Kevin, satisfeito ao ver que o padre Vincent havia chegado à mesma conclusão tão depressa. "O que posso fazer?", perguntou, numa voz que não passava de uma sombra de sussurro.

"Não duvido de nenhuma das coisas que você me contou, das coisas que você viu e ouviu, das coisas que você sentiu, e se o que você está falando é verdade, só há uma forma de agir", disse o padre Vincent, assentindo depois de suas próprias palavras, como se quisesse convencer primeiramente a si mesmo. "Só uma forma... Precisamos destruir o diabo no corpo que ele escolheu."

"Primeiro", prosseguiu o padre idoso, "você deve efetuar dois testes adicionais pra ter certeza de que está de fato na presença de Lúcifer." Ele se levantou e foi até a estante para pegar uma Bíblia antiga, cuja capa de couro estava bastante desbotada. O título *Bíblia Sagrada*, apesar disso, ainda tinha um brilho admirável, quase como se tivesse sido restaurado. Ele entregou a Bíblia a Kevin, que a recebeu com calma e ficou à espera de uma explicação.

"O diabo não pode encostar no Livro Sagrado, queima os dedos dele. As palavras de Deus abrasam sua alma poluída. Ele vai gritar de uma forma horrível."

"Mas, sabendo disso, ele nunca vai tocar no livro."

"Sim. Quero que você entregue isso a John Milton, mas..." Ele olhou um instante à sua volta e então foi até um armário, de onde retirou uma saco de papel pardo. "Pronto. Coloque a Bíblia neste saco. Diga que é um presente. Se ele realmente for o diabo, quando retirar o livro e perceber no que encostou, vai largá-lo como se tivesse tocado em fogo e vai gritar de dor."

"Entendi. Kevin depositou a Bíblia dentro do saco com cuidado. Ele a segurava com a mesma cautela com que seguraria um explosivo. "E se ele fizer o que o senhor acabou de dizer?"

Padre Vincent o encarou por um momento, depois se virou e retornou às estantes. Ele alcançou no canto de uma prateleira o que parecia ser um crucifixo de ouro com uma réplica em prata do Cristo crucificado. O objeto tinha quase vinte centímetros. Padre Vincent o segurava por baixo, com o punho bem fechado.

"Leve isto com você e coloque o mais perto possível do rosto dele. Se ele for realmente o diabo, vai ser como olhar direto pro sol. Ele vai ficar temporariamente cego e, nesse momento, não vai passar de um indefeso senhor de idade."

"E depois?", perguntou Kevin.

"Depois..." Padre Vincent abriu o punho. A base do crucifixo era um punhal afiado. "Enfie isto naquele coração corrompido. Não pode hesitar, caso contrário você e sua mulher estarão perdidos pra sempre." Ele chegou para a frente. "Eternos para sempre", acrescentou.

Kevin mal conseguia respirar. Seu coração estava acelerado, mas ele estendeu a mão devagar e pegou o crucifixo do padre Vincent. O pequeno rosto da imagem de Cristo parecia diferente de todos que já havia visto. A expressão era mais de raiva que de perdão, um semblante feito para retratar um soldado de Deus. O crucifixo era pesado, e a ponta, bastante afiada.

"Depois que você enfiar isso no coração dele, ele vai sucumbir."

"Mas e a minha esposa e aquela... criança?"

"Quando o diabo é morto numa de suas formas humanas, sua prole morre com ele. Ela vai sofrer um aborto natural. E assim", arrematou o padre Vincent, empertigando-se, "você terá salvado sua esposa."

"Mas não faça nada", alertou o padre Vincent, "caso ele não passe nos dois testes que descrevi. Volte e conversaremos mais. Estamos entendidos?"

"Sim", disse Kevin. "Obrigado." Ele se levantou, apertando a Bíblia debaixo do braço e pegando o punhal de ouro em forma de crucifixo, que guardou entre o cinto e a calça.

O padre Vincent assentiu. "Ótimo. Vá, e que Deus o abençoe, meu filho." Ele pôs a mão no ombro de Kevin e murmurou uma prece em voz baixa.

"Obrigado, padre", sussurrou Kevin.

O prédio estava mais silencioso do que o normal. Até mesmo o segurança, um homem chamado Lawson, que substituía Philip no turno da noite, estava longe de ser visto quando Kevin se aproximou com o carro e olhou através das portas de vidro. Ele dobrou na entrada do prédio e pegou o controle remoto. O portão se abriu, e Kevin entrou na garagem. Não havia vivalma. Fechou a porta do carro, e o som produzido ecoou pela garagem parcamente iluminada e depois morreu. Ele escutou um ruído suave de motor.

Kevin notou que todos os carros dos associados estavam lá. Bem mais à frente, no canto direito, encontrava-se a limusine do escritório. Pela primeira vez, divisou uma passagem que agora julgava ser o caminho para o apartamento de Charon. Charon... Kevin teve uma súbita revelação, porque agora estava prestando atenção nessas coisas.

Charon não era o nome do barqueiro mitológico que levava a alma dos mortos de barco até Hades? O nome só podia ser mais uma piada de John Milton. Acontece que o Charon deles realmente os levava cada vez mais fundo rumo ao inferno, não é mesmo? *A gente é que está fazendo papel de palhaço nessa piada*, pensou Kevin.

Ele se dirigiu ao elevador. Primeiro, encontraria Miriam e contaria a ela tudo o que descobrira, faria com que entendesse o perigo e visse o que estava acontecendo. Se fosse necessário, ligaria para o padre Vincent e a obrigaria a falar com ele, pensou. Contudo, quando chegou em casa, Miriam já havia saído. Ela deixara um bilhete na mesa da cozinha.

"Esqueci, eu e as meninas tínhamos ingressos pro balé hoje à noite. Não precisa me esperar acordado. É provável que a gente coma algo depois. Tem uma lasanha gourmet no freezer. Basta seguir as instruções e aquecer no micro-ondas. Com amor, Miriam."

Ela enlouqueceu?, pensou Kevin. *Depois de tudo o que eu disse pra ela, depois da forma como saí correndo daqui, ela resolve ir ao balé em vez de esperar por mim?*

Ela está perdida, pensou. Falar com ela não mudaria nada. Estava tudo em suas mãos agora. O olhar de Kevin recaiu sobre a mesinha ao lado do telefone na cozinha. Ali repousava uma dádiva divina, a chave de ouro. Ele poderia subir e encarar John Milton, e pôr um fim em tudo aquilo. Pegou a chave e, com a Bíblia debaixo do braço e o punhal em forma de crucifixo na cintura, correu para o elevador.

Kevin inseriu a chave e apertou o "C", de cobertura. As portas se fecharam, e ele começou a subir, imaginando estar de fato saindo dos confins do inferno. Precisava salvar sua alma e a vida de sua esposa.

As portas se abriram devagar, mais devagar do que abriam em qualquer outro andar, pensou. A ampla sala estava parcamente iluminada, as luzes do teto estavam desligadas, e as luminárias, apagadas. Havia velas acesas no candelabro em cima do piano. As pequenas chamas produziam sombras enormes e distorcidas na parede ao fundo. Uma ligeira brisa na sala fazia as chamas bruxulearem, criando a percepção de que as silhuetas tremulavam.

O som estava ligado no volume baixo, o toca-fitas reproduzia uma peça para piano que a princípio lhe era apenas vagamente familiar. Mas, depois de escutá-la por alguns segundos, Kevin percebeu que era o concerto que Miriam havia tocado na noite da festa. Em sua mente, praticamente podia vê-la sentada ali, tocando naquele exato instante.

Ele saiu do elevador e parou para ver se ouvia outros sons. A princípio, não escutou nada. Mas eis que, como se houvesse se materializado bem diante dos olhos de Kevin, John Milton de repente apareceu sentado no canto direito do sofá curvo, bebendo vinho. Ele vestia seu roupão de veludo bordô.

"Ora, Kevin. Que surpresa agradável. Entre, entre. Eu estava sentado, descansando um pouco. E, pra falar a verdade, estava pensando em você."

"Estava?"

"Sim, é verdade. Eu sei que você tirou o dia de folga. Está se sentindo melhor, mais descansado?"

"Um pouco."

"Ótimo. Mais uma vez, parabéns pela excelente defesa."

"Eu não precisei fazer muita coisa", disse Kevin, dando alguns passos à frente. "O caso foi ganho quando o senhor mandou que me enviassem aquele bilhete."

"Ah sim, o bilhete. Ainda pensando nisso, não é mesmo?"

"Não."

"Não? Ótimo. Como meu avô costumava dizer, 'de cavalo dado não se olha os dentes'."

"Meu Deus."

"O que foi?"

"Meu avô é quem dizia isso."

"É mesmo?" John Milton ampliou o sorriso. "Todo mundo teve um avô que dizia coisas desse tipo. Quando você for avô, também vai repetir as mesmas coisas." John Milton pôs a taça de vinho na mesa. "Venha aqui. Você está plantado aí como uma espécie de mensageiro. Aceita uma taça de vinho?" Ele ergueu o vinho contra a luz, para que o líquido vermelho ficasse mais reluzente.

"Não, obrigado."

"Não?" Ele se recostou e examinou Kevin por um instante. "O que é isso debaixo do seu braço?"

"Um presente pro senhor."

"Oh? É muita gentileza sua. Qual o motivo?"

"Vamos chamar de gratidão, em reconhecimento a tudo que o senhor tem feito por mim e pela Miriam."

"Meu presente foi ver você se saindo tão bem no tribunal."

"Ainda assim, eu queria te dar um pequeno símbolo do nosso afeto."

Kevin avançou até parar de frente para ele. Lentamente, pegou o saco de papel pardo que levava debaixo do braço e o entregou a John Milton.

"Parece ser um livro."

Kevin pôs a mão dentro do casaco e segurou com força o crucifixo de ouro.

"Ah, e é mesmo. Um dos melhores."

"Sério? Ora, muito obrigado." Ele enfiou a mão no saco e retirou a Bíblia. Apenas quando o livro saiu por completo do embrulho, as palavras *Bíblia Sagrada* ficaram aparentes. Assim que isso aconteceu, os olhos de John Milton se esbugalharam. Ele gritou, exatamente como o padre Vincent previra, uivando como se tentasse alcançar as entranhas de um fogo, um carvão em brasa. A Bíblia caiu no chão.

Kevin sacou o crucifixo e estendeu o braço, pondo o rosto e o corpo de um Cristo crucificado e nervoso na cara de John Milton. Ele tornou a gritar e levou as mãos aos olhos, cobrindo-os o mais depressa possível com a palma das mãos, e caiu no sofá. Kevin empunhou o crucifixo como se fosse um punhal e, sem hesitar, cravou o lado mais afiado no coração de John Milton. O crucifixo atravessou roupa e pele com a velocidade e a precisão de uma faca quente cortando sorvete, resfriando após penetrar. O sangue começou a jorrar na mão de Kevin, mas ele não recuou até enfiar o crucifixo o mais fundo possível.

John Milton jamais abaixou as mãos. Minguou e morreu no sofá luxuoso, com a palma das mãos firme sobre os olhos, para bloquear a luz. Kevin recuou. A réplica de Cristo na cruz foi introduzida com força no peito de John Milton, e somente nesse momento Kevin achou que o pequeno rosto parecia satisfeito, realizado.

Ele permaneceu de pé, olhando para o corpo no sofá até o seu próprio corpo parar de tremer. Aquele era o fim, pensou. Havia salvado sua alma e a vida de sua esposa. Foi direto ao telefone para ligar para o padre Vincent. O telefone chamou, chamou, mas ninguém atendia. Finalmente, escutou a voz do padre.

"Estou aqui", disse Kevin. "No apartamento dele, e tudo aconteceu como o senhor previu."

"Perdão?"

"Eu consegui, padre. Ele não conseguia encostar na Bíblia, ficou gritando com ela nas mãos, daí mostrei o Cristo crucificado, e aquilo o ofuscou, então enfiei o punhal no coração dele, exatamente como o senhor tinha falado."

Havia apenas silêncio no outro lado da linha.

"Era isso que eu devia fazer, não era?"

"Ah sim, meu garoto." O padre Vincent caiu na gargalhada. "Era o que você devia fazer. Não faça mais nada. E não saia daí. Vou chamar a polícia."

"A polícia?"

"Não saia daí", repetiu o padre, antes de desligar. Kevin ainda segurou o fone nas mãos por um instante. Depois o colocou no gancho.

Ele dirigiu o olhar para o sofá e para o corpo de John Milton. Havia algo de diferente ali. Lentamente, aproximou-se do sofá e fitou o corpo. Seu coração ficou agitado, e uma onda gelada e arrepiante subiu de suas pernas, dando-lhe a impressão de que havia acabado de sair de um lago congelado.

John Milton ainda estava morto. O punhal ainda estava enfiado com firmeza em seu coração.

Mas suas mãos já não lhe cobriam o rosto.

E ele sorria!

15

"Não existe ninguém melhor pra te defender", suplicou Miriam. "Por que você não escuta a voz da razão? Você devia agradecer por eles estarem dispostos a fazer isso, levando em consideração o que você fez. Fico surpresa por não odiarem a gente."

Kevin não respondeu. Estava sentado na sala de visitas da prisão e olhava perplexo para a frente, a mente ainda atordoada. Ele havia enlouquecido? Será que aquilo era o que chamavam de ficar completamente louco?

A polícia viera, seguida pelos associados, e depois Miriam e as meninas chegaram. Ele não havia dito nada a ninguém, nem mesmo a Miriam, que ficou histérica e precisou ser acalmada por Norma e Jean. Os associados achavam que ele estava apenas sendo um bom réu, recusando-se a falar sem a presença de um advogado, mas ele não falaria com nenhum deles agora, apesar das súplicas da esposa.

E quanto aos associados, é claro que os odiavam. Só estavam sendo dissimulados como sempre. Mas ele entendia por que Miriam não enxergava isso. Ela estava tão sensível, pensou ao olhar para ela.

E ainda estava grávida. Não acontecera nenhum aborto subsequente, mas sem dúvida aconteceria. Todas as outras coisas previstas pelo padre Vincent haviam acontecido. Esse pensamento o trouxe de volta para o presente. Ele examinou o rosto de Miriam mais de perto.

Ela não parecia estar doente ou sofrendo. Havia chorado, e sua maquiagem estava borrada de lágrimas, mas não se via fisicamente desconfortável. Na verdade, a palidez que recentemente notara em seu rosto tinha desaparecido. Parecia uma grávida saudável, reluzente pela gestação. Talvez isso significasse que o feto maligno em seu interior estava morrendo, perdendo o poder de se alimentar da saúde dela. Kevin estava esperançoso.

"Como você está se sentindo?", perguntou à esposa.

"Me sinto péssima. O que você acha? Como consegue me perguntar isso agora?"

"Não estou me referindo a nada disso. Estou falando do seu estado físico... da sua gravidez... algum novo roxo?"

"Não. Estou bem", disse Miriam. "Fui ao médico, e ele disse que está tudo bem." Ela balançou a cabeça. Ele continuava a encará-la, examinando-a, perscrutando seus olhos, analisando a expressão em seu semblante. Ela parecia tão diferente. Kevin pressentia que a intimidade que compartilhavam havia desaparecido. Não faziam mais parte um do outro. Ela se tornara uma estranha. Seus olhos não tinham mais aquele calor que ele tanto estimava. Era como se outra pessoa estivesse em seu corpo, refletiu Kevin, e depois pensou, é claro, que havia... aquela criança, sugando-a, esvaziando-a de seu afeto, de seu amor por ele.

O médico era um deles. Talvez estivesse mantendo o bebê vivo.

"Quero que você pare de se consultar com o médico do escritório, Miriam. Pare agora mesmo", exigiu ele.

"Meu Deus, Kevin, não tinha percebido como você enlouqueceu. Meu Deus."

"Não estou louco, Miriam. Você vai ver. Não estou louco."

Ela se recostou e o encarou, praticamente não sentia mais pena ou empatia. Ele podia sentir seu desgosto e sua decepção.

"Kevin, por que você fez isso? De todas as pessoas no mundo, como você foi capaz de matar justo o sr. Milton?"

O guarda plantado na porta ergueu as sobrancelhas, dirigiu o olhar a eles e depois fingiu que prestava atenção em alguma coisa do outro lado da sala.

"Você não acreditou em mim quando te contei pela primeira vez, você não vai acreditar em mim agora, mas tudo virá à tona no julgamento."

"No julgamento?" Ela franziu o cenho. Todas essas expressões e reações lhe eram tão incomuns. Aquela coisa estava assumindo o controle, pensou Kevin, possuindo-a, exatamente como a coisa dentro de Gloria Jaffee decerto a possuíra. "Que tipo de julgamento você está esperando? Você admitiu o que fez e não permite que Paul, Dave ou Ted te representem, apesar de serem os melhores advogados de defesa da cidade, quiçá do país."

"Eu consultei algumas pessoas e mandei chamarem um advogado."

"Quem?"

"Alguém pouco conhecido como advogado criminal. Ele não é um advogado todo-poderoso, não é rico e, o mais importante, não é um deles." *Ainda assim*, acrescentou para si mesmo, *se eu perder, ele pode acabar se tornando.*

"Mas, Kevin, isso é agir com inteligência?"

"Com o máximo de inteligência. Assim tenho uma chance, uma chance de provar a verdade."

"Paul falou que a primeira coisa a ser feita é que você seja examinado por um psiquiatra. A promotoria vai pedir homicídio qualificado. Ele falou que o psiquiatra que o promotor sugerir muito provavelmente vai sustentar a tese da acusação, de que você sabia o que estava fazendo. Paul também disse que bloqueariam essa linha de defesa, a qual, segundo ele, é sua única chance."

"Isso é algo que ele diria. Até recomendou alguns psiquiatras pra gente, não tenho dúvidas."

"Ah, sim. Ele sugeriu alguns médicos incríveis", disse ela. "Médicos que o escritório já usou no passado."

Ele julgou ter visto Miriam piscar. Ela estava se tornando um deles. Era praticamente inútil falar com ela antes que tudo aquilo terminasse.

"Médicos que com certeza vão afirmar que estou louco. Isso é o que eles esperam que aconteça: eu serei declarado louco, e a verdade será enterrada. Você não percebe?" Ele se inclinou para a frente, aproximando-se o máximo possível dela sem que os guardas notassem. "Mas isso não vai acontecer, Miriam. A gente não vai pedir nenhum exame psiquiátrico. Nenhum." Kevin bateu com tanta força na mesa entre eles que Miriam deu um pulo na cadeira.

Ela deu um grito abafado, semelhante ao ruído de um rato, e levou a mão direita à boca. Seus olhos estavam cheios de lágrimas, e ela balançou a cabeça.

"Todo mundo está arrasado — seus pais, meus pais, os associados, Norma, Jean."

"E Helen?" Ele sorriu com malícia. "Você não vai se esquecer dela agora, por uma questão de conveniência, vai? Só porque os outros esqueceram."

"Eu não a esqueci, e eles também não a esqueceram. Eu botaria a culpa de tudo isso nela, só que Helen estava muito mal na época pra ser responsabilizada pelo que disse e pelo que fez." Miriam abriu a bolsa e apanhou um lenço para secar as lágrimas. Depois pegou um espelho pequeno e começou a limpar os borrões da maquiagem. "Graças a Deus, ela progrediu."

"Progrediu?" Kevin se recostou. "O que isso significa? Ela morreu?"

"Ah, Kevin, francamente. Isso é coisa que se diga? Progredir significa melhorar. Os tratamentos estão dando certo. Ela saiu do estado de coma. Agora está comendo bem e conversando com lucidez. Paul espera levá-la de volta pra casa dentro de mais ou menos uma semana, caso continue melhorando."

"Levá-la pra casa? Ela nunca vai voltar praquele prédio."

"Ela pede pra ir pra casa todo dia, Kevin. Norma e Jean foram visitá-la. Elas falaram que a mudança foi dramática, nada menos que um milagre.

"Está vendo só?", disparou Miriam, insistente. "É por isso que você precisa fazer um exame psiquiátrico e um tratamento e..."

"Não!" Ele pulou da cadeira e balançou a cabeça veementemente.

"Kevin."

"É melhor você ir embora, Miriam. Estou cansado e preciso me preparar pra primeira visita do meu advogado. Me avisa assim que acontecer alguma coisa com você. Vai acontecer em breve."

"Acontecer alguma coisa? Acontecer o quê?"

"Você vai ver", disse ele. "Você vai ver", murmurou, esperançoso, e se virou para retornar à cela.

Que estranho, pensou Kevin. Por que Helen Scholefield estaria melhorando e querendo voltar para casa sabendo de tudo que sabia? Teriam feito alguma coisa a ela no Bellevue, algo que apagasse seu conhecimento e todas as suas memórias? Talvez ela tivesse sofrido uma lobotomia. Sim, era isso, uma lobotomia.

E por que Miriam continuava grávida? O padre Vincent dissera que, assim que o diabo fosse morto em sua forma humana, toda sua prole humana morreria. Por que isso estava demorando tanto a acontecer? O padre não havia dito que o médico do escritório poderia impedir que isso acontecesse. Seria possível que ele não soubesse? Kevin precisava falar com ele. Por que o padre Vincent ainda não viera visitá-lo? E por que foi ele quem chamou a polícia? Seria tudo parte do processo?

Havia tanta coisa a entender... tanta coisa. Ele precisava voltar e pensar, se planejar, se reorganizar. Precisava trabalhar em sua própria defesa. Tinha de provar que havia matado em legítima defesa. Seria o ponto mais alto de sua carreira, ele e um advogado zé-ninguém provando ao estado e às pessoas que ele havia salvado a humanidade ao matar o diabo.

"A gente precisa de um mandado pra conseguir os arquivos do computador do escritório", murmurou, "e intimar Beverly Morgan." E, depois, McKensie relataria o encontro com ele, pensou Kevin, e o padre Vincent seria chamado a depor... um membro do clero, uma autoridade, um psiquiatra por mérito próprio que acredita na existência do diabo.

"Eu estou bem. Estou bem", concluiu. "Vai dar tudo certo."

"Claro", respondeu o guarda atrás dele. "Tudo vai ser ótimo agora que você está por conta própria."

Kevin o ignorou, e, instantes após fecharem a porta de sua cela, já se encontrava no beliche, escrevendo freneticamente num bloco de notas amarelo.

O nome de seu advogado era William Samson. Tinha apenas vinte e sete anos e parecia um jovem Van Johnson — tipicamente americano. Samson quase não acreditava na própria sorte. Aquele era um caso dramático, de alto nível e de grande repercussão. De fato, ele participara de apenas um julgamento criminal em sua vida, quando defendeu um universitário de dezenove anos de idade acusado de roubar à mão armada uma loja de bebidas perto do campus. O ladrão vestia uma máscara de esqui, e a polícia, seguindo uma pista, achou uma máscara idêntica em seu apartamento, sendo que não havia ali nenhum outro equipamento de esqui. Ele não era um esquiador. Também se encaixava na descrição física do assaltante, e havia provas de que possuía sérias dívidas de jogo. Apesar disso, não se tratava de um caso irrefutável, porque a polícia não localizou nenhuma arma e a namorada do réu afirmou que ele estava com ela na hora do crime.

Acontece que Samson sabia que ela estava mentindo e depositava pouca confiança em sua credibilidade como testemunha. Quando descreveu a punição por perjúrio e explicou que a promotoria já estava trabalhando para refutar e/ou desqualificar seu testemunho, ela ficou bastante agitada. Um dia antes do início do julgamento, Samson aconselhou seu cliente a fazer um acordo e foi até o escritório da promotoria para negociar. Convenceu o promotor a retirar a acusação de assalto à mão armada e a substituí-la por uma simples acusação de roubo. Como seu cliente não tinha antecedentes, conseguiu que a promotoria recomendasse seis meses de cadeia e cinco anos de liberdade condicional.

Kevin não sabia muito dos detalhes desse caso. Não se importava. Em seu modo de pensar, estava apenas procurando alguém capaz de ser um advogado criminal com pouquíssimas chances de ter sido corrompido pelo diabo. No primeiro encontro dos dois, Kevin explicou por que queria alegar autodefesa. Samson escutou e tomou notas, mas, conforme Kevin continuava a falar, foi perdendo o entusiasmo. Aquilo não daria em grandes coisas, afinal. Seu cliente, concluiu ele, estava louco, sofrendo de histeria e paranoia. Com muita cautela, recomendou uma avaliação psiquiátrica.

Kevin recusou. "Isso é exatamente o que eles querem que eu faça — alegar insanidade, pra que ninguém veja minhas provas e ouça minhas testemunhas."

"Então eu não vou poder, em sã consciência, defender você", declarou William Samson. "Ninguém vai acreditar nos seus motivos e na sua história. Não tenho nenhuma defesa a oferecer sob essas circunstâncias, sr. Taylor."

Kevin ficou decepcionado com a reação de Samson, mas também impressionado. William Samson era um jovem e brilhante advogado que daria o seu melhor aos clientes, mas que também trabalhava sob um código de ética. Aquele era o tipo de advogado que ele poderia ter sido, pensou Kevin. Isso lhe deu esperança e renovou sua fé em si mesmo e em suas próprias ações.

"Então eu mesmo vou me defender", disse. "Mas venha ao tribunal de qualquer forma. Você vai se surpreender."

William Samson ficou surpreso ao saber que o psiquiatra da promotoria concluiu que Kevin Taylor não estava louco, que ele sabia a diferença entre certo e errado na hora em que cometeu o assassinato de John Milton, e que aquilo que provavelmente estava fazendo era disfarçar seus verdadeiros motivos por meio daquela encenação e da história ridícula sobre Satã e seus seguidores.

Quando leu o laudo psiquiátrico, no entanto, Kevin achou que era seu primeiro momento de sorte. Agora seria capaz de provar seu caso. As pessoas o escutariam e lhe dariam uma chance. Se fora capaz de convencer um homem tão religioso e erudito quanto o padre Vincent, certamente convenceria doze cidadãos ordinários. Estava convicto de que, quando visse a prova e ouvisse o depoimento de suas testemunhas, o júri apoiaria sua alegação de que assassinara John Milton em autodefesa. Ele não seria capaz de convocar testemunhas e de interrogá-las por conta própria se o psiquiatra da promotoria tivesse concluído que estava louco.

Mas tudo desmoronou depois disso.

Kevin conseguiu um mandado para pegar os arquivos do computador de John Milton e Associados, mas a pasta "Futuros", que ele queria, não estava lá. Ele insistiu que não havia recebido tudo e, acompanhado de policiais indicados pelo tribunal, foi até o escritório e tentou abrir os arquivos no computador. Não obteve sucesso. A pasta desaparecera. Já não estava sequer listada no menu.

"Eles deletaram", declarou. "Eu devia ter imaginado."

É claro que ninguém acreditou nele, mas Kevin achou que poderia seguir em frente sem o documento.

Na abertura do julgamento, Todd Lungen, outro promotor adjunto, não muito mais velho que Bob McKensie, porém consideravelmente mais bonito, traçou as linhas gerais do caso da promotoria. Lungen fazia Kevin lembrar-se de si mesmo por exibir um semelhante ar de confiança que beirava a arrogância. Ele prometeu demonstrar que aquele era um caso simples e irrefutável, envolvendo um marido, uma esposa e uma vítima que, na visão do marido, estava tendo um caso com sua esposa e a engravidara. Lungen afirmou que, depois de cometer o assassinato a sangue-frio, Kevin inventou uma história ridícula na esperança de ser declarado louco. Daí sua grotesca declaração de que havia matado John Milton em autodefesa. A recusa de ser examinado por seu próprio psiquiatra era motivada pelo fato de que qualquer médico de saúde mental minimamente competente saberia que ele estava fingindo.

Norma e Jean foram convocadas a depor, e ambas testemunharam que, segundo o que Miriam lhes contara, Kevin tinha ciúmes de John Milton. Elas relataram que ele havia até mesmo exigido que ela fizesse um aborto depois que anunciou a gravidez. Ele a acusara de fazer amor com John Milton e afirmara que a criança pertencia ao chefe. Elas disseram que Miriam estava terrivelmente triste e até com medo do marido àquela altura.

Durante o interrogatório, Kevin tentou fazer com que ambas falassem de Gloria e de Richard Jaffee, mas elas não apoiaram suas afirmações e, quando ele mencionou o nome de Helen Scholefield e as coisas que ela lhe dissera, as duas afirmaram que Helen nunca havia dito nada daquilo a elas. Lungen então voltou a interrogar Jean, que revelou que Helen ainda estava no Bellevue, em tratamento psiquiátrico.

"Então, mesmo que ela tivesse dito alguma dessas coisas mirabolantes, mal poderíamos considerá-las razoáveis", concluiu Lungen. Em seguida, virou-se para os jurados e acrescentou: "E certamente o sr. Taylor, um jovem e brilhante advogado que acabou de ganhar um grande caso neste tribunal, teria percebido isso".

Em seguida, Paul, Dave e Ted foram chamados a depor. Os três testemunharam em favor do bom caráter de John Milton e de seus atos caridosos. Falaram de seu amor pela lei e de tudo que fizera por eles e suas esposas. Enfatizaram a natureza familiar do escritório e negaram veementemente que John Milton era um sedutor ou que já tentara se aproximar de suas esposas. Todos teceram comentários a respeito da aparente incapacidade de Kevin de compreender a natureza do escritório e de sua desconfiança em relação às intenções de John Milton.

Kevin anunciou que não se daria ao trabalho de interrogar qualquer um dos associados, já que eles certamente mentiriam, sob juramento ou não. Eles eram filhos de John Milton, filhos do diabo, acrescentou. O juiz bateu o martelo para acalmar os ânimos do público.

A promotoria então apresentou a prova material — o punhal em forma de crucifixo. Embora Kevin não contestasse que esfaqueara John Milton com o punhal, um perito forense foi chamado para confirmar suas impressões digitais. Kevin foi colocado na cena do crime, e os policiais que foram até o local testemunharam que a mão de Kevin estava ensanguentada e que ele não negou ter matado o sr. Milton, embora se recusasse a responder a qualquer pergunta.

Confiante, Lungen encerrou o caso da promotoria.

Kevin iria depor por conta própria e fornecer sua versão da história, mas decidiu que seria melhor primeiro acumular algumas evidências em seu favor. Planejava começar com Beverly Morgan. Porém, quando chegou a hora de iniciar sua defesa, Beverly estava impossibilitada de comparecer. Ela entrara em coma no hospital, vítima de um severo envenenamento alcóolico. O médico responsável não alimentava muitas esperanças.

Já que outro promotor adjunto, Todd Lungen, estava defendendo o caso do estado, Kevin pôde chamar Bob McKensie para depor. Só que as recordações de McKensie quanto ao encontro clandestino que tiveram eram muito diferentes das de Kevin. McKensie reconheceu as preocupações de Kevin a respeito do escritório de John Milton e que, segundo o próprio Kevin, o escritório ultrapassaria qualquer limite para conseguir a absolvição de seus clientes, por mais culpados que pudessem ser. Sim, disse ele, Kevin o procurou para difamar o escritório.

"Mas ficou claro pra mim", acrescentou McKensie, "que seu motivo era vingança. Ele acreditava que a esposa estava tendo um caso com o homem."

Kevin não podia acreditar no que escutava. "Você está mentindo! Eu nunca disse nada disso!", declarou. Lungen fez uma objeção à explosão de Kevin, e o juiz a manteve.

"Ou o senhor continua a interrogar a testemunha, ou encerrarei o depoimento."

"Mas, meritíssimo, ele está mentindo."

"Quem decide isso é o júri. Alguma outra pergunta pro sr. McKensie?"

"Sim. O senhor recomendou que eu procurasse o padre Reuben Vincent?"

"Sim, recomendei."

"Ótimo. Agora diga à corte por que fez essa sugestão, por favor."

"Porque achei que ele podia te ajudar. Ele é um psiquiatra licenciado. Poderia te aconselhar e te ajudar a encontrar outras formas de lidar com seu ciúme."

"O quê?"

Estoicamente, McKensie o encarou de volta.

Kevin se virou e olhou em direção ao local onde Paul Scholefield, Ted McCarthy e Dave Kotein estavam sentados. Achou que sorriam de contentamento. Norma, Jean e Miriam se encontravam atrás deles, as duas amigas consolando sua esposa. Ela parecia tão triste agora quanto no julgamento de Lois Wilson. Estava enxugando as lágrimas com o dorso da mão.

Por um instante, Kevin pensou estar de volta ao julgamento de Lois. Era o momento em que estava prestes a interrogar a garotinha. Ele poderia ou não fazer aquilo. Seria possível que estivesse lá? Tudo não havia passado de um sonho? Ele poderia voltar no tempo?

O juiz o trouxe de volta à realidade. "Sr. Taylor?"

Ele tornou a olhar para McKensie, que estampava no rosto o mesmo sorriso que os associados. É claro, pensou Kevin. É claro.

"Eu devia saber", disse, rindo. "Devia ter imaginado. Que tolo. Fui um grande tolo, a vítima perfeita, não fui? Não fui?", exclamou para McKensie. O homem esguio e desajeitado cruzou as pernas e olhou para o juiz, em busca de assistência.

"Sr. Taylor?", disse o juiz.

"Meritíssimo", disse Kevin, indo em direção a McKensie com o dedo em riste, "o sr. McKensie fazia parte de tudo... os casos que perdeu, os acordos que fez..."

Lungen pôs-se de pé. "Objeção, excelência."

"Mantida. Sr. Taylor, já o adverti sobre suas declarações. Guarde--as para seus argumentos finais, ou mandarei prendê-lo por desacato."

Kevin parou e fitou a expressão no rosto dos membros do júri. A maioria parecia confusa e espantada. Alguns tinham um olhar de repulsa. Ele assentiu, e uma sensação de derrota acachapante desabou sobre ele como uma imensa onda. Mas sem dúvida o padre Vincent, um padre... Era sua última esperança.

Kevin o chamou para depor.

O pequeno senhor de idade estava muito elegante com um terno de abotoamento duplo e gravata. Parecia mais um psiquiatra do que um padre.

"Padre Vincent, o senhor poderia relatar para a corte o conteúdo da conversa que nós dois tivemos a respeito de John Milton?"

"Receio ter de recusar esse pedido, com base no sigilo médico profissional."

"Ah não, padre. O senhor pode falar o que quiser. Eu abro mão de tudo isso."

O padre Vincent olhou para o juiz.

"Ele está exercendo um direito", disse o juiz. "Prossiga com o depoimento."

O padre balançou a cabeça de forma simpática. "Muito bem." Ele se virou para o júri. "O sr. Taylor foi enviado a mim por Bob McKensie. Tive uma consulta com ele, durante a qual detectei muita raiva e contradição. Ele expôs o desejo de fazer mal ao sr. Milton porque acreditava que ele tinha engravidado sua esposa. E racionalizou esse desejo afirmando que o sr. Milton era um homem maligno, um diabo sob disfarce.

"Tentei salientar essa racionalização e levá-lo a uma compreensão do que estava sentindo, na esperança de que pudesse lidar melhor com sua raiva e suas suspeitas. Ficamos de fazer novas sessões.

"Mas, naquela noite, o sr. Taylor me telefonou e me contou que tinha matado John Milton. Ele estava histérico, mas, na minha opinião, também tinha plena consciência do que tinha feito."

"Não me interessa a razão psiquiátrica disso tudo", exclamou Kevin. "Fui ser atendido pelo senhor como um padre, como um especialista em ocultismo e no diabo. O senhor não se consideraria um especialista nesses assuntos? O senhor não empreendeu pesquisas acadêmicas sobre ambos?"

"Pesquisa acadêmica sobre o diabo? Não exatamente."

"Mas... o senhor não me deu uma Bíblia pra que eu a entregasse ao sr. Milton como uma forma de testar se ele era ou não o diabo?" Em vez de responder, o padre Vincent começou a rir. Kevin praticamente voou em cima dele. "E o senhor não me deu um crucifixo que também servia de punhal?"

O padre olhou para ele e depois se virou ligeiramente para o júri de novo. "É claro que não. Essas declarações são tão mirabolantes pra mim quanto devem parecer pra todos vocês."

Kevin ficou vermelho. Ele se voltou para olhar para os associados. Seus sorrisos estavam mais abertos, mais profundos. Norma e Jean estavam viradas para Miriam, que cobria o rosto com as mãos. Ele olhou para Bob McKensie, que agora parecia estar rindo.

"Até os padres! Até mesmo os padres!", gritou Kevin, erguendo as mãos para o teto. "O senhor também é um dos filhos dele, não é mesmo?", bradou, voltando-se para o padre Vincent. "É ou não é?" Ele deu meia-volta. "Quantos mais de vocês estão presentes aqui, agora?"

"Sr. Taylor." O juiz bateu o martelo. Kevin se virou para ele e apontou o dedo em forma de acusação.

"Você também pertence a ele. Todos vocês pertencem a ele. Vocês não enxergam?", gritou para os jurados. "Todos são filhos dele."

Ao final, os seguranças do tribunal tiveram de conter Kevin, para que a promotoria pudesse interrogar o padre. Lungen lhe apresentou uma Bíblia.

"Esta é a Bíblia que foi encontrada junto ao corpo de John Milton. O senhor já disse que não a entregou ao sr. Taylor pra que ele fizesse uma espécie de teste vodu do diabo, não é verdade?"

"Sim."

Lungen abriu a Bíblia. "A bem da verdade, o senhor poderia ler pro júri o que está escrito aqui?" Ele entregou a Bíblia ao padre Vincent.

"'Para John. Que esta lhe traga conforto sempre que for necessário. Do amigo cardeal Thomas.'"

"Já chega dessa história ridícula", disse Lungen, pegando a Bíblia de volta e devolvendo-a à lista de evidências.

Kevin não tinha mais testemunhas, não tinha mais nada a apresentar em sua própria defesa, mas a promotoria reconvocou Paul Scholefield, Dave Kotein e Ted McCarthy e fez cada um deles confirmar que havia visto o punhal em formato de crucifixo no apartamento de John Milton desde a primeira vez que foram lá. Ele o havia adquirido em uma de suas férias pela Europa e, todos foram unânimes, era algo que estimava.

"Certamente não é algo que o padre Vincent deu a Kevin pra que matasse o diabo", disse Paul Scholefield.

Em sua declaração final, Lungen argumentou que Kevin Taylor, um advogado criminal comprovadamente bem-sucedido, havia cometido um assassinato a sangue-frio, premeditado, e depois inventado aquela história ridícula sobre o diabo para se safar, levando o júri a crer que ele havia enlouquecido.

"Tentando com isso empregar algumas das técnicas muito sofisticadas, mas também ardilosas, que estava acostumado a utilizar como advogado de defesa para seus clientes. Não", concluiu Lungen, "o júri não será confundido." Ele apontou para Kevin. "Kevin Taylor, movido por um ciúme insano de um senhor de idade afável e talentoso, armou contra esse homem e é culpado de assassinato. Desta vez, um inteligente advogado de defesa não vai conseguir manipular a verdade."

O júri concordou. Kevin foi considerado culpado de homicídio qualificado e condenado a vinte e cinco anos de prisão.

EPÍLOGO

Kevin se movia como se estivesse em transe. No início, ninguém se preocupou com ele; praticamente ninguém falou com ele. Achou que talvez tivesse se tornado invisível ou que não estivesse de fato ali, numa prisão de segurança máxima no interior do estado de Nova York.

Miriam foi visitá-lo no terceiro dia, mas os dois passaram a maior parte do tempo apenas olhando um para o outro. Ela parecia estar a milhares de quilômetros de distância, de qualquer forma, e quando abria a boca, algumas de suas palavras se perdiam, como numa televisão com mau funcionamento. O que Kevin conseguia rememorar da conversa vinha fragmentado em frases: "Seus pais e os meus... Tentei tocar piano... Helen voltou".

"Não é incrível", acentuou Miriam, no final, "que John Milton tenha feito uma poupança pro nosso filho? Ele também fez pro filho dos Jaffee e pros filhos que Ted e Jean e Norma e Dave ainda vão ter. Já Paul e a Helen estão pensando em adotar."

Claro, Miriam ainda estava grávida. Não havia por que não estar. Kevin entendia isso agora. Entendia que era tarde demais para ela.

"Não quero que meus pais fiquem com o bebê", disse ele, finalmente.

"Ficar com o bebê?" Miriam sorriu, confusa. "Que bebê, Kevin?"

"O dele."

"Ah não, isso de novo não." Ela balançou a cabeça. "Eu estava torcendo pra você parar de dizer essas coisas agora que tudo acabou."

"Acabou. Mas, repito, não quero que meus pais ajudem a criar esse bebê."

"Está bem, eles não vão", disse ela, sem ocultar a raiva. "Por que deveriam?"

"Eles não deveriam. Os seus também não."

"Eu vou cuidar do nosso filho."

Ele balançou a cabeça. "Eu tentei, Miriam. No fim das contas, tudo que fiz foi por você, pra te salvar. Vai chegar um momento, um momento derradeiro, perto do fim, em que você vai perceber tudo isso e vai se lembrar de mim agora, e se ainda for capaz, vai gritar pelo meu nome. Eu vou te escutar, mas não vou poder fazer nada."

"Eu não aguento mais isso, Kevin. Já é difícil demais vir até aqui, não aguento mais essa conversa. Não vou voltar até que isso acabe, você está entendendo?"

"Pouco importa. Já é tarde demais", repetiu ele.

Ela se levantou depressa. "Vou embora. Se você quiser que eu volte, me escreva e prometa não falar mais sobre isso quando eu voltar", disse, virando-se para partir.

"Miriam!"

Ela deu meia-volta.

"Pergunta pra eles onde está a pintura da Helen e vai dar uma olhada nela, se é que já não foi destruída. Olha bem de perto."

"Não foi destruída. Foi vendida. Bob McKensie comprou. Ele gosta daquele tipo de coisa."

Kevin riu. Na realidade, foi o som estridente de sua risada que a fez partir.

Ele passava o tempo tentando entender. Como seu declínio se encaixava nos propósitos deles? Então havia descoberto quem John Milton era, de fato, e o que o escritório realmente fazia. Quais eram suas opções diante de tais informações? Revelá-las a McKensie e depois, não tendo cumprido seu objetivo, revelá-las a outro promotor adjunto ou ao próprio promotor de justiça? Como saber quem era puro e quem não era? Não podia obrigar Miriam a fazer um aborto, e ela não acreditava em nada do que ele dizia. Mesmo se tivesse fugido com ela, o bebê ainda acabaria matando-a. John Milton ainda teria seu filho.

Ninguém acreditaria nas coisas que ele tinha descoberto, e não havia nada que pudesse fazer para pará-los. Então por que o convenceram a matar John Milton?

A resposta veio alguns dias depois. Ele estava sentado no refeitório, mastigando mecanicamente a comida, tentando afastar os sons e as imagens à sua volta.

De repente, tomou consciência da proximidade de outros homens; dois deles, já praticamente colados em seus ombros, se sentaram à esquerda e à direita, e outros dois ou mais se postaram bem às suas costas. Antes havia apenas vagamente notado os dois que agora estavam a seu lado. Sempre que os via, estavam com os olhos cravados nele, sorrindo com lascívia, de modo que Kevin desviava o olhar. Tirando isso, pareciam idênticos aos outros detentos, todos não passavam de um borrão.

"Olá", disse o da direita. Seu sorriso revelava uma boca repleta de dentes amarelados. Seus lábios se entreabriram num sorriso libidinoso.

"Aposto que você já está se sentindo sozinho", disse o da esquerda, pondo a mão na coxa de Kevin.

Ele tentou se levantar, mas o detento atrás de si o travou com as pernas. Kevin percebeu que o homem esfregava o membro ereto em suas costas. Ficou com o estômago embrulhado de tanto nojo. O homem da esquerda apertou com ainda mais força sua coxa. Ele queria gritar, mas a pequena aglomeração de detentos que havia se reunido ao seu redor impedia qualquer chance de resgate imediato.

Então a meia dúzia de homens plantados à sua frente se separou, e o detento que estava sentado de frente para ele se levantou depressa e recuou, de modo a abrir espaço para que um homem negro, alto e musculoso se aproximasse e se sentasse. Os bíceps do homem pulavam da camisa, e os músculos de seu pescoço se contraíam com força contra a pele lisa e suave. Ele parecia imbatível, de pedra, um homem esculpido pelo sistema, endurecido e embrutecido. O branco de seus olhos, pretos e brilhantes, parecia tão limpo e puro quanto leite fresco.

Ele abriu um sorriso, e os homens ao seu redor sorriram juntos. Todos olhavam na direção dele. Era como se a energia dos detentos, sua própria força vital, viesse daquele homem.

"Olá, sr. Taylor", disse ele. Kevin assentiu. "Estávamos esperando pelo senhor."

"Por mim?" A voz de Kevin falhou. Os detentos abriram ainda mais o sorriso.

"Ou por alguém igualzinho a você."

"Oh", disse Kevin, olhando do homem à sua esquerda para aquele à sua direita. Quer dizer então que ele passaria de mão em mão como uma prostituta?

"Ah não, não, sr. Taylor", disse o homem. "O senhor entendeu errado. Não está aqui pra isso. Isso eles podem conseguir quando quiserem com qualquer um dos outros", acrescentou, e no mesmo instante o homem da esquerda tirou a mão da perna de Kevin. Tanto ele quanto o homem da direita mudaram de posição, para que seus corpos se desencostassem do de Kevin, e o homem às suas costas deu um passo atrás. Ele respirou aliviado. "Não, o senhor é mais importante que isso, sr. Taylor."

"Sou?"

"Sim, senhor. Sabe, sr. Taylor, todos aqui foram incriminados, exatamente como o senhor." Todos ao redor deram risada. Depois sorriram em sua direção. "Todo mundo aqui teve péssimos advogados." Alguns concordaram com raiva. "Todo mundo precisa entrar com um recurso."

"O quê?"

"Sim, o senhor entendeu bem. Agora, a ironia é que a gente tem uma das melhores bibliotecas jurídicas que existem, só que a gente não tem as habilidades, o conhecimento que o senhor tem."

"Mas..." O homem se recostou e pousou as mãos enormes em cima da mesa. "O senhor finalmente chegou e vai nos ajudar... Vai ajudar cada um de nós e, desde que faça isso, sempre será conhecido por aqui como sr. Taylor e será tratado com respeito. Não é verdade, pessoal?"

Todos no grupo fizeram que sim.

"Então... assim que acabar de almoçar, por que o senhor não sai de fininho e vai até a biblioteca encontrar Scratch? Ele é o preso que trabalha como bibliotecário-chefe e está esperando pra te ajudar, sr. Taylor. O senhor e Scratch... Vixe, vocês dois vão ser como irmãos siameses por aqui."

Houve mais risadas.

"Basta o senhor dar um pulo lá em cima que Scratch vai te dizer por onde começar, quem ajudar primeiro. Entendeu, sr. Taylor?"

Todos se curvaram em direção a Kevin, olhando para ele, com prontidão.

"Sim", disse ele. "Entendi. Finalmente."

"Ótimo, sr. Taylor. Está tudo ótimo." O homem se ergueu. "Dá um oi pro Scratch por mim." Ele piscou, e todos se afastaram, alguns foram atrás dele, outros se retiraram e deixaram Kevin praticamente sozinho de novo.

Esse era para ter sido o papel de Richard Jaffee, pensou ele. Foi isso que Paul Scholefield quis dizer quando o abordou pela primeira vez e lhe disse que havia uma vaga no escritório John Milton e Associados. Helen Scholefield estava certa: Richard Jaffee tinha consciência e escolheu a morte em vez daquilo.

E o padre Vincent tampouco havia mentido para ele. O diabo é leal a seus seguidores e fica ao lado deles.

Ele se levantou. Teve a impressão de que todos no imenso refeitório pararam de comer para vê-lo sair, até mesmo os guardas. Andava como um homem a caminho da guilhotina. A velocidade com que a lâmina cairia dependeria exclusivamente de sua coragem e de sua própria consciência. Naquele instante, Kevin não teve coragem de soltá-la.

E foi uma pena. Ele parecia o mítico Sísifo da mitologia grega, condenado para sempre ao fardo de empurrar uma pedra até o topo de uma montanha, apenas para vê-la descer de novo sempre que alcançava o cume. Apesar disso, ele seguiria em frente, confiante de que qualquer existência era melhor do que nenhuma.

Era mesmo?

Ele sabia o que o aguardava enquanto percorria o corredor em direção à biblioteca. Talvez soubesse desde sempre. O mal que espreitava seu coração havia se mantido encoberto, mas sempre esteve lá.

Era hora de retirar o véu e encarar a verdade, pensou.

Ele se virou para entrar. O lugar era impressionante para uma biblioteca de cadeia.

E estava tão silencioso, tal como convinha a uma biblioteca. Uma porta se abriu do outro lado do ambiente bem iluminado, e o guardião dos livros veio lentamente em sua direção.

Scratch.

Ele estava sorrindo. Sabia que Kevin estava a caminho. É claro que sabia.

À medida que se aproximava, seu rosto se tornava cada vez mais familiar, até que parou bem diante dele.

E, mais uma vez, Kevin olhou no fundo dos olhos carismáticos e paternais de John Milton.

ANDREW NEIDERMAN é escritor estadunidense nascido no Brooklyn, em Nova York, em 1940. É graduado pela State University of Albany, onde recebeu seu mestrado em inglês, e ensinou na Fallsburg High School por 23 anos antes de seguir carreira como romancista e roteirista. Escreveu cerca de 46 livros — 115, levando em consideração os livros publicados no universo literário criado por V.C. Andrews, que Neiderman assumiu após a morte da autora. Sete de suas obras foram adaptadas para o cinema, com destaque especial para *O Advogado do Diabo*, lançado em 1997, com direção de Taylor Hackford e participação de Al Pacino, Keanu Reeves e Charlize Theron nos papéis principais. Saiba mais em neiderman.com.

MACABRA™
D A R K S I D E

FEAR IS NATURAL ©MACABRA.TV   DARKSIDEBOOKS.COM

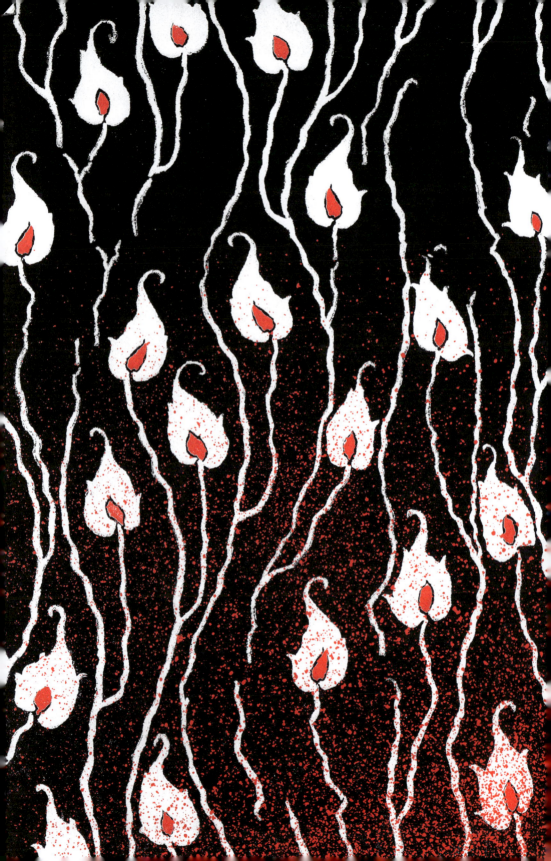